Die **Vegetarierinnen**

Richard Ulrich

Die

Vegetarierinnen

Roman

Bibliografische Information der Deutschen Nationalbibliothek: Die Deutsche Nationalbibliothek verzeichnet diese Publikation in der Deutschen Nationalbibliografie; detaillierte bibliografische Daten sind im Internet über http://dnb.de abrufbar.

Lektorat und Herstellungsvorbereitung
Klaus Puchstein www.klaus-puchstein.de

Herstellung und Verlag
BoD – Books on Demand, Norderstedt

ISBN 978-3-7392-8214-5

Für meine Enkel
Jonas und Antonia,
Annabella und Lennart

Vorwort

Eine Fernsehsendung über Treibhausgase machte mich auf das Thema aufmerksam. Bei meinen Recherchen stieß ich bald auf den FLEISCHATLAS, ein Kooperationsprojekt vom Bund für Umwelt und Naturschutz, der Heinrich-Böll--Stiftung und Le Monde diplomatique. Diese großartige Publikation zeigte mir den Zusammenhang zwischen dem Fleischhunger in der westlichen Welt und der Abholzung des Regenwaldes im Amazonasbecken für neue Weideflächen und Sojafelder. Vielen Dank für diesen Augenöffner!

Mir liegt daran, meine Erkenntnisse über die unbeabsichtigten Folgen unseres Ernährungsstils interessierten Lesern zur Verfügung zu stellen. Menschen, denen die Zukunft dieses Planeten nicht gleichgültig ist und die über ‚Generationengerechtigkeit' nicht nur reden, sondern sie durch nachhaltiges Verhalten fördern wollen.

Um auch Menschen zu erreichen, die nicht gerne Sachbücher lesen, wählte ich das Genre ‚Beziehungsroman'. Meine Geschichte ist zwar frei erfunden, könnte sich aber so ähnlich ereignet haben - einige Szenen orientieren sich bewusst an der Realität. Der Gegenwartsroman spielt in München und im idyllischen Voralpenland.

Im November 2015

Richard Ulrich

1

Als Lisa Berner an einem Samstag im Oktober 2012 den Biergarten am Starnberger See betrat, ärgerte sie sich über ihre feuchten Hände und ihren rasenden Puls. Sie atmete langsam und tief, um sich zu beruhigen. Doch der Versuch misslang, denn an einem der Tische erblickte sie ihren früheren Freund und Geliebten Max Wallersleben. Nach zehn Jahren trafen sie sich zum ersten Mal wieder. Obwohl sie es unterdrücken wollte, liefen Erinnerungsfetzen mit unangenehmen Details der damaligen Trennung vor ihrem geistigen Auge ab. Hartnäckig bemühte sie sich, gelassen und ausgeglichen zu erscheinen.

Max saß allein an einem Tisch mit blauweiß karierter Tischdecke und schaute zufrieden auf den in der Sonne glitzernden See und die dahinter liegenden Alpengipfel. Als er seine Exfreundin bemerkte, stand er auf, ging langsam auf sie zu und machte Anstalten, sie zu umarmen. Doch Lisa streckte ihm nur die Hand entgegen. Verblüfft brach er den Annäherungsversuch ab und begrüßte sie mit einem kräftigen Händedruck.

„So eine Wärme in der zweiten Oktoberhälfte, der Himmel meint es gut mit uns." Sein Smalltalk überzeugte nicht, denn sein verkrampfter Gesichtsausdruck passte nicht zu dem, was er sagte.

Lisa tat ihm den Gefallen und ging auf seine Wettermeldung ein. „Herrlich diese Aussicht! Besten Dank an den Föhn! Ich glaube, man sieht heute bis zur Zugspitze."

„Nein Lisa, nicht von hier aus. Die liegt weiter rechts."

Er hat sich nicht verändert, dachte sie. Schon immer musste jede Einzelheit stimmen. Sie nahm seine Korrektur gelassen hin, denn wegen so einer Nebensächlichkeit wollte sie sich nicht mit ihm streiten.

Der Kellner brachte die Karte. Max entschied sich rasch und bestellte Schweinsbraten mit Knödel und Weißkrautsalat. Lisa brauchte mehr Zeit und nahm einen ‚Griechischen Salat'.

Er versuchte sie umzustimmen. „Möchtest du nicht etwas Herzhaftes, ein Stück Fleisch. Der Schweinsbraten ist hier ausgezeichnet."

„Nein danke, seit einem halben Jahr bin ich Vegetarierin."

„Waaas?" Max beugte sich über den Tisch und sah sie mit offenem Mund an. „Was soll das denn? In unserem gemeinsamen Leben, damals vor zehn Jahren, hast du doch gerne Fleisch gegessen, oder?"

„Stimmt, aber die Zeiten ändern sich. Ich habe dazugelernt, Anschauungsunterricht im brasilianischen Regenwald hat mich überzeugt." Und mit einem verschmitzten Lächeln fügte sie hinzu: „Offensichtlich im Gegensatz zu dir."

Max verzog das Gesicht und blickte Hilfe suchend an den

Nachbartisch. Dort saß eine junge Familie, die Eltern Mitte dreißig mit zwei kleinen Kindern, die sich langweilten und die Erwachsenen nervten. Als Lisa auf die Vier aufmerksam wurde, besetzte unvermittelt ein Gedanke ihr Gehirn: Max und sie könnten sich jetzt in einer ähnlichen Konstellation befinden. Eine Familie mit eigenen Kindern! Wehmut überkam sie. Doch sie verdrängte rasch ihre tristen Überlegungen, da Max einen neuen Anlauf unternahm, mit ihr ins Gespräch zu kommen.

„Ehrlich, Lisa, du siehst großartig aus, genauso aufregend wie damals!"

Sie stutzte, das Kompliment überraschte sie. Nach ihrer Erinnerung waren charmante Schmeicheleien früher nicht sein Ding gewesen. Sollte sie sich höflich für das Kompliment bedanken oder es besser übergehen? Sie entschied sich für eine Antwort, die zu einer emanzipierten Frau passte:

„Vielen Dank. Nett von deinem Sehapparat, auf Unschärfe zu stellen und die Fältchen in meinem Gesicht gnädig zu übersehen." Sie drückte sich mit gestreckten Armen vom Tisch weg. „Einige dieser ‚interessanten' Falten verdanke ich übrigens dir." Sie bemerkte, wie Max sich auf die Unterlippe biss und ergänzte: „Oder wolltest du eben sagen, dass ich angesichts meines hohen Alters von sechsunddreißig Jahren noch recht passabel ausschaue? Wenn es so ist, dann danke ich dir für diese zutreffende Feststellung." Lisa betonte dezent das Wort *zutreffend*.

„Respekt Lisa, du bist selbstbewusster als früher."

Ohne es zu wollen, freute sie sich über seine Bemerkung.

„Die jungen Frauen strotzen heutzutage vor innerer Stärke und Selbstsicherheit." Wie in Trance blickte er in die Ferne. „Wir Männer werden dagegen immer mehr zu Randfiguren im Schachspiel, das *Leben* heißt. In vielen Beziehungen dominiert heute die Frau."

„Sprichst du gerade von deiner Ehe?"

„Nein, vom Mainstream in der westlichen Welt."

„Ach je, die armen, unglücklichen Männer, muss ich sie bedauern?"

„Nein, ich gönne es den Frauen, dass sie es in der westlichen Welt geschafft haben, Benachteiligung und Unterdrückung zu überwinden." Während Max dies sagte, blickte er frustriert auf die Tischdecke, wo sich gerade ein Marienkäfer mit einem Brotkrümel abmühte.

In diesem Augenblick tauchte am Eingang des Biergartens ein älteres Paar auf. Max winkte ihnen zu und holte sie an ihren Tisch. Es waren seine Mutter Sophie und Robert Ponto, ihr neuer Lebensgefährte. Sophie und Lisa umarmten sich herzlich und lange, sie waren seit zwanzig Jahren befreundet und hatten sich monatelang nicht mehr gesehen. Robert traf Lisa heute zum ersten Mal. Er betrachtete sie aufmerksam, vielleicht einen Moment zu lange, so sehr war er von ihrer Ausstrahlung fasziniert.

Sie hatten kaum Platz genommen, da meinte Sophie: „Und? Wie kommt ihr beide bei eurem Wiedersehen nach zehn Jahren miteinander klar?" Es sollte beiläufig klingen, doch jeder konnte sehen, wie sich ihre Mundpartie verkrampfte und sie mit flehenden Augen abwechselnd auf ihren Sohn und auf dessen frühere Freundin blickte.

Lisa fühlte sich überrumpelt. Es war ihr unangenehm, diese Frage jetzt zu besprechen. Abrupt wechselte sie das Thema: „Ach, erzähl doch mal von der Wohnung in Tutzing, die ihr gestern besichtigt habt, passt alles?"

Sophie stutzte, aber als sie in Lisas Gesicht sah, begriff sie. „Alles großartig. Die Wohnung ist genau so, wie wir sie uns vorstellen. Vier Zimmer mit hundertzwanzig Quadratmetern, großer Südbalkon, von dem man auf den See blicken kann, überall wunderschönes Parkett, neben dem Esszimmer ein kleiner Wintergarten. Und die Anlage hat nur sechs Wohneinheiten, liegt ruhig in einer Sackgasse und zur S-Bahn nach München sind es nur zehn Minuten zu Fuß."

„Wann könnt ihr einziehen?"

„Wenn alles glatt läuft in sechs Wochen!" Sophie schaute Robert an und strahlte.

„Wie habt ihr das bloß geschafft, in der Region München eine so tolle Wohnung kurz vor ihrer Fertigstellung zu bekommen?"

„Mit viel Glück. Eine ältere Dame ist abgesprungen und unser Makler hat davon Wind bekommen. Wir haben sofort, noch von Bonn aus, einen Vorvertrag abgeschlossen."

„Ist das denn bezahlbar, hier am Starnberger See?" Max runzelte die Stirn.

„Keine Sorge, mein Sohn, du musst nicht für mich bürgen. Für mein Haus auf dem Venusberg in Bonn kriege ich einen guten Preis. Zum Glück gibt es mehrere, ernsthafte Interessenten, denen es offenbar Vergnügen bereitet, sich gegenseitig zu überbieten."

Es trat eine kurze Pause ein, dann wandte sich Lisa an Sophie: „Ich frage mich, was treibt euch zwei an, die Zelte im Rheinland abzubrechen und ins fremde Bayern zu ziehen?"

„Es ist vor allem Roberts Wunsch. Er ist in der Umgebung von München aufgewachsen und jetzt strebt er zurück in seine Heimat."

„Na, na, dir passt es doch auch ins Konzept." Roberts Einwand klang leicht verärgert.

„Natürlich", lachte Sophie, „so bin ich doch immer in der Nähe von euch beiden." Mit strahlenden Augen blickte Sophie auf ihre Freundin und ihren Sohn.

„Wie läuft es denn an deiner neuen Schule? Du, die vorwitzige Preußin aus Bonn, in der Schicki-Micki-Weltstadt München, kann das gutgehen?" Sophies Interesse wirkte echt.

Lisa lächelte gequält. „Es funktioniert ziemlich gut. Die Kollegen sind nett und hilfsbereit, der Schulleiter ist zwar manchmal etwas aufdringlich aber andererseits auch kooperativ. Und die Schüler sind fleißig und pflegeleicht. Kein Grund zum Meckern."

„Und die Helikopter-Eltern? Machen die hier ebenso viel Wind wie die im Rheinland?"

„Kann man so sagen. Aber ich hab dafür Verständnis. Es ist die Sorge um ihren Nachwuchs. Dass er sich nicht optimal entwickelt, nicht ganz an der Spitze ist." Lisa zögerte, bevor sie unwillig ergänzte: „Manche Eltern verhalten sich bisweilen widersprüchlich. Einerseits verlangen sie von der Schule, ihre Kids so gut es nur geht auf das Leben vorzubereiten. Aber wenn der Lehrer es wagt, etwas anzusprechen, das ihren persönlichen Lebensstil berührt, fühlen sie sich bevormundet und beschweren sich beim Schulleiter."

Sophie sah sie fragend an.

„Ein Beispiel: Stellt man fleischarme Ernährung als zukunftsweisend und gesundheitsfördernd heraus, dann passt das einigen Eltern nicht." Lisa senkte die Stimme: „Aber bitte, lassen wir das heute. Die Sonne scheint, das Weißbier schmeckt, da möchte ich euch und mir nicht mit Schulproblemen die gute Laune verderben."

Am nächsten Tag fuhren Sophie und Robert in ihrem Auto zurück nach Bonn. Sie unterhielten sich lange über die Begegnung mit Max und Lisa im Biergarten. Unvermittelt fragte Sophie:

„Und, wie findest du Lisa?"

„Zweifellos eine sehr attraktive, sehr gescheite und sehr charmante Frau!"

Sophie nickte und schaute regungslos durch die mit Fliegen übersäte Windschutzscheibe.

„Du hast mir schon einiges über deine Freundin erzählt, aber noch nicht, wann und wie du sie kennengelernt hast?"

Sophie sah ihn erstaunt an, dann sagte sie leise: „Vor zwanzig Jahren tauchte Lisa in meinem Blickfeld auf, genauer gesagt in dem Tennisclub auf dem Bonner Venusberg, in dem ich damals im Vorstand für Nachwuchswerbung zuständig war. Auf meinen Vorschlag hin setzten wir für die Gewinner eines Sportfestes an Bonner Schulen einen Preis aus. Der Sieger durfte in unserem Club bei unserem Tennistrainer einen kostenlosen Schnupperkurs machen."

„Aha, Lisa war vermutlich eine Gewinnerin."

„Richtig. In dieser einen Woche hat sie sich so talentiert angestellt, dass wir sie, gerade mal sechzehn Jahre alt, sofort ohne Wartezeit in den Club aufgenommen haben. Ich besorgte für sie Tennisschläger und Kleidung, denn ihre Familie konnte sich das nicht leisten. Ihr Vater war schon viele Jahre tot und ihre Mutter hielt die beiden mit Putzen und anderen einfachen Arbeiten über Wasser."

„Wie hat denn Max reagiert, als Lisa plötzlich auftauchte? Er war etwa in ihrem Alter und Lisa war vermutlich ein aufregender Teenager?"

„Max war gerade neunzehn, aber das andere Geschlecht interessierte ihn nicht, er war sehr schüchtern. Natürlich trafen sich die beiden regelmäßig im Tennisclub, aber es blieb lange ein rein freundschaftliches Verhältnis."

„Hatte sie da bereits ihr Pädagogikstudium begonnen?"

„Nein. Nach dem Abitur jobbte sie erst ein paar Jahre in einem kleinen Betrieb als Sekretärin und Übersetzerin. Da kam ihr zugute, dass sie bereits während der Schulzeit einen Fernkurs zur Fremdsprachenkorrespondentin gemacht hatte. Ihre Mutter war an Brustkrebs erkrankt und konnte zeitweise nicht arbeiten. Da die Rente vom Vater niedrig war, musste Lisa Geld verdienen und ihr Studium zurückstellen."

„Und Max war schon mitten im Jurastudium?"

„Nein. Nach dem Abitur machte er erst einmal mit einem Kumpel eine einjährige Rucksacktour durch Australien. Dann begann er in Köln ein BWL-Studium, das er nach drei Semestern frustriert aufgab. Erst anschließend hat er mit Jura angefangen."

„Und wann hat es zwischen Max und Lisa gefunkt?"

Sophie überlegte. „Das muss im Herbst 1996 gewesen sein, abends bei einem Fest im Tennisclub. Die beiden hatten beim Clubturnier zusammen Mixed gespielt und überraschend das Turnier gewonnen. Ich erinnere mich noch genau an diesen lauen Septemberabend, als Max endlich seine Lethargie ablegte und mit der wunderschönen Lisa zu flirten begann. Ich war sehr glücklich, als ich bemerkte, wie sie sich näher kamen."

„Wie lange waren sie dann zusammen?"

„Bis Max der Fehltritt mit Petra unterlief, also knapp sechs Jahre." Sophie schwieg. Robert bemerkte den aufgewühlten Gesichtsausdruck seiner Lebensgefährtin, die sich gerade daran erinnerte, wie Max ihr unter Tränen seinen Seitensprung gebeichtet und erklärt hatte, dass er jetzt Petra heiraten werde, da sie ein Kind von ihm erwarte."

„Hast du nicht versucht, ihn umzustimmen? Für Lisa Partei zu ergreifen?"

„Nein, nicht ernsthaft. Lisa hat mich gebeten, mich rauszuhalten, das müsse Max alleine entscheiden."

„Und außerdem hat vermutlich dein Mann, der anerkannte Steuerexperte, mithilfe bayerischer Kollegen ganz schnell ermittelt, dass die Seidlsche Privatbrauerei eine Goldgrube ist und Max ein Dummkopf wäre, wenn er auf diese tolle Partie verzichten würde?"

Sophie nickte resigniert. „Dennoch werfe ich mir bis heute vor, nicht mit Max gesprochen zu haben. Schon damals ahnte ich, dass Petra für eine konventionelle bürgerliche Ehe nicht taugt."

„Wann kam dann Petras wahrer Charakter, ich meine ihr fataler Hang zu außerehelichen Beziehungen, ans Tageslicht?"

„Etwa ein halbes Jahr nach der Hochzeit, nachdem das Kind von Max bei der Geburt gestorben war."

Robert legte seine rechte Hand auf Sophies Oberschenkel und streichelte ihn sanft. „Jetzt verstehe ich, warum du Max zu einer Scheidung von Petra drängst und auf einen Neustart mit Lisa hoffst."

„Ich möchte meinen damaligen Fehler ausbügeln. Zumal mir mit der Zeit klar wurde, welch großartiger Mensch Lisa ist und dass Max keine bessere Frau finden kann. Ich hoffe, sie hat den Mut, mit Max noch einmal von vorne anzufangen."

2

„Machen Sie sich keinen Stress, Frau Berner, das werden wir schon hinkriegen!"

Als ihr Vorgesetzter dabei seine Hand auf ihre Schulter legte, zuckte sie leicht zusammen. Wollte Schulleiter Jürgen Wortmann ihre Lage ausnutzen? Oder war es nur eine kumpelhafte Geste, wie sie an bayerischen Schulen üblich ist?

Wortmann hatte Lisa Berner, seine neue Lehrerin, während einer ihrer Freistunden zu sich gebeten. Es ging um ihre ‚Werbeaktion' für vegetarische Ernährung. Sie hatte es nur gut gemeint und nach Abschluss des Lerngebiets *Fotosynthese* auf die Frage eines Schülers die Klasse 6b über die Vorteile einer fleischlosen Ernährung aufgeklärt. Wie man das eben so macht als engagierte Biologielehrerin.

Und nun bemühte sich Wortmann, seinem *Greenhorn*, wie er Lisa zu deren Missfallen nannte, ein paar schulische Grundregeln zu erläutern: „Ein gutes Verhältnis zu den Eltern ist heute wichtiger denn je. Um das zu erreichen, muss man sie reden lassen."

Während Wortmann dozierte, schweiften Lisas Gedanken zurück zu der Unterrichtsstunde, die so viel Staub aufgewirbelt hatte.

„Hören Sie mir eigentlich zu, Frau Berner?"

Ohne eine Antwort abzuwarten, redete Wortmann weiter.

„Eltern wollen ernst genommen werden. Zumindest müssen wir ihnen diesen Eindruck vermitteln. Wir haben es geschafft, wenn sie glauben, dass wir mit allem, was wir in der Schule tun und lassen, nur das Wohl ihrer Kinder im Fokus haben."

„Aber genau das ist doch meine Absicht, Herr Wortmann. Wenn ich den Kids beibringe, wie man sich richtig ernährt, steht doch das Wohl der Kinder im Mittelpunkt. Oder nicht?"

Ihr Chef schaute sie verdutzt von der Seite an. Dann räusperte er sich, blickte kurz zu Boden und fuhr zu ihrer Überraschung friedlich fort: „Sie haben ja recht, Frau Berner. Fleischarm essen ist zweifellos gesünder als ständig Fleisch in sich reinzustopfen. Das ist auch mir bekannt."

„Dann sind wir uns ja einig."

„Das Problem ist leider diffiziler." Er beugte steif den Oberkörper in ihre Richtung und raunte: „Leider zählen in diesem Fall nicht nur die Fakten. Manche davon sind für Eltern unangenehm und werden daher von ihnen ausgeblendet. Letztlich geht es um die elterliche Vorbildfunktion, die erschüttert werden könnte. Das wollen neun von zehn Eltern auf keinen Fall."

„Entschuldigen Sie, das habe ich nicht verstanden. Könnten Sie es für Ihr ‚Greenhorn' vielleicht etwas einfacher formulieren?"

„Die große Mehrheit der Eltern will von der Schule keine Ratschläge zum privaten Lebensstil." Der Schulleiter reduzierte wichtigtuerisch seine Lautstärke. „Dazu gehört zweifellos die Ernährung. Nach Auffassung der Eltern ist die

Schule dafür nicht zuständig. Kein Vater, keine Mutter lässt sich gerne vom eigenen Kind belehren, wenn es die in der Schule empfohlene Ernährung zu Hause überprüft. Die Eltern fühlen sich ertappt, wenn ihr Kind dabei feststellt, ökologisch betrachtet würden sie sich nicht richtig ernähren."

„Jetzt hab ich's kapiert", meinte Lisa in einem sachlichen Ton. „Es ist für einen Vater unangenehm, wenn seine Tochter beim Abendessen seinen umfangreichen Wurstkonsum kritisiert. Und dies auch noch mit einem Hinweis auf die Biologiestunde bei Frau Berner."

„Exakt. Wenn so etwas passiert, habe ich am nächsten Tag den tobenden Vater am Telefon."

„Verstehe." Langsam dämmerte es Lisa, warum die aus ihrer Sicht harmlose Stunde über die Vorzüge einer fleischarmen Kost zu einem Problem geworden war. Diese Erkenntnis tat ihr weh. Sie spürte plötzlich eine Enge in der Brust, die ihr die Luft zum Atmen nahm. Die Motivation für ihren Beruf schien ins Wanken zu geraten. Wie sollte sie Kinder auf das Leben vorbereiten, wenn die Eltern in wesentlichen Lebensbereichen ganz andere – und aus ihrer Sicht falsche - Vorstellungen für ihre Kids hatten?

Wortmann sah das bedrückte Gesicht seiner Lehrerin und suchte nach einem Ausweg. „Ich möchte Ihnen Folgendes vorschlagen, Frau Berner: Im Fach *Haushalt und Ernährung* wird der Aspekt der fleischarmen Ernährung im Zusammenhang mit Gesundheit und Ernährung behandelt. Das steht erst in der siebten Jahrgangsstufe auf dem Lehrplan. Deshalb meine Bitte an Sie: Lassen Sie Ihre 6b noch dieses eine Jahr in Frieden ihre Wurstsemmeln essen."

19

„Na gut", brummte Lisa. Sie musste notgedrungen den Vorschlag ihres Vorgesetzten akzeptieren.

Schulleiter und Lehrerin einigten sich auf einen Elternabend, der schon bald stattfinden sollte. Wortmann sagte zu, auch anwesend zu sein und den Abend zu moderieren. Es sei seine kollegiale Pflicht, ihr in dieser schwierigen Situation ‚Seite an Seite' beizustehen.

Zum Elternabend waren sechzehn Mütter und sieben Väter erschienen, beachtlich bei einer Klassenstärke von fünfundzwanzig Schülern! Lisa betrachtete die Eltern. Einige blickten erwartungsvoll nach vorne, die meisten schwiegen und strahlten eher Skepsis als Vertrauen aus. Dieser Abend würde – das spürte Lisa deutlich - zur ersten Bewährungsprobe in Bayern werden, wo sie noch lange nicht ‚dahoam' war.

Wortmann begrüßte die Anwesenden. Mit der Routine seiner zwanzigjährigen Lehrertätigkeit und mit seinem verhaltenen Charme, den er seiner wohlklingenden Stimme und seinem bayerischen Dialekt verdankte, gelang es ihm rasch, für eine entspannte Atmosphäre zu sorgen. Er betonte das Wohl der Kinder, das im Zentrum aller Bemühungen seiner Schule stehe. So sei auch der Exkurs von Frau Berner in den Bereich ‚Gesunde Ernährung' zu verstehen. Dabei müsse man fairerweise berücksichtigen, dass sie erst seit vier Wochen an der Schule unterrichte und daher noch nicht alle Gepflogenheiten kenne. Der Spruch *In Bayern gehen die Uhren anders* stimme häufiger als man denke, das müsse Frau Berner noch lernen. Einige Eltern lächelten verhalten, während Lisa Berner säuerlich zu Boden blickte.

Es ärgerte sie, wie ihr Schulleiter sie gerade wie ein Greenhorn behandelte, man könnte auch sagen wie ein Kind. Sie durchschaute seine Strategie, ihren ‚Ausflug' in die vegetarische Ernährung als unglücklichen Fauxpas einzuordnen, der nur ihrer Unkenntnis des neuen schulischen Umfeldes zuzuschreiben sei.

Obwohl sich Lisa auf ihr Statement gut vorbereitet hatte, war sie nervös. So aufregend hatte sie sich ihren ersten Elternabend in München nicht vorgestellt! Mit ihrer Freundin Sophie Wallersleben, die mit ihren vierundsechzig Jahren über viel Lebenserfahrung und Menschenkenntnis verfügte, hatte sie sich am Telefon beraten. Wäre es klug, ihre Abschweifung zum fleischlosen Essen offensiv zu verteidigen? Oder sollte sie lieber Wortmanns Linie folgen, Bedauern äußern und das Ganze als Missverständnis darstellen? Sophie empfahl ihr eine Vorwärtsstrategie.

Lisa war gespalten: Einerseits wollte sie vier Wochen nach ihrem Einstieg in der neuen Schule eine Auseinandersetzung mit den Schülereltern vermeiden. Andererseits – das wusste sie aus leidvoller Erfahrung – war sie nur dann mit sich im Reinen, wenn sie in kritischen Situationen nicht feige schwieg oder einlenkte, sondern sich zu ihren Prinzipien und Positionen bekannte. Dafür brauchte es Mut, doch daran fehlte es Lisa nicht. Sie entschied sich daher, Sophies Rat zu folgen und den Vortrag mit einem Paukenschlag zu beginnen.

„Liebe Eltern, was ist wichtiger für das Wohl Ihrer Kinder als eine intakte Umwelt? Jetzt, in der Gegenwart, aber auch in zwanzig Jahren, wenn Ihre Kinder erwachsen sind und vielleicht schon eigene Kinder haben. Müssen wir nicht alles tun, damit Ihre Kinder auch in Zukunft in einer menschenwürdigen Umwelt leben können?"

Lisa machte eine rhetorische Pause. Sie blickte in die Gesichter ihrer Zuhörer, in denen sie mit Genugtuung Interesse und Nachdenklichkeit registrierte.

Dann schilderte sie, warum sie Lehrerin geworden war. Sie berichtete von der fünfjährigen Entwicklungszusammenarbeit in Brasilien, wo sie in einem Pilotprogramm zur Erhaltung der tropischen Regenwälder gearbeitet habe, speziell auf dem Gebiet *Bewahrung der Artenvielfalt.* Dabei sei es ihre Aufgabe gewesen, Lehrern und politischen Entscheidungsträgern die biologische Bedeutung der Artenvielfalt zu erläutern und praxisnahe Lösungsansätze zu ihrer Erhaltung auszuarbeiten. Lisa berichtete den jetzt mit großem Interesse zuhörenden Eltern, wie sie bei ihren Reisen in Brasilien die zunehmende Abholzung der Regenwälder im Amazonasbecken miterleben musste und wie ihre Vorschläge bei den brasilianischen Stellen meist wirkungslos verpufften.

„Und wozu die Vernichtung der Regenwälder und die Ausbeutung der natürlichen Ressourcen? Um zusätzliche Flächen für den Sojaanbau zu schaffen, damit die Massentierhalter in Europa billiges Tierfutter zur Verfügung haben! Multinationale Konzerne stellen es her und streichen riesige Profite ein. Gleichzeitig verarmt die einheimische Bevölkerung am Amazonas, weil die kleinbäuerlichen Sojaproduzenten im Wettbewerb mit der industriellen Soja-Landwirtschaft keine Chance haben."

Lisa war in Fahrt gekommen, sie redete eindringlich und konzentriert. „Damit wir hier billig Fleisch produzieren und konsumieren können, wird der Regenwald und die Existenz vieler kleiner Bauern vernichtet. Das ist ein Skandal, den man nicht hinnehmen darf."

Herr Wortmann räusperte sich. Er hatte einen gequälten Gesichtsausdruck. Doch ehe er eingreifen konnte, verkündete Lisa: „Nur wenige Menschen wissen, dass Kühe beim Wiederkäuen Methan erzeugen. Und dieses Methan schadet dem Klima fünfundzwanzigmal mehr als Kohlendioxid. Daher ist mein Fazit eindeutig: Wer wenig oder gar kein Fleisch isst, trägt dazu bei, die Klimakrise abzumildern, vielleicht sogar zu verhindern."

Im Klassenzimmer war es mucksmäuschenstill geworden. Die meisten Eltern blickten verlegen vor sich hin, eine Frau nickte zustimmend. Lisa war erleichtert. Wie es schien, war es ihr gelungen, den Elternabend zu einer Veranstaltung für klimafreundliche Ernährung zu machen.

Schulleiter Wortmann atmete tief durch, runzelte die Stirn und leitete zur Diskussion über. „Vielen Dank, Frau Berner. Sie haben mit Ihrem Statement brandaktuelle Fragen angesprochen. Aber die Schule kann diese Probleme nicht lösen, das ist Sache der Politik. Daher schlage ich vor, die globalen Folgen eines hohen Fleischkonsums bei unserer Diskussion auszuklammern und uns auf die individuellen Auswirkungen einer fleischarmen Kost zu konzentrieren."

Bei diesen Worten stockte Lisa der Atem und massiver Ärger schnürte ihr die Kehle zu. Was hatte sie denn gerade ausführlich erläutert? Hatte Wortmann nicht zugehört?

Eine ältere Frau meldete sich und stellte sich als die Großmutter einer Schülerin vor, mit der sich Lisa gut verstand.

Die Frau fand Wortmanns Anregung nicht in Ordnung. Sie sprach sich entschieden dagegen aus, bei diesem für das künftige Wohlergehen der Kinder wichtigen Thema einen wesentlichen Teilbereich auszuklammern. Gerade die globalen Folgen eines hohen Fleischkonsums würden die Lebensqualität der Kinder in Zukunft massiv beeinträchtigen.

Wortmann schaute nervös in die Runde. Er fragte vorsichtig, ob diese Ansicht allgemeine Auffassung sei. Es meldeten sich zwei Väter und eine junge Mutter, die sich nachdrücklich für den Vorschlag des Schulleiters einsetzten. Man habe hier nicht die Zeit und auch nicht die Fakten zur Hand, um sich mit Details wie dem von Rindern produzierten Methangas zu befassen.

Auf dem geröteten Gesicht des Schulleiters zeichnete sich Erleichterung ab. Er nutzte rasch die Gelegenheit und bei der Abstimmung erhielt sein Vorschlag, das Thema einzugrenzen, eine klare Mehrheit.

Lisa war entrüstet und eine unchristliche Wut auf ihren Vorgesetzten stieg in ihr hoch. Warum war Wortmann so feige und scheute eine umfassende Diskussion?

Im Folgenden ging es nur noch um die eine Frage: Kann eine fleischarme Ernährung bei Kindern, die sich mit zwölf Jahren in einer wichtigen Entwicklungsphase befinden, zu einem ernsthaften Mangelzustand führen?

Es meldete sich ein kleiner Mann mit Glatze und Bauchansatz, der sich als praktischer Arzt und Vertreter der Schulmedizin ausgab. „In diesem Alter ist eine fleischlose Ernährung unverantwortlich. Wertvolle Vitamine, Mineralien und Spurenelemente, die gerade der Körper von Jugendlichen dringend benötigt, werden dabei nicht in ausreichender Quantität aufgenommen."

Dem widersprach energisch eine ältere Dame: „Ich arbeite seit mehreren Jahrzehnten als Ernährungsberaterin und bin selbst Veganerin. In meiner Praxis habe ich schon mehrere Jugendliche betreut, die sich vegetarisch ernährten. Alle haben sich vollkommen normal und gesund entwickelt. Man muss nur darauf achten, dass eine Person, die kein Fleisch isst, ausreichend pflanzliche Proteine zu sich nimmt, zum Beispiel in Form von Linsengerichten."

Kaum war das Stichwort *vegetarisch* gefallen, konzentrierte sich die Aufmerksamkeit der Eltern wieder auf Lisa. Ihr Outing vor der Klasse als Vegetarierin stand nun im Brennpunkt.

„Als Lehrerin haben Sie eine Vorbildfunktion", entrüstete sich ein Vater. „Wenn sich ein Mädchen mit Essstörungen die eigene Biologielehrerin zum Vorbild nimmt und kein Fleisch mehr isst, dann verschlimmert dies das Problem." Und direkt an Lisa gewandt zischte er erregt: „Und das haben dann Sie provoziert ... und zu verantworten!"

Im Klassenzimmer entstand Unruhe, erregt sprachen alle durcheinander. Einige Eltern sandten unfreundliche Blicke in Richtung Lisa, die in gebückter Haltung mit rotem Kopf am Lehrertischchen saß.

Ein selbstständiger Anwalt verschaffte sich mit lauten Zwischenrufen Gehör. Er meinte, man könne es in der heutigen Zeit einer Lehrerin nicht vorwerfen, wenn sie sich vor der Klasse als Vegetarierin bekenne. Aus seiner Sicht sei aber die indirekte Empfehlung von Frau Berner an ihre Schüler, es ihr gleichzutun, problematisch. Damit habe sie seiner Ansicht nach ihre Vorbildfunktion missbraucht.

Wieder wildes Durcheinandergerede. Lisa presste die Lippen zusammen und schloss die Augen. Wortmann war der kalte Schweiß auf die Stirn getreten. Er bat die Eltern um eine Unterbrechung und zerrte seine Kollegin ungalant vor die Tür.

„Wie konnten Sie bloß so töricht sein und vor der Klasse sagen, Sie seien Vegetarierin? Das geht doch keinen etwas an! Ihr Outing verschärft die Lage. Es wird Ihnen nichts anderes übrig bleiben, als sofort dazu Stellung zu nehmen. Die Eltern werden eine Erklärung verlangen, dass Sie Ihre vegetarische Ernährung als Privatangelegenheit betrachten."

Wortmanns Verhalten enttäuschte Lisa. Nichts war mehr zu spüren von dem gemeinsamen Kampf ‚Seite an Seite'.

Mit monotoner Stimme rechtfertigte sie sich vor den Eltern: „Mein sogenanntes Outing als Vegetarierin war die Antwort auf die entsprechende Frage eines Schülers. Auch mein Hinweis, ich würde mich seit sechs Monaten fleischlos ernähren und mich seither gesundheitlich besser denn je fühlen, kam auf die Frage dieses Schülers zustande."

Nach einer Pause ergänzte Lisa in ruhigem Ton: „Meine Erlebnisse in Brasilien haben mich zur Vegetarierin gemacht. Ich bin zuversichtlich, dass immer mehr Menschen, sobald sie die Zusammenhänge verstanden haben, sich ebenfalls für eine fleischarme Ernährung entscheiden werden. Menschen mit Gemeinsinn und der Fähigkeit, über den heutigen Tag hinaus zu denken. Denn sie haben erkannt, dass sie auf diese Weise eine Klimakatastrophe abwenden und den Hunger auf der Welt verringern können."

Wortmann hielt nun die Zeit für gekommen, die Diskussion zu beenden. Unter dem Eindruck von Lisas abschließender Bemerkung ruderte er zurück: „Meiner Meinung nach ist es durchaus Aufgabe der Schule, Fragen zur gesunden Ernährung zu behandeln. Im Lehrplan der Jahrgangsstufe 7 ist im Fach *Haushalt und Ernährung* die vollwertige Ernährung ein Thema und in diesem Zusammenhang auch der Vegetarismus."

Nachdem die Eltern das Klassenzimmer verlassen hatten, bat der Schulleiter Lisa, um des lieben Friedens willen in der nächsten Schulstunde auf denkbare gesundheitliche Risiken der fleischlosen Ernährung einzugehen. Außerdem solle sie erklären, dass sie die vegetarische Lebensweise als Privatangelegenheit ohne Vorbildcharakter betrachte.

Lisa war bereit, das Thema in der nächsten Stunde nochmals aufzugreifen. Auf die Feststellung, ihre vegetarische Ernährung sei ihre Privatangelegenheit, würde sie jedoch verzichten, da war sie sich sicher. Denn sie hielt diese Aussage schlichtweg für falsch.

3

Aufgewühlt diskutierte Lisa Berner am nächsten Tag mit Kollegen den Elternabend. Ihr Selbstverständnis als Lehrerin stand auf dem Spiel. Wie soll sie Kinder zu aufgeklärten und verantwortungsbewussten Menschen erziehen, wenn die Eltern sie daran hindern, im Unterricht die Wahrheit zu sagen?

Viele von Lisas Kollegen wollten sich bei der Frage der ,Vorbildfunktion eines Lehrers' nicht festlegen. Einige betonten, dass man mit ihr achtsam umgehen müsse. Dies verpflichte den Lehrer, sich bei Fragen des persönlichen Lebensstils zurückzuhalten.

Nur Kollege Benedikt Tauber, der an Lisas Schule Deutsch und Englisch unterrichtete, stellte sich unmissverständlich auf ihre Seite. Er sah es als die Pflicht eines Lehrers an, seine Schüler über Ursachen und Hintergründe der sich anbahnenden Klimakrise aufzuklären. Dazu gehöre auch der viel zu hohe Fleischkonsum in den Industriestaaten. Bei dieser Gelegenheit bekannte Tauber, dass er bereits seit drei Jahren Veganer sei und – wie er mit einem Augenzwinkern hinzufügte – immer noch lebe.

Sophie, mit der Lisa am Abend telefonierte, war entrüstet über den Verlauf des Elternabends: „Unglaublich! So viel Ignoranz in der Weltstadt München!"

Auch in ihrem Blog ‚*Nachhaltig und fair*‘, den Lisa vor einigen Monaten gestartet hatte, berichtete sie über die Kontroverse an ihrer Schule. Am Schluss forderte sie ihre Leser auf, ihre Meinung zu posten.

Einige Tage später rief Lisa aufgeregt bei Sophie an: „Wahnsinn! Über hundert Kommentare.“

„Super! Hätte ich nicht gedacht. Und, wie ist die Tendenz? Eher für oder gegen dich?“

„Etwa zwei Drittel der Kommentare stimmen mir zu.“ Lisa platzte fast vor Stolz. Sophie konnte es durchs Telefon spüren und freute sich mit ihr.

„Haben die Kommentatoren deines Blogbeitrags neue Belege für Fleischverzicht gebracht? Ich meine Argumente, die du in der Unterrichtsstunde und beim Elternabend nicht verwendet hast?“

„Ja, ein Krankenhausarzt aus, warte mal … aus Niedersachsen informierte mich über seine Probleme mit MRSA-Keimen. Die entstehen in großen Schweinemastbetrieben, wenn ständig Antibiotika eingesetzt werden, meist prophylaktisch zur Vermeidung von Krankheiten aber manchmal auch als Wachstumsbeschleuniger. Durch die ständigen Antibiotikagaben entwickeln sich Bakterienstämme, die gegen herkömmliche Antibiotika resistent sind. Und die Leute, die in diesen Ställen arbeiten, bringen die Keime dann ins Krankenhaus, sei es als Patient oder als Besucher.“

„Das ist ja fürchterlich!“ Ihr Zorn ließ Sophies Gesicht krebsrot werden. „Weiß irgend jemand, wie wir mit diesem Problem fertig werden sollen?“

„Inzwischen habe ich mit dem Arzt telefoniert. Er sagte, im letzten Jahr habe es Todesfälle in deutschen Krankenhäusern gegeben. Wegen dieser MRSA-Keime! Vor allem Patienten, die durch eine große OP geschwächt sind, oder ältere Menschen mit einem schwachen Immunsystem sind gefährdet."

Da hörte sie Sophie leise aber mit großem Nachdruck sagen: „Lisa, ich glaube, das ist *der* Hebel, um in Deutschland der Massentierhaltung endlich den Garaus zu machen. Gefährliche Keime, die aus Mastbetrieben mit Massentierhaltung in Krankenhäuser verschleppt werden!" Wütend stieß Sophie ihren Atem aus. „Das ist ein Riesenskandal. Diese Schweinerei wird nicht nur die Leser der BLICK-Zeitung interessieren."

„Aber die Leute sind doch keine Mikrobiologen. Und wer kennt sich schon mit Hygiene in Krankenhäusern aus?"

„Dafür werden die Medien sorgen, so ein Thema muss doch die Menschen elektrisieren. Killerkeime im Krankenhaus, da läuft es doch jedem halbwegs normalen Bürger eiskalt den Rücken runter."

„Soll ich zu dem Arzt Kontakt halten?"

„Unbedingt! Das ist ein Mediziner, der sein Berufsethos ernst nimmt. Dem es nicht egal ist, was für ein Damoklesschwert über unserem Gesundheitssystem baumelt."

In den nächsten Tagen gingen etwa achtzig weitere Kommentare zu Lisas Blogtext ein. Tierschutz- und Vegetarierverbände fragten an, ob sie ihn auf ihrer Website und in ihrem Newsletter veröffentlichen dürften. Lisa freute sich darüber, denn je mehr Menschen sich mit dem Thema befassten, umso besser.

Ernsthafte Kommentare beantwortete sie, unabhängig davon, ob sie für oder gegen ihre Auffassung waren. Es meldeten sich auch zwei Oppositionspolitiker aus dem bayerischen Landtag, die Lisa ermutigten, ihre Position in der Schule und, falls erforderlich, gegenüber der Schulverwaltung offensiv zu vertreten.

Als ein freier Mitarbeiter der *Münchner Allgemeinen Zeitung* (MAZ) um ein Interview anfragte, bekam Lisa Herzklopfen und erbat sich Bedenkzeit.

Sie telefonierte mit ihrer Freundin Sophie. „Wie siehst du das? Kann ich als Beschäftigte im Öffentlichen Dienst so ein Interview geben? Oder wird man mir mangelnde Loyalität vorwerfen, wenn ich dies ohne Zustimmung meines Schulleiters mache?"

„Du könntest ihm ja ganz unschuldig das fertige Interview zur Genehmigung vorlegen. Wenn er den Text abzeichnet, sind wir aus dem Schneider."

„Ja wenn! Doch Wortmann wird das nicht auf seine Kappe nehmen. Vorsichtig und karrieregeil wie er ist, wird er ganz schnell die Verantwortung nach oben schieben. Dann bekommen wir, wenn überhaupt, in sechs Wochen die Genehmigung eines zusammengestrichenen Interviews mit minimalem Aussagewert."

Sophie dachte nach. „Ich finde, auch eine Beschäftigte im Öffentlichen Dienst hat das Recht auf freie Meinungsäußerung. Und du wirst ja in dem Interview nicht deine Schule oder deinen Schulleiter oder das bayerische Kultusministerium in die Pfanne hauen, sondern nur ganz vorsichtig an den Betonköpfen einiger Eltern anklopfen."

„Richtig", stimmte Lisa zu, „aber darf ich Einzelheiten eines Elternabends an die Öffentlichkeit bringen?"

„Das hast du doch nicht vor. Du könntest aber im Interview durchblicken lassen, wie sehr die steinzeitlichen Ansichten einiger Eltern über eine gesunde Ernährung dich enttäuscht haben. Vor allen, weil sie nicht den Bedürfnissen ihrer Kinder gerecht werden."

Lisa war immer noch unentschlossen. „Bloß keinen Ärger mit der Bildungsbürokratie. Du weißt, wie schwierig es für mich war, eine Stelle in Bayern zu bekommen. Das hat nur funktioniert, weil meine Fächerkombination Biologie/Chemie gerade gesucht war."

Sophie seufzte. „Meine Liebe, sehe doch auch die positiven Seiten eines Interviews in einer führenden Tageszeitung. Es ist eine Superchance für uns, eine große Zahl von Menschen über nachhaltige Ernährung aufzuklären."

Dieses Argument überzeugte Lisa. Klar: Mit diesem Interview konnte sie etwas für die Sache tun, die ihr so am Herzen lag. Dafür war sie auch bereit, ein persönliches Risiko einzugehen. Ihre Bereitschaft zu Mut und Zivilcourage hatte gegenüber der anfangs vorherrschenden Ängstlichkeit die Oberhand gewonnen.

Einige Tage später traf Lisa den *MAZ*-Mitarbeiter in einem Café in der Münchner Innenstadt. Er stellte Fragen zu ihrem beruflichen Werdegang, machte von allen Seiten Fotos und übergab ihr die Interviewfragen. Innerhalb von drei Tagen sollte sie ihm ihre Antworten mailen.

Lisa gefiel vor allem die Frage nach ihrem Motiv, für eine vegetarische Ernährung in der Öffentlichkeit einzutreten. Entsprechend ausführlich wurde ihre Antwort. Sophie, der sie ihren Text zur Durchsicht gab, verstand es, ihn ohne Substanzverlust zu kürzen. Außerdem ermutigte sie Lisa, die günstigen Auswirkungen einer fleischarmen Ernährung auf das Weltklima noch mehr in den Mittelpunkt ihrer Antworten zu rücken.

Schließlich war Lisas Interviewtext locker formuliert, verständlich und witzig. Auch die rhetorische Frage nach dem Standort von Deutschlands wichtigstem Methanvorkommen konnten sie unterbringen. Nein, nicht offshore irgendwo draußen in der Nordsee, sondern in den Mägen der deutschen Rindviecher.

Das Interview erschien wenige Tage später in der MAZ. Noch am selben Tag wurde Lisa von Kollegen darauf angesprochen. Einige prophezeiten ihr massiven Ärger mit der Schulbehörde, da sie es versäumt habe, das Interview genehmigen oder gegenlesen zu lassen. Nur Kollege Tauber stellte sich vorbehaltlos hinter Lisas Text und lobte ihre Zivilcourage.

Am nächsten Tag bat Schulleiter Wortmann sie zu einem Gespräch. Er hatte Sorgenfalten auf der Stirn.

„Welcher Teufel hat Sie bloß geritten, unseren Elternabend auf diese Weise publizistisch auszuschlachten? Damit haben Sie sich selbst, der Schule und auch mir einen Bärendienst erwiesen."

Lisa Berner holte tief Luft, bevor sie loslegte: „Was soll die Dramatisierung, Herr Wortmann? Wenn Sie mein Interview unvoreingenommen lesen, müssen Sie zugeben, dass ich weder Sie, noch die Schule, noch den Lehrplan für Realschulen, noch die bayerische Bildungspolitik kritisiere."

„Das sehe ich anders. Unterschwellig enthält das Interview Kritik am bayerischen Schulsystem."

„Dann interpretieren Sie etwas hinein, was ich nicht gesagt habe. Ich habe nur die Haltung einiger Eltern beklagt und dazu stehe ich. Es ist bedauerlich, wenn Eltern nicht einsehen wollen, dass eine fleischarme Ernährung in vielerlei Hinsicht dem Wohl ihres Kindes dient."

„Selbst wenn Ihre Argumente richtig wären, Frau Berner, was soll Ihre Nörgelei? Sie werden damit bei einem Teil der Eltern aufs Neue böses Blut schaffen. Dadurch tragen Sie nicht zur Befriedung des Konfliktes bei, sondern zu seiner Eskalation."

Lisa Berner sah Wortmann so treuherzig wie sie nur konnte in die Augen und versicherte, dies sei nicht ihre Absicht gewesen. Aus den vielen Antworten im Netz auf ihren Blogeintrag ergebe sich ein anderes Bild von der Auffassung der Elterngeneration.

„Was für ein Blog?" Lisas Schulleiter musterte sie mit offenem Mund.

„Mein Blog heißt ‚Nachhaltig und fair'. Und bitte, nehmen Sie das zur Kenntnis, die große Mehrheit der Eltern, die auf meinen Eintrag geantwortet hat, liegt auf meiner Linie. Diese Eltern akzeptieren es nicht nur, wenn ihre Kinder auf Fleisch verzichten, nein, sie freuen sich sogar darüber." Nach einer Pause fuhr Lisa in bedächtigem Ton fort: „Vielleicht sollte ich ein paar Eltern meiner Klasse Nachhilfe über gesunde und nachhaltige Ernährung geben. Ich bin gerne dazu bereit, aber ich bin nicht bereit, in dieser fundamentalen Frage mir einen Maulkorb verpassen zu lassen."

„Ist das Ihr letztes Wort?"

„Ja."

„Dann kann ich Ihnen auch nicht mehr helfen. Die Konsequenzen werden Sie ganz alleine tragen müssen."

4

Andreas Draxl, der PR-Manager der *Münchner Quali-
tätsfleisch GmbH*, wunderte sich über die Bitte von Geschäftsführer Hackeberg, ihn unverzüglich zu sprechen. Das kam
selten vor, denn regelmäßigen, persönlichen Kontakt pflegte
Hackeberg, der sich gerne mit ‚Herr Generaldirektor' anreden
ließ, nur zu den anderen Geschäftsführern.

Mit einem laschen Händedruck begrüßte Hackeberg
seinen Mitarbeiter und bat ihn, auf einer Sitzgruppe aus
Nappaleder Platz zu nehmen. Während er sich ihm gegen-
übersetzte, fragte er beiläufig: „Zigarre, Zigarillo, Zigarette?"

„Vielen Dank für Ihr Angebot, Herr Generaldirektor, aber
Rauchopfer gehören schon seit einigen Jahren nicht mehr
zu meinem Repertoire."

Ohne sich weiter darum zu kümmern, zündete sich Hackeberg einen Zigarillo an. „Wie geht es Ihnen, Draxl? Macht die
Arbeit Spaß?"

„Danke der Nachfrage, Herr Generaldirektor! Ja ... doch ...
oder ... sagen wir mal ... meistens."

„Das klingt gut! Nur Spaß soll die Arbeit nicht machen.
Dann wäre es ja keine Arbeit sondern Hobby." Hackeberg
grinste dümmlich und zeigte seine gelb verfärbten Zähne.
Nach einem genussvollen Zug an seinem Zigarillo, wobei er
den Rauch senkrecht nach oben paffte und das markante

Kinn von den umliegenden Fettpölsterchen entblößte, fragte er: „Sind Sie eigentlich durch Ihre Arbeit ausreichend gefordert, ich meine intellektuell?"

Draxl überlegte, warum der Alte wohl diese Frage stellte. Da er auf Anhieb das Motiv nicht erkennen konnte, entschloss er sich, wahrheitsgemäß zu antworten: „Grundsätzlich schon. Ein Teil meiner Arbeit ist jedoch inzwischen Routine, das finde ich weniger spannend."

„Eine ehrliche Antwort", murmelte der Chef. „Ich denke, Ihrem Mangel an intellektueller Herausforderung kann ich abhelfen. Sie sind doch seinerzeit von der Zeitung zu uns gekommen?"

„Ganz recht, Herr Generaldirektor. Ich habe zuvor beim *Augsburger Tagblatt* gearbeitet."

„Aha, also Journalist von der Pike auf?"

„Nicht ganz. Nach einer Buchhändlerlehre habe ich eine zweijährige Ausbildung an einer bekannten Journalistenschule gemacht. Dann war ich bei der eben erwähnten Zeitung, erst als freier Mitarbeiter und später als angestellter Redakteur für Sport und Lokales."

„Können Sie recherchieren?"

„Selbstverständlich, Herr Generaldirektor. Das ist das tägliche Brot eines Journalisten."

„Sehr gut." Hackeberg schien erleichtert. „Lesen Sie die *Münchner Allgemeine Zeitung*?"

„Ja, aber nicht regelmäßig."

„Haben Sie vor einigen Tagen ein Interview mit einer jungen Lehrerin gelesen, die in ihrem Biologieunterricht unverhohlen die fleischlose Ernährung propagiert?"

„Nein, das Interview kenne ich nicht. Aber das lässt sich ändern."

„Darum wollte ich Sie gerade bitten. Heute Morgen hat mich nämlich der Hauptgesellschafter unserer Firma angerufen und auf dieses Interview aufmerksam gemacht. Er hält es für eine denkbar schlechte Werbung für unsere Branche und bittet daher, die Hintergründe dieses Interviews zu ermitteln. Eigentlich wäre das eine Aufgabe des Verbandes, aber weil dessen Pressemann länger krank ist, haben die gerade keinen geeigneten Mitarbeiter."

Hackeberg schwieg einen Augenblick. Er atmete schwer, denn er war ziemlich korpulent. Sein kalorienreiches Essen und hochprozentige Spirituosen hatten bei einer gleichzeitigen Bewegungsarmut zu einem Wohlstandsbauch geführt, der nicht zu übersehen war. Plötzlich fixierte er Draxl mit aufgerissenen Augen, was durch die dicken Gläser seiner dunklen Hornbrille zu einem Furcht einflößenden Anblick wurde: „Ich möchte, dass Sie diese Sonderaufgabe übernehmen!"

„Gerne, Herr Generaldirektor. Welche Informationen über die Zielperson benötigen Sie?"

„Alles, was für uns interessant sein könnte. An welcher Schule sie arbeitet, welche Fächer sie gibt, ihr Standing bei Schülern, Eltern und Kollegen, ihren beruflichen Werdegang, in welcher Partei sie ist, ob sie einer Gewerkschaft angehört und, und, und. Vielleicht gelingt es Ihnen, mit ihr persönlich in Kontakt zu treten und etwas über ihre Motive zu erfahren. Mich interessiert brennend, was diese Dame antreibt, einen Kreuzzug gegen eine kerngesunde Ernährung mit kraftvollem

Fleisch zu führen." Er lachte verächtlich. „Können Sie mir, sagen wir mal in zwei Tagen, etwas liefern?"

„Ich werde mein Möglichstes tun, Herr Generaldirektor."

„Es wird nicht zu Ihrem Schaden sein." Hackeberg machte eine Pause, um die enorme Bedeutung der folgenden Information zu unterstreichen. Draxl hielt die Luft an, als Hackeberg sich vorbeugte und in einem geheimnisvollen Ton sagte: „Sehen Sie diese Aufgabe als Chance, lieber Draxl, Ihre Fähigkeiten bei der Gesellschafterversammlung ins rechte Licht zu rücken! Vielleicht wissen Sie es bereits: Das Gremium hat vor einer Woche beschlossen, für Presse, PR und Sponsoring eine eigenständige Organisationseinheit zu schaffen und sie mir direkt zuzuordnen. Es hat mich beauftragt, mir Gedanken zu machen, ob intern jemand als Chef dieser Organisationseinheit in Betracht kommen könnte." Hackeberg machte einen tiefen Zug an seinem Zigarillo und raunte: „Könnte doch etwas für Sie sein, Draxl?"

Während Draxls Kopf die Farbe einer halbreifen Tomate annahm, erhob sich Hackeberg. Er geleitete seinen Mitarbeiter zur Tür. Mit einem noch lascheren Händedruck als bei der Begrüßung verabschiedete er ihn mit einem Lächeln, das verheißungsvoll und kaltblütig zugleich war.

In seinem Büro ließ sich Andreas Draxl auf seinen Stuhl plumpsen. Endlich mal was Neues! Er rieb sich die Hände und überlegte, wie er am besten vorgehen könnte. Da fiel ihm seine Tochter Anna ein. Über ihre vielen Hobbies hatte sie auch an anderen Schulen Freundinnen und Bekannte.

Vielleicht war auch ein Mädchen darunter, das auf die Schule der gesuchten Lehrerin ging.

Andreas Draxl, den seine Freunde Andi nannten, stöberte ein wenig im Internet und hatte schon bald das gesuchte Interview auf dem Schirm. Es unterschied sich nicht von der gedruckten Version, wie er durch ein Telefonat mit der MAZ erfuhr. Konzentriert las er den Text und wunderte sich über die gekonnte und zugleich lockere Ausdrucksweise. Ohne Zweifel war das Interview spannend zu lesen und überzeugte auch inhaltlich. Da war Engagement zu spüren! Lisa Berner hieß die Lehrerin, war sechsunddreißig und unterrichtete an der Friedrich-Ebert-Realschule in München *Biologie* und *Chemie*. Sie war erst wenige Wochen an der Schule, kam aus dem Rheinland und hatte fünf Jahre in Brasilien in der Entwicklungshilfe gearbeitet. Das Foto zeigte eine attraktive junge Frau.

Andi rief die im Interview erwähnte Website auf. Bald schon kannte er weitere Details über die Person Lisa Berner, einschließlich ihrer Prinzipien, Motive und Einstellungen. Er überlegte kurz, ob es ratsam sein könnte, diese Daten sofort Hackeberg zuzuleiten. Aber dann entschloss er sich, erst einmal über seine Tochter Anna weitere Informationen zu beschaffen.

Anna lebte bei seiner geschiedenen Frau. Nach dem Mittagessen hatte sie an ihrer Schule eine Freistunde. Er erreichte sie auf ihrem Handy. Sie wunderte sich, warum sich ihr Vater für eine Lehrerin an einer Münchner Realschule interessierte.

„Willst du die anbaggern?"

„Ach was, ist was Berufliches."

„Is' auch egal. Ich kenne eine, die geht auf die Friedrich-Ebert. Die könnte ich mal ausquetschen."

Das tat Anna dann erfolgreich. Sie erfuhr von dieser Bekannten, die bei Frau Berner *Chemie* hatte, dass die Schüler diese Lehrerin cool fänden. Man komme gut mit ihr klar, und manchmal sei ihr Unterricht sogar ziemlich geil. Anna erfuhr aber auch von beträchtlichem Ärger, den Frau Berner mit einigen Eltern wegen einer Werbung für vegetarische Ernährung habe.

Draxl nahm die Informationen seiner Tochter in seinen Bericht auf, den er per Mail sogleich an Generaldirektor Hackeberg sandte. Eine Stunde später erhielt er von ihm folgende Antwort: *„Besten Dank, Draxl! Unbedingt weiter am Ball bleiben. Direkte Kontaktaufnahme mit der Zielperson. Dann erneut berichten."*

Draxl las die Notiz des Geschäftsführers ein weiteres Mal, ehe er sie speicherte. Er wusste, was nun zu tun war.

5

An einem Abend im Advent lud Max Wallersleben seine Mutter, Robert Ponto, Lisa sowie seine Frau Petra und seinen Stiefsohn Alexander zu einem Essen in ein Restaurant nach Bernried ein. Er wollte seine Mutter und ihren Lebenspartner Robert willkommen heißen, die Anfang Dezember ihre neue Wohnung in Tutzing bezogen hatten. Max ging es auch darum, Lisa wieder zu treffen. Wie erwartet sagte seine Frau Petra wegen eines angeblichen Migräneanfalls ab.

Lisa und Max trafen sich bereits am Nachmittag zu einem Spaziergang am Starnberger See. Sie schlenderten durch den mit ein paar Schneeflocken bedeckten Bernrieder Park, der nach englischem Vorbild Mitte des neunzehnten Jahrhunderts angelegt worden war. Einer Informationstafel konnten sie Wissenswertes über die reiche amerikanische Brauereibesitzerin Wilhelmina Busch-Woods entnehmen, die den Park gekauft und dadurch gerettet hatte. Sie übereignete ihn Mitte des letzten Jahrhunderts einer Stiftung und machte ihn so für die Öffentlichkeit zugänglich.

„Siehst du, es ist nützlich, sich für etwas einzusetzen", sinnierte Lisa laut. „Ohne diese Frau hätte der normale Bürger vor lauter Millionärsvillen und Hotels heute keine

Möglichkeit, hier ans Seeufer zu gelangen."

„Aber die gute Busch-Woods ging mit ihrem Engagement kein Risiko ein."

„Spielst du auf mein Zeitungsinterview an?"

„Ja." Max blieb stehen und sah seine Begleiterin mit ratlos erscheinender Miene an. „Mensch Lisa, musste das sein?"

„Das musste sein, ich hab es mir gut überlegt." Es klang trotzig.

„Hat sich das Kultusministerium schon gemeldet?"

Lisa wurde blass und schaute Max erschrocken an: „Warum sollte es das?"

„Zum Beispiel, weil dein Interview wirtschaftlichen Interessen von irgendjemandem zuwiderläuft und sich diese Person oder Firma über dich im Ministerium beschwert hat."

Lisa hielt inne und dachte nach. Dann sagte sie forsch: „Typisch, hier spricht der Wirtschaftsjurist! Für den zählen nur wirtschaftliche Interessen. Es gibt aber auch andere Aspekte, wichtigere. Beispielsweise den Existenzverlust brasilianischer Kleinbauern, den deutsche Konsumenten billigend in Kauf nehmen. Wenn sie Billigfleisch verzehren, das man in deutschen Mastställen mithilfe der in Brasilien von Multis produzierten Futtermitteln herstellt."

Max lächelte still in sich hinein. Da war sie wieder: Die standhafte, mutige Lisa, die er im Grunde seines Herzens so mochte. Er blies seinen Atem bewusst langsam in die feuchte Winterluft und betrachtete das sich bildende Wölkchen. Die Nebelgestalt glich dem Geist aus der Flasche.

Auch Max wollte sich befreien und sein Schneckenhaus

verlassen, in das er sich seit Lisas Rückkehr nach Deutschland vor gut einem halben Jahr verkrochen hatte. Er wollte sich jetzt seiner früheren Freundin und Geliebten öffnen und dabei herausfinden, ob sie noch etwas für ihn empfand und eine Chance für eine gemeinsame Zukunft sah.

Mit leiser Stimme begann er von seiner Ehe zu erzählen.

„In der Beziehung mit Petra bin ich schon längere Zeit kein gleichwertiger Partner mehr. Im Laufe der Jahre haben sich die Gewichte immer weiter zugunsten meiner Frau verschoben, ich bin für sie zu einem Nichts geworden."

Lisa schaute betreten auf den gräulichen Kiesweg, ließ sich aber nicht anmerken, wie sie Maxens peinliches Geständnis aufwühlte. Wollte er auf diese Weise ihr Mitgefühl wecken? War es raffinierte Berechnung? Oder sah er in ihr eine Person des Vertrauens? Jemanden, mit dem er über die Erniedrigungen sprechen konnte, die ihm seine Frau zufügte?

Nachdem sie einige Minuten still nebeneinanderher gegangen waren, hielt Lisa plötzlich an und legte vorsichtig ihre Hand auf seinen Unterarm: „Warum hast du das hingenommen? Hast du nicht um deine Würde, deine Integrität gekämpft?"

„Anfangs schon. Aber ein großer Kämpfer war ich nie. Ihr Vater, ein herrischer Egoist, hat sich von Beginn an in unsere Ehe eingemischt. Auch in meine Anwaltsgeschäfte. Noch heute hängt mein beruflicher Erfolg zum Teil von ihm ab."

Max berichtete in abgehakten Sätzen, wie seine Ehe im Laufe der Zeit für ihn zur Hölle geworden war. Er machte Andeutungen von Petras ausgefallenen sexuellen Wünschen, denen er sich verweigert habe. Das wiederum habe sie veranlasst, ohne Rücksicht auf ihn intime Beziehungen mit anderen Männern aufzunehmen. Nun müsse er die Unverschämtheit ertragen, dass ihre Lover, die meist deutlich jünger als sie seien, in ihrer Villa am Starnberger See ein- und ausgingen.

Auch sein Verhältnis zu Petras Vater, dem alleinigen Inhaber einer florierenden Privatbrauerei, habe sich nicht wie erhofft entwickelt. Er sei nicht, wie vom Firmenpatriarchen vor der Hochzeit zugesagt, in die Führungsspitze des Unternehmens berufen worden, sondern hätte sich eine eigene Anwaltskanzlei aufbauen müssen. Die Kontakte seines Schwiegervaters hätten ihm zwar recht schnell Zugang zu anderen mittelständischen Unternehmern verschafft. Doch vor allem dank seiner fachlichen Kompetenz und einiger Aufsehen erregender, gewonnener Prozesse sei es ihm gelungen, sich auf dem Gebiet des internationalen Vertragsrechts einen Namen zu machen und sich einen festen Kundenstamm aufzubauen.

Zerknirscht sah er Lisa an: „Du kannst dir nicht vorstellen, wie oft ich mir Vorwürfe gemacht habe wegen meines Verhaltens damals auf der Studentenfete! Es ist mir heute vollkommen unverständlich, wie Petra mich verführen konnte. Und weshalb ich dich fallen ließ, nur weil sie schwanger war." Er seufzte leise und deutete an, dass dabei auch Drogen im Spiel gewesen sein könnten.

„Dein Verhalten und deine Entscheidung für Petra und damit gegen mich konnte ich auch nicht verstehen und verstehe es bis heute nicht. Max, wir träumten doch von einer gemeinsamen Zukunft mit eigenen Kindern."

Unvermittelt überfiel sie eine große Traurigkeit. So als ob an einem strahlenden Sommertag eine totale Sonnenfinsternis ihren kalten Schatten über die Landschaft breiten würde. Sein treuloses Verhalten war auch für sie verhängnisvoll gewesen. Beide schwiegen und hingen ihren Gedanken nach.

Nach einer Weile fasste sich Max ein Herz, trat dicht an Lisa heran, die stehen blieb. Er nahm zärtlich ihr Gesicht in beide Hände, küsste sie auf den Haaransatz an der Stirn und sagte leise: „Ich habe dich damals so geliebt, Lisa, wie niemals eine andere Frau weder vor noch nach dir. Ich freute mich auf ein glückliches Leben mit dir. Alles hat gestimmt, auch meine Eltern waren mit dir einverstanden."

„Ich mochte sie auch, vor allem deine Mutter. Sie war einer der wenigen Menschen in Deutschland, zu denen ich während meiner Zeit in Brasilien Kontakt hielt."

Lisa ließ die damaligen Ereignisse vor ihrem inneren Auge vorüberziehen. Das war für sie nicht ein Produkt des Zufalls, sondern sie glaubte fest daran, dass eine überirdische Macht dies alles wohl durchdacht so arrangiert hatte. Warum diese gute Macht aber nicht den Flirt von Max mit Petra verhinderte, war ihr allerdings ein Rätsel. Auch die Rolle, die ihre Freundin Sophie in dieser Angelegenheit gespielt hatte, konnte sie nicht begreifen.

„Eines ist mir bis heute unerklärlich, Max. Warum hat deine Mutter nicht versucht, dich von deiner Heirat mit Petra abzuhalten? Sie ist eine lebenskluge Frau und hat sicherlich Petra bald durchschaut?"

„Das verstehe ich auch nicht. Vielleicht wollte sie meinem Vater nicht widersprechen, der in dieser Verbindung eine große berufliche Chance für mich sah. Er ging ernsthaft davon aus, dass ich in wenigen Jahren im Chefsessel der Privatbrauerei Seidl sitzen würde."

Sie schwiegen wieder und Lisa wurde für einen Augenblick von Selbstmitleid überwältigt. Doch bald gewann ihr Realitätssinn wieder die Oberhand.

„Mein lieber Max, das alles ist Vergangenheit. Der Teil unseres Lebens, den wir nicht mehr ändern können. Wir müssen versuchen, damit klarzukommen."

Max sah aus wie jemand, der unschlüssig ist, ob er seine Gedanken aussprechen soll oder nicht. Doch dann schaute er Lisa mit festem Blick in die Augen, strich ihr zärtlich eine Haarsträhne aus dem Gesicht und sagte mit brüchiger Stimme: „Die Vergangenheit zu bewältigen, ist eine Sache. Aber es gibt auch eine Zukunft, vielleicht sogar ..." Er machte eine Pause, straffte seinen Oberkörper und sagte dann: „Vielleicht sogar für uns zwei. Manchmal träume ich von einer zweiten Chance bei dir, einem Zurück auf *Neustart*."

Seiner Begleiterin lief ein kalter Schauer über den Rücken. „Wie stellst du dir das vor! Du bist doch verheiratet!"

Max hatte seine Selbstbeherrschung wiedergewonnen. „Wir leben in einem freien Land, in dem man Ehen, die nicht funktionieren, beenden kann. Diese Option erscheint mir, je länger ich darüber nachdenke, umso verlockender."

Lisa blieb abrupt stehen. Tausend Dinge gingen ihr durch den Kopf. Nach ihrer Rückkehr aus Brasilien hatte sie sich bewusst um eine Lehrerstelle in Bayern bemüht. Nicht weil sie den bayerischen Dialekt so sympathisch fand oder in den Alpen einen Dreitausender besteigen wollte. Nein, weil sie aus ihren Kontakten mit Sophie wusste, dass Max hier lebt und in seiner Ehe unglücklich ist.

Sie atmete langsam aus, um ihre Erregung abzubauen. Dann strich sie ihm zärtlich über seine blonden Haare und fragte: „Deine Bemerkung eben, wie darf ich sie verstehen?"

Max zögerte. „Sagen wir mal, es war ein Versuchsballon. Ich wollte sehen, ob er langsam zu steigen beginnt und in Richtung einer gemeinsamen, himmelblauen Zukunft fliegt oder ob er wie eine Seifenblase zerplatzt."

„Und, was ist passiert? Steigt der Ballon oder liegt er schon zerfetzt am Boden?"

„Das ist noch nicht raus. Dazu müsste ich erst wissen, ob du gerade frei bist."

„Du gehst aber ran, mein Lieber! Früher warst du nicht so forsch." Auch Lisa hatte nun ihre Unsicherheit überwunden und ihre Stimme wieder im Griff.

„Lenke jetzt bitte nicht ab, Lisa!" Er sagte es mit Nachdruck.

Sie warf ihre dunklen, halblangen Haare energisch in den Nacken und stemmte die Arme in die Hüfte. Max hatte seine Stirn in Falten gelegt und schaute gebannt auf ihre dezent geschminkten Lippen.

„Ich bin Single und fühle mich in diesem heutzutage gar nicht so seltenen Aggregatzustand recht wohl."

Max ahnte, dass diese Aussage nicht ganz der Wahrheit entsprach. „Aber nach dem Scheitern unserer Liebe hast du sicher weitere Beziehungen gehabt oder Affären?"

„Ist das hier ein Verhör oder bin ich beim Beichtvater?"

„Weder noch! Ich will nur wissen, woran ich bin."

Lisa verschränkte die Arme vor der Brust und schilderte ihm, wie sie nach seinem Vertrauensbruch in eine Krise geraten war. Nur mit Mühe und Glück schaffte sie ein halbes Jahr später ihr Pädagogikexamen und trat dann im hintersten Winkel von Nordrhein-Westfalen ihr Referendariat an. Erst Jahre nach der Trennung von Max konnte sie sich wieder unbefangen mit Männern treffen. Aber ihre Beziehung mit einem verheirateten Kollegen in Detmold scheiterte, weil er seine Frau nicht verlassen wollte. Um dieses Debakel hinter sich zu lassen, verpflichtete sie sich zu fünf Jahren Entwicklungszusammenarbeit in Brasilien. Dort hatte sie eine Affäre mit einem einheimischen Arzt, aber rechtzeitig bemerkte sie, dass sein Hauptmotiv für die Beziehung eine Emigration nach Deutschland war.

„Du siehst, mein Lieber, mit Männern habe ich nicht nur Glück gehabt. Vielleicht bin ich manchmal ziemlich naiv gewesen. Doch ich lerne dazu: Künftig werde ich dieser Spezies mit einer guten Portion Misstrauen begegnen."

Bei Max perlten sich kleine Schweißtropfen auf der Stirn. Vorsichtig und mit umständlicher Zärtlichkeit legte er ihr den Arm um die Taille und flüsterte: „Bitte verzeih mir mein treuloses Verhalten und meine Kurzschlussreaktion."

Beide schauten ziellos in die Ferne. Als Lisa ihre innere Balance wieder gefunden hatte, sagte sie trotzig: „Eine Frau kann auch ohne einen Mann ein zufriedenes Leben haben. Statt mich in komplizierten Männerbekanntschaften aufzureiben, engagiere ich mich lieber für die Allgemeinheit. Es macht mir Spaß und tut mir gut, etwas gegen die drohende Klimakatastrophe zu unternehmen. Viele wissen nicht, was da gerade abläuft und was jeder dagegen tun kann. Ich will mithelfen, diese Unwissenheit zu beseitigen. Jeder Mensch, der die Zusammenhänge verstanden hat, wird sich ökologisch vernünftig verhalten. Davon bin ich überzeugt."

„Eine höchst optimistische Annahme, liebe Lisa. Bösartige Zeitgenossen würden sie als blauäugig bezeichnen."

„Wieso? Das musst du mir erklären."

Max zögerte. Etwas sträubte sich in ihm, ihren aus seiner Sicht naiven Glauben an die Rationalität menschlichen Handelns zu erschüttern. „Bei einigen Menschen mag deine Prämisse vom vernunftbestimmten Entscheiden und Handeln zutreffen. Aber bei anderen, vielleicht sogar bei vielen anderen, sind Instinkte, Triebe, unbewusste Bedürfnisse und Wünsche ausschlaggebend für ihr Tun. Diese Menschen treffen Entscheidungen, ohne ihren Verstand einzuschalten. Warum das so ist, weiß ich auch nicht."

„Vielleicht stimmt es, was du sagst. Aber wenn es gelingt, alle vernünftigen Menschen über die Fakten aufzuklären und sie auf diese Weise zu Klima schonendem Verhalten zu bewegen, wäre schon viel erreicht."

„Das wird eine Menge Zeit und Kraft kosten."

„Stimmt. Daher wäre für mich eine Partnerschaft mit ständigen Krisen ein Klotz am Bein. Erst recht eine Beziehung mit einem verheirateten Mann, die immer mit Problemen behaftet ist. Das kommt für mich nicht mehr in Frage."

Schweigend gingen sie nebeneinander her und kamen an ein Schlösschen, von wo ein Blick auf den nebelverhangenen See möglich war. Lisa fand diese Aussicht genauso unergründlich wie Maxens momentane Seelenlage.

Max hüstelte gequält. Die triste Stimmung, die sich in ihr Gespräch eingeschlichen hatte, missfiel ihm. Daher hatte er die Idee, mit einem anderen Thema die Atmosphäre aufzulockern: „Spielst du eigentlich noch Tennis?"

„Nein, seit meiner Rückkehr nach Deutschland habe ich nicht gespielt, leider."

„Hättest du Lust, mal wieder den Schläger zu schwingen? Ich habe den Winter über am Sonntagmorgen einen Platz in einer Tennishalle in München-Fürstenried."

„Klingt gut."

„Mein Spielpartner fällt die nächsten sechs Wochen aus, er ist beruflich in den USA. Da könntest du einspringen, ich würde mich freuen." Seine Einladung klang ehrlich.

„Und du würdest es mir nicht übel nehmen, wenn ..."

„Wenn was?"

„Wenn ich dich besiege!" Mit leichtem Triumph in der Stimme ergänzte sie: „Unser letztes Match vor zehn Jahren ging, wenn ich mich nicht sehr irre, klar an mich."

„Stimmt", pflichtete Max bei, ohne darüber nachzudenken, ob es tatsächlich so gewesen war. „Aber freu dich nicht zu früh, ich habe mich verbessert. Seit drei Jahren habe ich einen exzellenten Trainer."

„War ja auch bitter nötig. Vor allem deine Rückhand sehnte sich nach Beständigkeit."

„Erstaunlich Lisa, was du alles noch weißt! Aber damit das Erwachen auf dem Platz für dich nicht zu schockierend wird, berücksichtige bitte dies: An meinem Rückhandcross und dem zweiten Aufschlag habe ich hart gearbeitet."

Lisa lächelte ihn frech an. „Freut mich für dich. Ich bin gespannt auf unser Match."

Max nutzte die gute Stimmung und meinte lakonisch: „Vielleicht finden wir über eine Harmonie beim Tennisspielen zu einer neuen Harmonie im persönlichen Umgang."

„Es kommt darauf an, was du unter *persönlichem Umgang* verstehst. Eine freundschaftliche Beziehung mit unverbindlichen, gelegentlichen Begegnungen wird uns sicher gelingen. Aber ..."

„Was aber?" Max sah sie gespannt an.

„Aber eine feste, vertrauensvolle Verbindung, eine echte Partnerschaft erfordert mehr. Bedenke doch: Jeder von uns hat sich weiter entwickelt, Max. Weder du bist derselbe wie vor zehn Jahren noch ich."

„Logisch. Aber nun im Klartext: Was sind deiner Ansicht nach die Grundlagen für eine gelingende Partnerschaft?"

„Gute Frage, mein Lieber. Nicht leicht zu beantworten."

„Versuch es, bitte. Es ist wichtig für mich."

„Spontan würde ich sagen: Basis für ein harmonisches Miteinander ist eine ähnliche Einstellung zum Leben, zum Sinn unseres Daseins, zur Notwendigkeit von gesellschaftlichem Engagement, zur Hilfsbereitschaft und Empathie gegenüber Schwächeren, zur Bewahrung unserer Lebensgrundlagen durch einen nachhaltigen Lebensstil."

„Meine Güte, du legst die Latte aber hoch. Da kommt ja nur ein perfekter Gutmensch drüber." Max wirkte entmutigt.

„Es ist zweifellos anspruchsvoll. Aber als Pädagogin weiß ich, dass sich jeder Mensch bilden und weiter entwickeln kann, auch charakterlich. Und ebenso in seiner Einstellung zum Leben und zu den Mitmenschen."

„Aber wo bleibt bei deinen Prinzipien die Lebensfreude?"

„Keine Sorge, die ist da, mehr denn je. Für kommende Generationen die Lebensgrundlagen zu bewahren, dafür mit Gleichgesinnten zu kämpfen, gibt mir Lebensfreude. Und meine feste Überzeugung, dass ein Lebensstil, der auf Nachhaltigkeit und Solidarität basiert, über das egoistische Konsumprinzip die Oberhand behalten wird, bewahrt mir meine Lust am Leben."

„Hast auch du vielleicht hin und wieder einen Ausreißer und handelst dann nicht nach deinen Ehrfurcht gebietenden Grundsätzen", fragte Max aggressiv.

„Natürlich, auch ich lebe manchmal nicht konsequent nach meinen Prinzipien. Dann bin ich von mir selber enttäuscht. In solchen Situationen brauche ich einen Partner, der mein Versagen relativiert und mich damit tröstet, dass auch ich nur ein Mensch mit Fehlern und Schwächen bin."

Max atmete hörbar auf, da der Sockel, auf den er die ‚heilige Lisa' gestellt hatte, gerade um die Hälfte schrumpfte. In Gedanken versunken gingen die beiden weiter. Max hatte seinen Arm bei Lisa eingehakt, sie ließ ihn gewähren. Kurz darauf erreichten sie ein Ausflugslokal, das geöffnet hatte. Sie tranken einen Cappuccino und aßen einen Apfelkuchen. Er schmeckte vorzüglich.

6

Gegen neunzehn Uhr waren außer Petra alle von Max eingeladenen Gäste in dem Bernrieder Restaurant eingetroffen. Sophie und Lisa begrüßten sich herzlich mit einem überschwänglichen Hallo und einer innigen Umarmung. Lisa stellte mit schelmischer Miene fest, Sophies und Roberts Umzug von Nordrhein-Westfalen nach Bayern habe eine gute und eine schlechte Auswirkung: Der durchschnittliche Intelligenzquotient sinke jetzt deutlich in NRW, dafür steige er in Bayern signifikant.

Max begrüßte mit warmen Worten die Ankunft der beiden und prophezeite, dass sich durch die Nähe seiner Mutter für ihn etwas Wichtiges ändere: Seine privaten Entscheidungen wären ab sofort deutlich besser und würden rascher gefällt. Während er dies mit einem ironischen Unterton sagte, blickte er Lisa nachdenklich an. Und Alexander, dem zwanzigjährigen Stiefsohn von Max, war seine Freude anzumerken, seine geliebte Großmama und ihren Lebenspartner Robert künftig in Reichweite zu haben.

Sophie und Robert waren ergriffen von den guten Wünschen und Gedanken zu ihrem Start im Süden der Republik.

In ihrer kurzen Rede stellte Sophie fest: „Mit diesem Umzug verstoßen wir gegen die Regel ‚Alte Bäume verpflanzt man nicht'. Wir werden uns größte Mühe geben, diese Volksweisheit zu widerlegen."

Begeistert berichtete sie von ihrem neuen Domizil und von ersten Kontakten mit einem anderen Paar ihres Alters, das ebenfalls in die Wohnanlage in Tutzing eingezogen sei.

Als man sich gerade die vorzügliche Hauptspeise einverleibte, meinte Max: „Mama, kennst du schon das Golfplatzangebot deiner neuen Heimat? Stell dir vor, in unmittelbarer Nähe gibt es drei Golfplätze! Da ist einmal die 18-Loch-Anlage oberhalb von Tutzing am Deixlfurter See, dann der Platz in Feldafing, wunderschön direkt am Starnberger See gelegen und der dritte Platz ist zehn Kilometer südwestlich von eurem Wohnort in Hohenpähl mit einer Aussicht auf den Ammersee. Diese günstigen Bedingungen werden euch sicher anspornen, intensiv an der Verbesserung eures Handicaps zu arbeiten."

„Da muss ich dich leider enttäuschen, mein Sohn. Golf ist bei uns vorerst nicht angesagt. Tennis ja, das werden wir gelegentlich spielen, um nicht einzurosten."

„Aber warum diese Golfabstinenz, ich verstehe das nicht? Zeit habt ihr doch jetzt mehr als genug. Shopping in München, Ausstellungen, Theater- und Opernbesuche, Wanderungen im Voralpenland und im Gebirge, drei bis vier Reisen im Jahr. Das alles wird nicht ausreichen, um eure üppige Freizeit auszufüllen."

Sophie lachte kurz und schaute Robert vielsagend an: „Shoppen und Reisen stehen nicht mehr auf unserer Prioritätenliste. Wir müssen doch an unseren ‚ökologischen Fußabdruck' denken."

„An euren ... waaas?" Max schaute sie verwundert an.

„An unseren ökologischen Fußabdruck. Lass dir das mal von Lisa erklären! In einem ihrer Blogbeiträge hat sie den Fachbegriff verständlich beschrieben."

„Und weil wir dieses Wissen nicht für uns behalten, sondern mit anderen Menschen teilen wollen, fehlt uns die Zeit fürs Golfen." Robert schaute bei seiner Bemerkung selbstsicher in die Runde, während Sophie ihm zunickte.

Im Raum herrschte schlagartig atemlose Stille, alle hielten mit dem Essen inne und schauten gespannt und auch etwas konsterniert erst Robert und dann Sophie an.

Diese ließ sich Zeit, bis sie mit ernster Stimme sagte: „In den letzten Wochen habe ich viel über mein bisheriges Leben nachgedacht. Ich hatte das Glück, an der Seite eines wohlhabenden und geschäftlich erfolgreichen Mannes fast vierzig Jahre sorgenfrei und angenehm leben zu können. Diese Lebensphase ist seit kurzem beendet. Den Umzug an den Starnberger See sehe ich - nein, sehen wir - als Neuanfang. Als Start in den dritten Lebensabschnitt ... mit neuen Inhalten." Sie blickte von einem zum anderen und meinte ernst: „Das ist jetzt unsere letzte Gelegenheit."

Wieder totale Stille. Dann hörte man Alexander leise fragen: „Was habt ihr denn vor?"

Sophie ließ sich Zeit mit ihrer Antwort. „Vor etwa vier Monaten haben wir im Fernsehen auf *ARTE* ein interessantes Feature über Glück und Zufriedenheit im Alter gesehen. Die Quintessenz der Sendung war, dass nicht individuelles, also letztlich egoistisches Glücksstreben einen Menschen zufrieden und glücklich macht, sondern der Einsatz für andere, für die Gemeinschaft."

„Kann ich nachvollziehen", meinte Alexander spontan.

„Zur gleichen Zeit haben wir uns mit Lisas Blogtext zum nachhaltigen Lebensstil beschäftigt." Robert lächelte Lisa an, als er dies sagte. „Da kam uns die Idee, auch mitzuhelfen, dass die nachhaltige Lebensweise in unserer Gesellschaft an Bedeutung gewinnt. Nicht nur, weil dieser Lebensstil persönlich befriedigend ist, sondern auch weil er fair und rücksichtsvoll ist gegenüber den kommenden Generationen."

Lisa klatschte begeistert in die Hände. „Ich finde das großartig!" Sie sprang auf, rannte zu Sophie und Robert und umarmte beide gleichzeitig.

„Und wie wollt ihr euren Plan umsetzen?" Max konnte seine Verwirrung nicht verbergen.

„Genau wissen wir das auch noch nicht", sagte Robert. „Wir dachten an einen Gesprächskreis. Ein Forum, bei dem man sich austauscht, über aktuelle Themen und die Bücher dazu. Gelegentlich vielleicht ein Vortrag eines sachkundigen Zeitgenossen."

„Und als Kommunikationsplattform wollen wir für unseren Arbeitskreis das Internet nutzen", ergänzte Sophie.

„Da kann ich euch helfen." Alexander, der blasse junge Mann mit den dunklen Ringen unter den Augen, öffnete sich immer mehr. „Ich könnte euch eine Website machen."

„Was für ein Glück, dass mein Lieblingsenkel Informatik studiert! Vielen Dank für das Angebot." Sophies Begeisterung wirkte echt.

Lisa warf fast ihr Weinglas um, als sie spontan ihren Arm quer über den Tisch zu Alexander streckte. „Ein Internet-Portal! Das ist es. Da könnten wir meinen Blog einbauen, über eigene sowie Aktionen anderer Organisationen informieren, die sich ebenfalls mit nachhaltiger Lebensweise befassen. Später vielleicht auch neue wissenschaftliche Erkenntnisse zu dieser Thematik bringen, über politische Entscheidungen berichten und sie diskutieren."

„Das wäre phantastisch!" Sophies Augen glänzten vor Freude. „Wir könnten den Bekanntheitsgrad deines Blogs nutzen, um mit unserer Website rasch wahrgenommen zu werden."

Das Essen war kalt geworden, weil alle mit leuchtenden Augen und roten Backen über die neue Initiative diskutierten. Denn jeder wollte mitmachen.

Lisa meldete sich. „Etwas möchte ich unbedingt noch loswerden." Alle schauten sie gespannt an. „Unser Gesprächskreis darf auf keinen Fall in Konkurrenz stehen zu lokalen Gruppen von *Greenpeace* oder dem *Bund Naturschutz*. Da darf nicht der leiseste Verdacht aufkommen. Diese und andere Umweltverbände leisten seit Jahren hervorragende Arbeit bei der Aufklärung der Bevölkerung über einen nachhaltigen Lebensstil. Daher muss es selbstverständlich sein, dass wir unsere Aktionen eng mit der Arbeit der örtlichen Gruppen dieser Umweltverbände verzahnen."

„Du hast vollkommen recht, Lisa", meinte Sophie besänftigend. „Ich bin seit vielen Jahren Mitglied bei *Greenpeace* und Robert ist beim *BUND*."

Robert nickte heftig. „Danke Lisa, für diesen wichtigen Hinweis. Ich denke, von Anfang an sollten auf der Tagesordnung unseres Arbeitskreises gemeinsame Veranstaltungen mit diesen Gruppen stehen und gegenseitige organisatorische Unterstützung bei Aktionen."

Sophie rundete die Diskussion mit der Bemerkung ab: „Getrennt kämpfen und vereint schlagen, so oder so ähnlich würden es wohl die Militärs ausdrücken."

Lisa war erleichtert. Die Bündelung und Abstimmung mit den Aktionen der anderen Umweltgruppen war ihr ein besonderes Anliegen. Sie erwähnte noch, sie sei gerade von der Evangelischen Akademie in Tutzing eingeladen worden, bei einem Wochenendseminar zum Thema *Nachhaltigkeit im Alltag* über *Ernährung* zu referieren.

7

Eine Website für den Initiativkreis ,*Nachhaltig wollen wir leben'* hatte Alexander rasch eingerichtet. Zwar fehlten praktisch noch alle Inhalte, doch Lisas Blog konnte man schon von der Startseite aus aufrufen. Ihren neuesten Text zur Zusammenarbeit aller Umwelt- und Nachhaltigkeitsgruppen hatte Lisa bereits auf dem Portal des Initiativkreises veröffentlicht. Sie bekam dazu viele Kommentare. Die meisten von ihnen hielten es wie sie für erforderlich, sich untereinander besser zu vernetzen. Auch wenn man nicht in jeder Einzelfrage dieselbe Auffassung habe, seien gemeinsame Aktionen für die politische Schlagkraft der Nachhaltigkeitsbewegung bedeutungsvoll.

Eine Woche nach der Einrichtung der Website erhielt Lisa über ihr Blog folgende Mail:

Sehr geehrte Frau Berner,

bitte gestatten Sie mir, dass ich Sie in folgender Angelegenheit anspreche: Seit einiger Zeit lese ich mit Interesse Ihr Blog ,Nachhaltig und fair'. Ich stimme mit Ihnen vollkommen darin überein, dass der gegenwärtige Lebensstil in den westlichen Konsumgesellschaften die gravierenden globalen Verwerfungen beim Klima, bei der Wohlstandsverteilung und bei anderen wichtigen Parametern verstärkt wird. Wenn nicht bald ein radikales Umdenken bei der Mehrzahl der Bürger in den reichen Industrieländern einsetzt, werden nach meiner Auffassung größere globale Katastrophen nicht mehr zu verhindern sein. Diese Sorge belastet mich zunehmend und daher trage ich mich mit dem Gedanken, zu diesem Thema ein Sachbuch zu schreiben.

Ich bin gelernter Journalist und arbeite derzeit in der Pressestelle eines größeren Unternehmens. Diese Arbeit füllt mich inhaltlich nicht aus, aber sie ernährt mich. Sie lässt mir ausreichend Zeit, an dem genannten Buch zu arbeiten. Gegenwärtig beginne ich mit Recherchen zum Status quo. In diesem Zusammenhang befasse ich mich auch mit den Vor- und Nachteilen einer nachhaltigen Ernährung.

Gerne würde ich mich mit Ihnen, einer herausragenden Expertin dieses Sachgebiets, über dieses Thema einmal persönlich unterhalten. Ich wohne wie Sie in München, daher möchte ich Sie bitten, in nicht allzu ferner Zukunft ein Treffen zu ermöglichen.

Ich hoffe sehr, dass Sie meine Bitte mit Wohlwollen prüfen und erwarte mit großem Interesse Ihre Antwort.

Mit freundlichen Grüßen
Andreas Draxl

Als Lisa die Mail gelesen hatte, blickte sie nachdenklich aus dem Fenster ihres Arbeitszimmers. Auf dem Spielplatz hinter dem Mehrfamilienhaus in Pasing schauten die Mütter besorgt zum Himmel, fingen geschwind ihren Nachwuchs ein und verließen im Eilschritt diesen Treffpunkt des Wohnviertels. Lisa beobachtete die dicken grauen Wolken, die sich im Westen bildeten. Sie öffnete das Fenster und sog die frische Luft ein, es roch eindeutig nach Schnee. Seit ihrer Kindheit hatte sie die Begabung, Wetterereignisse zuverlässig vorherzusagen. Sie las die Mail des Herrn Draxl ein zweites Mal. Ein kräftiger Graupelschauer hatte inzwischen eingesetzt und die Eiskörner schlugen aufdringlich ans Fenster.

Obwohl sie es sich nicht erklären konnte, kam ihr die Anfrage merkwürdig vor. War es die zum Teil schleimige Ausdrucksweise, als ob dem Schreiber eine Schnecke durchs Hirn gekrochen wäre oder war es die aufdringlich vorgetragene Bitte um ein baldiges persönliches Treffen, was sie störte? Lisa überlegte, wie sie reagieren sollte. Eine Missachtung oder brüske Zurückweisung kam nicht in Betracht, offensichtlich war der Absender ein Follower. Während sie noch überlegte, kam ihr die Idee, Sophie telefonisch um Rat zu fragen.

Sophie ließ sich die Mail zweimal vorlesen, dann meinte sie: „Ich weiß nicht so recht, was ich davon halten soll. Ich finde, so formuliert kein Journalist!"

„Das dachte ich zunächst auch. Andererseits will ich niemanden nur wegen seines gestelzten Schreibstils zurückweisen. Bloß weil er sich aufplustert wie ein Pfau beim Radschlagen vor seiner Allerliebsten."

„Stimmt, wir brauchen Mitstreiter, viele Mitstreiter. Vielleicht wird aus dem Schreiber der Mail eines Tages auch einer von ihnen."

„Also, was meinst du, soll ich ihn treffen?"

„Ja, aber vielleicht nicht allein. Gut wäre es, wenn beim ersten Date ein Dritter dabei wäre."

„Willst du mich begleiten?"

„Nee, das würde ihm vermutlich nicht passen, Lisa. Am besten wäre ein erstes Treffen im Rahmen einer Veranstaltung, bei der noch andere Personen anwesend sind."

„Ich könnte ihn zum Wochenendseminar der Akademie Tutzing einladen. Das Seminar ist öffentlich und meines Wissens sind noch Plätze frei."

Auch Sophie fand diesen Vorschlag gut und Lisa teilte ihn umgehend Herrn Draxl mit.

Am nächsten Tag bekam sie von ihm eine weitere Mail, in der er mitteilte, dass er sich soeben zu dem Tutzinger Seminar angemeldet habe und sich freue, sie dort zu treffen.

8

Wenige Tage nach Eingang der Mail von Herrn Draxl erhielt Lisa über ihr Blog eine weitere Mail, die sie erstaunte. Ein 80jähriger emeritierter Wirtschaftsprofessor aus Nürnberg fragte an, ob ihre Eltern Harald und Katharina geheißen hätten und ob sie selbst 1976 in Bonn geboren und dort aufgewachsen sei. Wenn dies zuträfe, dann wäre er der Bruder ihres Großvaters väterlicherseits, also ihr Großonkel. Es traf zu. Lisa freute sich über diesen Kontakt, denn sie hoffte, auf diese Weise mehr über ihren Vater zu erfahren, der mit fünfunddreißig Jahren an einer Lungenembolie gestorben war. Zu diesem Zeitpunkt war sie erst vier Jahre alt und konnte sich daher kaum an ihn erinnern.

In ausführlichen Mails erläuterte Großonkel Wilhelm Berner die Verwandtschaftsverhältnisse: Als viertes Kind sei er ein Nachzügler gewesen und zehn Jahre jünger als Lisas Großvater Otto, der 1922 geboren wurde. Zusammen mit drei weiteren Geschwistern habe er in einem Postbeamtenhaushalt in Waiblingen bei Stuttgart eine für die damalige Zeit unbeschwerte Jugend verbracht. Auf der anderen Seite erzählte Lisa von ihrer Arbeit in der Entwicklungshilfe in Brasilien, ihrer Lehrertätigkeit und ihrem Einsatz für eine nachhaltige Lebensweise. Großonkel Wilhelm fand das spannend und stellte schnell Parallelen zum öffentlichen Engagement ihres Vaters Harald fest. Das interessierte Lisa sehr und so vereinbarten sie, sich möglichst bald persönlich zu treffen.

Die Gelegenheit dazu bot sich früher, als beide dachten. Etwa einen Monat später gab der Großonkel dem Drängen seiner Frau nach, eine in München stattfindende Dali-Ausstellung zu besuchen. Er begleitete sie in die bayerische Landeshauptstadt, aber anstatt sich den surrealistischen Bildern des spanischen Künstlers hinzugeben, traf er sich in einem Lokal am Viktualienmarkt mit seiner Großnichte Lisa.

Sie hatten keinerlei Mühe, sich zu erkennen, obwohl sie sich als Erwachsene noch nicht begegnet waren. „Du hast eine frappierende Ähnlichkeit mit deinem Vater", meinte Großonkel Wilhelm, als er Lisa herzlich umarmte. „Vor allem dieses wundervolle Lächeln hast du von ihm."

„Ich hoffe, ich habe noch mehr von ihm mitbekommen." Lisa schilderte, dass sie wenig über ihren Vater wisse, denn immer wenn sie als Heranwachsende die Mutter nach ihm gefragt habe, habe diese gleich zu weinen begonnen.

Der Großonkel erklärte Lisa, ihr Vater sei vaterlos aufgewachsen, denn ihr Großvater Otto sei Anfang 1945 – ein paar Monate bevor ihr Vater geboren wurde – an der Ostfront gefallen. Dieses schwere Schicksal ihres Vaters habe ihn, Wilhelm, als er erwachsen wurde, veranlasst, für seinen Neffen eine Art ‚Ersatzvater' zu sein.

„Seid ihr zusammen aufgewachsen?"

„Ja, kann man so sagen. Meine Familie bewohnte das Parterre und die erste Etage eines Hauses, das mein Vater in den zwanziger Jahren gebaut und das den Krieg unversehrt überstanden hatte. Deine Großeltern zogen nach der Hochzeit in die kleine Dachgeschosswohnung im selben Haus. Dein Großvater fiel dann Ende 1944 und zwei Monate später wurde dein Vater geboren. Die beiden Familien rückten zusammen, wir haben fast immer gemeinsam gegessen. Später, Ende der fünfziger Jahre, haben wir oft zusammen Karten gespielt."

„Was hat meinen Vater als Jungen interessiert? Autos und andere technische Wunderdinge? War er ein Bastler?"

„Nein, eigentlich nicht. Von klein auf haben ihn vor allem Tiere interessiert. Schon früh hatte er einen Hamster, dann kam ein Aquarium dazu, später versuchte er einen Eichelhäher zu zähmen und ständig pflegte er kranke Tiere wie zum Beispiel Vögel, die aus dem Nest gefallen waren und von den Vogeleltern abgelehnt wurden. Die Hühner und Kaninchen, die wir bis Ende der fünfziger Jahre zur Verbesserung unserer Ernährungslage hielten, versorgte in erster Linie dein Vater. Außerdem hat ihn von klein auf die Botanik interessiert. Er hatte einen eigenen kleinen Garten und experimentierte schon bald mit der Zucht seltener Pflanzen."

„Da war es naheliegend, dass er nach dem Abitur Forstwissenschaften studierte."

„Ja, ich habe ihm dazu geraten, auch zum Studienort Freiburg. Doch zunächst ging er nach dem Abitur mit *Aktion Sühnezeichen* in einen Kibbuz nach Israel, um ein Jahr dort zu arbeiten. Er fühlte sich als Deutscher dazu moralisch verpflichtet. Diese Tätigkeit half ihm später, mit seinem Antrag auf Kriegsdienstverweigerung durchzukommen."

„War er ein politischer Mensch?"

„Unbedingt. Bereits während seiner Schulzeit interessierte ihn das politische Tagesgeschehen. Er stand, wie auch ich, der von Adenauer durchgesetzten Wiederbewaffnung der Republik kritisch gegenüber. Und während der Kubakrise zu Beginn der sechziger Jahre waren wir äußerst besorgt, dass der ‚kalte Krieg‘ in einen heißen übergehen könnte."

„In der APO-Bewegung war er aber nicht, oder?"

„An seinem Studienort Freiburg blieb es relativ ruhig, die großen Aktionen liefen in Berlin. Ich weiß, Dutschke hat ihn fasziniert: seine aufpeitschende, mitreißende Sprache, seine intellektuelle Brillanz, seine Glaubwürdigkeit."

„Soweit ich weiß, hat er lange studiert. Lag das an seinem politischen Engagement? Hat ihn dies zu sehr abgelenkt?"

„Nicht nur. Er musste während seines ganzen Studiums jobben, denn seine Mutter konnte ihn nicht unterstützen. Hin und wieder habe ich ihm etwas zukommen lassen, aber das war bescheiden, denn ich verdiente nicht viel als Lehrbeauftragter und hatte bereits eine Familie."

„Meine Mutter sagte mir einmal, mein Vater habe auch bei der Gründung der GRÜNEN mitgemischt."

„Das stimmt. Noch in Freiburg hat er sich bei der damals gerade entstehenden Anti-AKW-Bewegung engagiert. Vielleicht weißt du, dass am Kaiserstuhl ein Atomkraftwerk gebaut werden sollte, doch die Weinbauern und Studenten, insbesondere aus Freiburg, haben den Bauplatz in Wyhl besetzt und dadurch letztendlich dieses AKW verhindert."

„Das ist ja großartig, das wusste ich nicht. Und dieser Widerstand war dann die Keimzelle der GRÜNEN?"

„Nicht direkt, erst bildeten sich Umweltbürgerinitiativen, dann gegen den NATO-Nachrüstungsbeschluss eine mächtige Friedensbewegung, bei der dein Vater auch mitmachte. Bei der Organisation der Demo Ende der siebziger Jahre in Bonn mit über 100.000 Teilnehmern war dein Vater auch beteiligt. Er war damals bereits verheiratet und du warst schon auf der Welt. 1975 hat er deiner Mutter zuliebe, die ihre durch einen Schlaganfall behinderte Mutter versorgen musste, seine akademische Karriere in Freiburg aufgegeben. Er ist zu ihr nach Bonn gezogen, wo er in einer Consultingfirma für ökologische Fragen eine Arbeit fand."

„Vielleicht wäre er bei den GRÜNEN politisch aktiv geworden, wenn nicht sein plötzlicher Tod ..."

„Man weiß es nicht." Lisas Großonkel schwieg und schaute versonnen auf seine Großnichte. „Nachdem ich 1978 in Boston in den USA eine Gastprofessur angenommen hatte, wurden naturgemäß die Kontakte zu deiner Familie spärlicher. Nach dem Tod deines Vaters riss die Verbindung zu deiner Familie vollständig ab. Ich glaube, deine Mutter hatte es schwer, euch durchzubringen. Aber wie es in solchen Fällen häufig vorkommt, scheute sie sich davor, ihre Verwandten um Hilfe zu bitten."

„Ja, so könnte es gewesen sein. Umso wichtiger, dass wir uns jetzt getroffen haben. Es bewegt mich tief, was du mir über meinen Vater erzählt hast."

„Er war ein außergewöhnlicher Mensch, sehr politisch, sehr engagiert und immer friedfertig. Er lehnte es strikt ab, Gewalt einzusetzen, um politische Ziele zu erreichen."

Lisa spürte, welch großes Vorbild sich vor ihr auftat. Eines war ihr klar: In seine Fußstapfen zu treten, würde für sie nicht leicht werden.

An einem Abend Mitte Februar trafen sich im Nebenzimmer des Gasthofs *Tutzinger Hof* neun Personen zur konstituierenden Sitzung des Initiativkreises ‚*Nachhaltig wollen wir leben*'. Neben Sophie und Robert, Lisa und Alexander waren ein Ehepaar aus Sophies Wohnanlage, ein Paar mittleren Alters aus Tutzing und eine alleinstehende Frau aus Feldafing erschienen. Sophie begrüßte die Anwesenden und erläuterte die Ziele der Initiative. Dann stellten sich die Teilnehmer vor.

Ursula und Jochen Merkle, die in der Wohnanlage von Sophie und Robert wohnten, schilderten, wie sie in ihrer Studienzeit in Berlin die 68er-Demos aktiv miterlebt hatten. Damals seien sie politisch wach gewesen und bereit, für politische Ziele zu kämpfen. Nach ihrer Heirat hätte sich das geändert. Karriere und Familie hätten ihre Verbürgerlichung gefördert, die bald in politische Abstinenz, später in Politikverdrossenheit übergegangen sei. Dieser Gleichgültigkeitsmodus habe bis zum Eintritt in den Ruhestand angehalten. Erst die wachsenden Umweltprobleme, insbesondere die sich abzeichnende Klimakrise, hätten sie wachgerüttelt. Nun wollten sie nicht länger tatenlos zusehen, wie sich die künftigen Lebensbedingungen ihrer vier Enkel laufend verschlechterten. Statt darauf zu warten, bis die Politik reagiere und handele, wollten sie selbst die Zukunft mitgestalten und auch daran denken, ihren eigenen Lebensstil zu ändern.

Das Paar mittleren Alters aus dem Tutzinger Westen, Ulrike und Thomas Hoss, war noch berufstätig, er als Handwerker in einem Baumarkt, sie als Verkäuferin in einem Bioladen. Schon seit einigen Jahren waren sie überzeugte Vegetarier und im Internet auf Lisas Blog gestoßen. Sie hielten Lisas These für zutreffend, dass eine weltweite Reduzierung des Fleischkonsums notwendig sei, um eine Klimakatastrophe zu verhindern. In den Initiativkreis wollten sie ihr Wissen und ihre Erfahrung mit vegetarischer Ernährung einbringen und mithelfen, in der Öffentlichkeit vorhandene Vorurteile gegenüber dieser Ernährungsweise abzubauen.

Die alleinstehende Frau hieß Sabine Roth, sie arbeitete als Betriebsärztin bei einem Weltkonzern in München. Vor kurzem hatte sie eine kleine Eigentumswohnung in Feldafing erworben, in der sie jetzt wohnte. Als Tierfreundin und Veganerin hielt sie es für vordringlich, gegen die brutale Massentierhaltung vorzugehen und zugleich die Menschen von den gesundheitlichen und ökologischen Vorzügen einer fleischarmen Ernährung zu überzeugen. Auch gegen die voranschreitende Klimaveränderung müsse man etwas tun. Sie schilderte, wie sie als begeisterte Bergwanderin bei ihren Hochgebirgstouren immer krasser mit dem Abschmelzen der Alpengletscher konfrontiert werde.

Auch Alexander, der Stiefenkel von Sophie, sagte ein paar Worte über sich: zwanzig Jahre alt, Student der Informatik an der Technischen Universität München. Er sei aber kein Nerd, der sich nur für Bits und Bytes interessiere, auch mit politischen Fragen wie der aktuellen Energiewende und der globalen Klimakrise beschäftige er sich.

Auf Lisa wirkte der junge Mann, den sie heute erst zum zweiten Mal erlebte, gehemmt und unsicher. Als sie Max, Alexanders Stiefvater, darauf ansprach, führte er dies auf dessen familiären Hintergrund zurück. Alexander war das uneheliche Kind von Petra Seidl, Maxens Frau. Der Vater war offiziell nicht bekannt. Man munkelte, es sei ein bekannter Wiener Burgschauspieler, der bei einem Gastspiel in München der jungen Petra begegnet sei und die Achtzehnjährige bei dieser Gelegenheit verführt habe. Petra habe es abgelehnt, das Kind abzutreiben. Der Kindsvater habe sich als Rabenvater entpuppt und sich nie mehr gemeldet. Petra verweigerte ihrem Sohn trotz hartnäckiger Nachfragen eine Auskunft über seinen Vater und behauptete sogar, er sei tot. Ihr hartherziges Verhalten führte im Laufe der Zeit zu einem tiefen Zerwürfnis zwischen Alexander und seiner Mutter. Nach seiner Heirat mit Petra und dem Tod ihres gemeinsamen Kindes bei der Geburt bemühte sich Max geduldig um ein gutes Verhältnis zu Alexander, das er allmählich auch erreichte.

Die Anwesenden diskutierten kontrovers, ob der Kreis auch versuchen sollte, auf die Politik Einfluss zu nehmen. Man einigte sich schließlich zweigleisig vorzugehen: Einerseits wollte man durch persönliches Vorbild die Mitmenschen zu nachhaltigem Verhalten animieren. Andererseits sollten politische Aktionen, wie Demos und Unterschriftenpetitionen, Druck auf die Regierenden ausüben.

Rasch bestand Einigkeit, vorerst keinen eingetragenen Verein zu gründen. Als rechtlich bedeutungslose Initiative wolle man sich an jedem ersten und dritten Mittwoch im Monat treffen. Als Sprecherin, die den Initiativkreis nach außen vertreten sollte, wählte der Kreis Sophie Wallersleben.

Roberts Vorschlag, möglichst bald mit dem Vorsitzenden der Ortsgruppe des Bundes Naturschutz Kontakt aufzunehmen, billigten die Anwesenden. Um Konkurrenzgefühle gar nicht erst aufkommen zu lassen, regte Lisa an, bald mit der Ortsgruppe eine gemeinsame Veranstaltung zu planen.

Frau Dr. Roth bat ums Wort. „Mir ist noch etwas eingefallen. Es gibt doch die *Mir hams satt*-Bewegung, vielleicht könnten wir bei denen mitmachen."

„Das sagt mir jetzt nichts", entgegnete Sophie.

„Es ist ein Bündnis aus Bauern, Imkern, Natur-, Tier- und Verbraucherschützern, das sich gegen die industrialisierte Landwirtschaft mit ihrer Massentierhaltung wendet."

„Die Organisation kenne ich." Robert lächelte vielsagend. „Das sind doch die Leute, die jedes Jahr im Januar in Berlin eine spektakuläre Demo vor dem Kanzleramt abziehen?"

„Genau", sagte Lisa. „Immer wenn die Politiker mit dem Bauernverband und anderen mächtigen Lobbyverbänden der konventionellen Landwirtschaft auf der *Grünen Woche* in Berlin kungeln, funken Aktivisten von *Mir hams satt* mit deftigen Auftritten vor dem Kanzleramt dazwischen."

Der Initiativkreis beschloss, zu diesem Bündnis bald Kontakt aufzunehmen.

9

In der Evangelischen Akademie in Tutzing hatten sich etwa fünfzig Personen versammelt, um neues Wissen und praktische Erfahrungen mit einer nachhaltigen Lebensweise kennen zu lernen. Auch Sophie und Robert waren anwesend, Lisas Großonkel Wilhelm war extra aus Nürnberg angereist.

Lisa war mit ihrem Referat um neun Uhr an der Reihe. Eine Mitarbeiterin der Akademie stellte sie kurz vor. Dabei nahm sie insbesondere auf ihr Internetblog Bezug, das in kurzer Zeit wegen seiner Aktualität und Sprache bundesweit Aufsehen erregt habe.

Mit viel Spaß an der Sache hatte Lisa gewissenhaft ihren Vortrag vorbereitet, der mit Fotos, Diagrammen und Tabellen gespickt war. Ausführlich behandelte sie das Modell des *Ökologischen Fußabdrucks*: Alle Ressourcen, die ein Mensch für Wohnen, Ernährung, Kleidung, Körperpflege, Mobilität und Freizeit im Laufe eines Jahres benötigt, werden dabei in Fläche umgerechnet. Auch die zur Entsorgung des entstandenen Mülls notwendige Energie wird bei der Berechnung berücksichtigt.

Überrascht nahm die Mehrzahl der Zuhörer zur Kenntnis,

dass der durchschnittliche Ökologische Fußabdruck eines Deutschen derzeit bei 5,1 Hektar liegt. Dagegen gilt als fairer Wert – das ist der Wert, der ohne bleibende Umweltschäden weltweit vertretbar wäre - lediglich 1,8 Hektar. Erstaunen rief hervor, was wie stark unseren Fußabdruckwert beeinflusst: Während der Verkehr in Deutschland für zweiundzwanzig Prozent und das Wohnen für fünfundzwanzig Prozent verantwortlich sind, trägt die Ernährung mit hohen fünfunddreißig Prozent zu unserem Fußabdruck bei. Lisa Berner konnte daher ihren Zuhörern rasch deutlich machen, wie jeder seinen ökologischen Fußabdruck verkleinern kann: durch eine nachhaltige Ernährung.

Wer hätte gedacht, dass die Erzeugung tierischer Lebensmittel bis zu fünfmal mehr Energie verschlingt als die Produktion pflanzlicher Lebensmittel? Oder dass man zur Herstellung von einem Kilo Schweinefleisch etwa drei Kilo Futter benötigt und für ein Kilo Rindfleisch sogar sieben Kilo! Und für die Produktion von einem Kilo Kartoffeln 500 Liter Wasser gebraucht werden, zur Erzeugung von einem Kilo Rindfleisch aber unglaubliche 15.000 Liter! Auch mit einer Zahl, die das Umweltbundesamt gerade veröffentlicht hatte, verblüffte Lisa ihre Zuhörer: „2012 stammten mehr als die Hälfte der gesamten Methangas-Emissionen in Deutschland aus der Landwirtschaft. Und Methan ist für das Klima fünfundzwanzigmal schädlicher als Kohlendioxid."

Am Ende ihres Referats gab Lisa zusammenfassend ein paar Tipps, wie man sich nachhaltig ernähren kann: Möglichst wenig Fleisch und Wurst essen, dafür viel rohes Bioobst und -gemüse aus der eigenen Region und der aktuellen Saison. Sie beschränkte sich auf diese wenigen Punkte, denn damit könne man schon bemerkenswert positive Auswirkungen auf Umwelt und Klima erzielen.

In der anschließenden Diskussion ging es zunächst um die Frage, ob sich ärmere Bevölkerungsgruppen die teuren Bioprodukte, insbesondere das deutlich teurere Biofleisch, leisten können. Lisa empfahl, nur einmal pro Woche Fleisch zu essen, dann aber Biofleisch.

Ein anderer Diskussionsteilnehmer sorgte sich über die Verknappung der Anbaufläche für Gemüse und Getreide, das der Mensch zu seiner Ernährung braucht. „Global betrachtet ist es in meinen Augen ein schwerer Fehler, die Anbaufläche für Mais, der als Futtermittel für Schweine und Geflügel sowie zur Erzeugung von Biokraftstoffen verwendet wird, ständig zu vergrößern."

Es meldete sich ein Mann zu Wort, der sich als ‚Experte für mittelfristige Modelle der globalen Ernährung' ausgab. Er bestätigte Lisas Zahlen über den deutlich höheren Energie- und Wasserverbrauch bei der Produktion tierischen Eiweißes im Vergleich zu pflanzlichem Eiweiß. „Ich bin mir nicht sicher", fuhr der Mann fort, „ob die Zuhörer aus den genannten Zahlen auch die Konsequenzen für die Bekämpfung des Hungers auf der Welt erkennen können. Für die globale Ernährung der Menschen ist es sehr ungünstig, pflanzliche Nahrungsmittel wie Soja und Mais als Kraftfutter an Nutztiere zu verfüttern, um so tierisches Eiweiß zu erzeugen. Denn bei dieser ‚Umwegproduktion' von Lebensmitteln über das Tier, also bei der Herstellung von Fleisch in der Tiermast, geht ein

Teil der eingesetzten Energie und des benötigten Wassers als Gülle verloren. Entscheidend ist dabei, dass die Gülle nicht dort anfällt, wo sie bei der Erzeugung von Soja und Mais nützlich wäre, also insbesondere in Südamerika."

„Ein wichtiger Hinweis", meinte Lisa. „Er beweist, dass fleischarme Ernährung nicht nur günstig für das Klima ist sondern auch hilft, den Welthunger zu bekämpfen."

Als dann eine hagere Endvierzigerin mit randloser Brille sehr emotional die Unfähigkeit mancher Zeitgenossen ansprach, ihren Fleischkonsum einzuschränken, nahmen einige Zuhörer diskret eine Abwehrhaltung ein. „Ich begreife das nicht", meinte die Frau in einem engagierten Tonfall, „da weiß der moderne Mensch von Tag zu Tag besser über die Bedeutung der Gesundheit für ein glückliches Leben Bescheid, da wird Vorsorge groß geschrieben, Mann und Frau joggen bei Wind und Wetter durch Wald und Flur, der wöchentliche Besuch im Fitnesscenter ist ein Muss, Nahrungsergänzungsmittel boomen. Auf der anderen Seite halten dieselben Menschen hartnäckig an ihrem hohen Fleischkonsum fest, obwohl es sich bis in den hintersten Winkel der Republik herumgesprochen hat, dass dadurch bestimmte Krebsarten, wie zum Beispiel Darmkrebs, sowie Herz-Kreislauf-Erkrankungen und Rheuma begünstigt werden."

Lisa pflichtete ihr bei: „Auch ich wundere mich über dieses irrationale Verhalten. Nach meinem subjektiven Empfinden ist das primär ein psychologisches Problem und betrifft vor allem Männer."

Schmunzeln bei einigen Zuhörerinnen. Der nächste Diskutant stellte sich als praktizierender Psychotherapeut vor:

In meiner beruflichen Praxis habe ich bei Männern eine geradezu archaische Angst festgestellt, ihre Manneskraft könnte unter einer fleischarmen Ernährung leiden."

Gelächter und Gemurmel im Zuhörerkreis. Ein anderer Teilnehmer klinkte sich ein: „Ich habe gelesen, beim Verhalten vieler Zeitgenossen würden noch die Sitten und Gebräuche der Urmenschen durchschlagen. Gemeinsames Grillen am Wochenende mit Freunden und Nachbarn sei nichts anderes als die Fressorgie eines prähistorischen Stammes nach einer erfolgreichen Wildschweinjagd."

Ein Geraune war zu hören, manche lachten, andere schüttelten den Kopf. Lisa nutzte die Chance, um die Diskussion zu beenden: „Meine Damen und Herren, vielleicht sollten wir die soeben gehörte Theorie des gemeinsamen Essens und Trinkens einer praktischen Prüfung unterziehen. Es gibt nämlich jetzt eine Pause, aber Sie ahnen es bereits, kein Wildschwein am Spieß, sondern lediglich Kaffee oder Tee mit Biokeksen."

Während Lisa ihre Sachen zusammenpackte, kam ein Mann aus dem Publikum auf sie zu. Sie stutzte. Das konnte doch nicht dieser Draxl sein, der sie um ein Treffen gebeten hatte! Anstelle des erwarteten älteren Herrn mit altmodischer Krawatte und grauem Anzug kam ein gut aussehender, braun gebrannter Naturbursche im weißblauen Hemd und Jeans auf sie zu, der sie um einen Kopf überragte.

„Andreas Draxl, Sie erinnern sich?"

„Natürlich, freut mich, Sie zu treffen." Lisa hatte Mühe, ihre Überraschung zu verbergen.

Sie holten sich Kaffee und Kekse und gingen an ein freies Tischchen in einer ruhigen Ecke der Terrasse. Für Ende März war es ein strahlend warmer Frühlingstag. Vor ihnen glitzerte der See, in den alten Bäumen des Akademieparks zwitscherten bereits eifrig die Vögel und der Bayernhimmel war deutlich mehr blau als weiß.

„Zunächst herzlichen Glückwunsch zu Ihrem Referat! Es hat mich beeindruckt. Vor allem, wie Sie es verstanden haben, die schwierige Materie auch für Laien verständlich rüberzubringen. Sie haben ohne Zweifel eine pädagogische Begabung."

„Vielleicht auch nur ein wenig Routine ..."

„Richtig, Sie sind doch Lehrerin. An der Realschule, wenn ich mich recht erinnere."

„Ja."

„Sind Sie gerne Lehrerin? Man hört heutzutage viele Pädagogen über die verwöhnten und gelangweilten Kinder klagen, die man ständig bespaßen müsse. Und noch schlimmer sind wohl die schrecklichen Eltern, die sich ungefragt überall einmischen und alles besser wissen."

„An meiner Schule ist das glücklicherweise nicht so. Die meisten meiner Schüler sind interessiert und wissbegierig. Ein paar Eltern sind manchmal ... sagen wir mal ... überbesorgt. Aber unterm Strich bin ich in meinem Job hier in Bayern sehr glücklich, ich kann mir im Augenblick keinen besseren vorstellen."

„Dann wollen Sie nicht in die Politik gehen?"

„Wie kommen Sie auf diesen Blödsinn?" Lisa sah ihn

verdutzt an, während sie nach dem passenden bayerischen Ausdruck suchte, aber ‚Schmarrn' fiel ihr gerade nicht ein.

„Wollen Sie nicht diese Gesellschaft verändern?"

„Doch. Aber dafür muss ich nicht Politikerin werden."

„Das wäre aber der naheliegende, der direkte Weg." Draxl sah sie abwartend an. „Als ich Sie bei Ihrem Referat beobachtete, Ihren intensiven Augenkontakt mit den Zuhörern, Ihre Variationen in Lautstärke und Tonhöhe, Ihren Sprachduktus, Ihr charmantes Lächeln beim Sprechen, da dachte ich bei mir, diese Frau hat eine enorme Begabung, andere Menschen zu beeindrucken. Auf mich wirken Sie überzeugender als manch politischer Vollprofi."

„Jetzt übertreiben Sie aber, Herr Draxl." In Lisas Kopf ging einiges durcheinander. Eine klammheimliche Freude über das Kompliment konnte sie jedoch nicht verbergen. „Um Ihre Frage klar zu beantworten: Ich bin zwar ein politischer Mensch, Parteipolitik interessiert mich jedoch nicht."

„Das dachte ich mir beinahe." Während ihn Lisa mit einem Gesichtsausdruck musterte, der einem Fragezeichen glich, sagte Draxl beiläufig: „Der Grund für Ihre politische Zurückhaltung liegt klar auf der Hand."

„Da bin ich aber gespannt." Lisa kniff misstrauisch die Augen zusammen.

„Ich kenne Sie persönlich erst seit einer Stunde, über Ihr Blog schon etwas länger. Meine Einschätzung ist daher reine Spekulation. Aber wenn mich mein erster Eindruck nicht täuscht, ist Harmonie mit Ihrem beruflichen und privaten Umfeld für Sie eine wichtige Größe. Trifft das zu?"

„Ja."

„Dann ist die Schlussfolgerung einfach: Ein nach Harmonie strebender Mensch mag keinen Streit, erst recht mag er keine politischen Auseinandersetzungen, bei denen unterschiedliche Standpunkte hart aufeinanderprallen. Weil Sie klug sind und das Leben kennen, wissen sie das. Und weil Sie das wissen, sind Sie so klug und begeben sich erst gar nicht in die Löwengrube *Politik*."

„Respekt, Herr Draxl, für Ihre Menschenkenntnis. Gleichzeitig beunruhigt es mich, wie ein wildfremder Mensch in der Lage ist, mich so schnell zu durchschauen." Sie war irritiert über Draxls direkte Art, andererseits konnte man ihr ansehen, wie sie seine Fähigkeit faszinierte, Mitmenschen so rasch zu analysieren und einzuordnen.

„Verzeihen Sie bitte, Frau Berner, ich fürchte, meine Offenheit war nicht gerade die feine Art." Draxl bemühte sich zurück zu rudern. „Ich würde mir nachträglich noch stundenlang auf die Lippe beißen, wenn Ihr erster Eindruck von mir aus diesem Grund ungünstig ausfiele."

„Machen Sie sich keine Sorgen."

Kurzes betretenes Schweigen. Dann meinte Lisa: „Die Pause ist gleich vorüber, wollen wir nicht zur Sache kommen? Was ist das für ein Buch, das Sie gerade schreiben?"

„Schreiben *wollen*. Ich hab noch nicht damit begonnen."

„Ach so. Aber ich nehme an, Sie haben sich schon Gedanken über das Thema und die Hauptzielgruppe gemacht?"

„Das Thema steht fest: *Gesunde Ernährung*. Und die Zielgruppe könnten aufgeklärte und weltoffene Menschen sein, die ihrem Körper etwas Gutes tun wollen."

„Ihnen ist schon klar, dass es dazu bereits einiges auf dem Büchermarkt gibt?"

„Wollen Sie damit sagen, mein Buch kommt zu spät?"

Lisa legte die Stirn in Falten. „Nicht unbedingt. Aber es wäre gut, wenn Sie das Thema breiter fassten. Wenn Sie nicht nur den individuellen Nutzen einer gesunden Ernährung, der zweifellos beträchtlich ist, behandeln würden."

„Dieser Gedanke kam mir vorhin bei Ihrem Referat auch. Ihre These, dass gesunde und zugleich nachhaltige Ernährung nicht nur dem betreffenden Individuum, sondern auch der Allgemeinheit nutzt, ist interessant. Wenn da viele Menschen mitmachen, dann ..."

„Gut aufgepasst, Draxl, setzen, Eins!" Sie zeigte ihr gewinnendes Lächeln. „Aber ganz im Ernst, die Einbeziehung des Allgemeinwohls könnte Ihr Buch retten."

„Die ökologischen Zusammenhänge, die komplexe Thematik *Nachhaltigkeit*, sind leider für mich Neuland. Vermutlich geht das nicht ohne fachliche Unterstützung." Und während er ihr keck in die graugrünen Augen schaute, hauchte er leise mit seiner weichen Stimme: „Das Problem wäre gelöst, wenn Sie, Frau Berner, meine Co-Autorin würden."

Lisa war verblüfft, zugleich fühlte sie sich geschmeichelt. Sie zögerte. „Ihr Angebot ehrt mich, Herr Draxl. Das Projekt könnte mich schon reizen, keine Frage. Ob allerdings auch unsere Herangehensweise und unser Schreibstil zusammenpassen ...?"

„Da bin ich optimistisch!"

Gerade noch rechtzeitig bemerkte Lisa, wie sie im Begriff war, Draxl etwas zuzusagen, was sie nicht einhalten konnte. „Berücksichtigen Sie bitte , mein Hauptberuf ist Lehrerin, das füllt mich aus. Nun mache ich bereits einiges so nebenbei: mein Internetblog, Vorträge wie diesen heute, Beteiligung an Umweltaktionen und so weiter. Wenn ich nicht aufpasse, verzettele ich mich so sehr, dass ich vor lauter kranken Bäumen den gesunden Wald nicht mehr sehe."

Lisa hatte das Gefühl, ihre zurückhaltende Antwort kam ihm gelegen, zumindest deutete sie seine Mimik so.

„Sie können mich jederzeit fragen, wenn Sie fachliche Informationen brauchen. Wenn ich kann, helfe ich gerne."

Mit diesem unverbindlichen Kompromiss beendeten sie ihr Gespräch. Lisa war froh, Draxl eine Mitarbeit als Co-Autorin nicht zugesagt zu haben. Schließlich kannte sie ihn erst seit einer halben Stunde. Vielleicht war er im Alltag gar nicht der nette, charmante Mann, den sie soeben kennen gelernt hatte.

Beim Mittagessen in der Kantine der Akademie saß Herr Draxl am Tisch von Lisa zusammen mit Sophie Wallersleben, Robert Ponto und Lisas Großonkel. Es entwickelte sich ein lockeres Gespräch über das Seminar und fleischlose Ernährung. Dabei fiel weder Lisa noch Sophie das ungewöhnliche Interesse auf, das Herr Draxl für ihren Initiativkreis ‚Nachhaltig wollen wir leben' zeigte.

10

Warum war Geschäftsführer Hackeberg so nervös und schlecht gelaunt, als er Draxl mit laschem Handschlag in seinem Büro begrüßte? Hastig zeigte er in Richtung Ledersitzgruppe, wo sein Mitarbeiter sogleich behutsam Platz nahm.

„Besten Dank, Draxl, für den Zusatz zu Ihrem Bericht. Leider hat er bei mir eine große Hoffnung zerstört."

„Ich verstehe nicht, Herr Generaldirektor, finden Sie meine Lagebeurteilung nicht aussagekräftig?"

„Doch, doch, erschreckend aussagekräftig." Hackeberg machte eine müde Handbewegung, aus der Resignation sprach. „Als ich mehrere Wochen nichts mehr von unserer Lehrerin gehört und gelesen habe, dachte ich insgeheim, sie hat aufgegeben. Unser Hauptgesellschafter hatte dieselbe Hoffnung."

„Zu dieser Annahme besteht leider kein Anlass."

„Verdammt noch mal!", lamentierte Hackeberg und es klang verzweifelt. „Diese impertinente Frauensperson nervt schon gewaltig, was?"

„Kann man so sehen, Herr Generaldirektor."

„Was soll das denn heißen? Ich will Vorschläge, wie wir die Sache lösen können. Wie wir diese *Idealistin*, wie Sie die Frau in Ihrem Bericht bezeichnen, kaltstellen können."

„Darf ich offen sprechen?"

„Ich bitte darum. Es nützt niemandem, wenn wir die Lage schönreden." Er schwieg einen Moment und blies den Rauch seines Zigarillos in Richtung Zimmerdecke. „Zielführende Maßnahmen kann man nur konzipieren, wenn man die Lage schonungslos analysiert. Diesen Grundsatz habe ich bereits vor vierzig Jahren bei der Bundeswehr gelernt."

„Wir dürfen diese Frau nicht unterschätzen." Draxl wählte seine Worte vorsichtig. „Vor allem nicht ihre Wirkung auf andere. Sie ist intelligent, einsatzfreudig und hartnäckig. Und sie ist von ihrem Handeln vollkommen überzeugt."

„Und deshalb bezeichnen Sie dieses Weib als *Idealistin*?"

„Nein, für mich ist sie eine Idealistin, weil sie von ihrem Engagement, von ihren Handlungen und Aktivitäten keinen persönlichen Vorteil erwartet."

„Vielleicht sieht das nur vordergründig so aus." Hackeberg blies den Rauch wie ein Fisch in Luftnot wieder in Richtung Decke. „Vielleicht erhofft sie sich von ihrem ehrenamtlichen Einsatz für Fleischverzicht mittelfristig einen Vorteil, zum Beispiel eine politische Karriere."

„Das glaube ich nicht."

„Warum sind Sie sich da so sicher?"

„Sicher bin ich mir nicht. Ich glaube aber, ihr fehlen zwei entscheidende Eigenschaften für eine erfolgreiche Karriere in der Politik: Das dicke Fell und der grenzenlose Ehrgeiz."

„Aber Sie schreiben doch in Ihrem Bericht, diese Frau habe rhetorisches Talent?"

„Das stimmt. Es gibt nur wenige aktive Politiker, die Frau Berner in dieser Hinsicht das Wasser reichen können."

„Jetzt übertreiben Sie aber, Draxl. Es mag ja sein, dass sie es als Lehrerin versteht, ihren Zuhörern einen Sachverhalt interessant zu verkaufen. Aber es ist doch etwas anderes, in einer harten politischen Auseinandersetzung zugleich rational überzeugend und emotional mitreißend zu argumentieren. Und dabei dem politischen Gegner – sei er in der eigenen oder einer anderen Partei – eins auszuwischen."

„Sie haben Recht, Herr Generaldirektor. Gegen politische Gegner und vor allem gegen Parteifreunde würde Frau Berner nie hinterfotzig agieren. Sie ist fair."

Draxl war seine Bewunderung für Lisa anzumerken. Ohne Grund fügte er hinzu: „Diese Frau hat Ausstrahlung und ist fotogen. Und das Wichtigste: Sie wirkt absolut authentisch."

„Keine Lobhudelei, Draxl. Menschenskind, Sie sprechen ja wie ein verliebter Pennäler über diese Gutmenschin. Sie ist doch keine zwanzig, verdammt noch mal."

„Nein, sie ist sechsunddreißig, doch man kann sie leicht für Ende zwanzig halten. Eine charmante, kluge, eine attraktive und zugleich unkomplizierte Frau, die mit Sicherheit viele Männer beeindruckt und bei den meisten Frauen ein Gefühl der Solidarität und des Miteinander erzeugt."

Hackeberg brummte etwas vor sich hin, was nicht zu verstehen war. „Also Draxl, wie soll's nun weitergehen? Wir können doch nicht tatenlos zusehen, wie diese Frau ihre

Kampagne gegen die Fleischbranche weiterfährt! Wir sind nicht die hypnotisierte Maus vor der Schlange!" Bei diesen Worten zerdrückte Hackeberg den Rest seiner Zigarillos missmutig in einem silbernen Aschenbecher.

„Wie wäre es, wenn wir einfach eine Zeit lang abwarten."

„Was soll das bringen?"

„Wenn wir Frau Berner nicht in ihrem Tatendrang stören, wenn wir vorerst gar nichts machen, sie einfach gewähren lassen, besteht die Chance, dass sie sich schon bald in ihren vielen Engagements verheddert und dabei ihre schulischen Pflichten vernachlässigt. Denn die Arbeit als Lehrer wird doch auch immer schwieriger und umfangreicher."

„Stimmt. Erst vor kurzem las ich, ein Drittel der Lehrer würde unter Burnout und Erschöpfung leiden."

Beide schwiegen. Dann meinte Hackeberg: „Einverstanden, wir tun vorerst gar nichts. Ich werde inzwischen meine Kontakte zur Partei nutzen. Vielleicht erreiche ich, dass die Schulverwaltung ein Auge auf die Frau wirft. Wenn man dabei wegen der zahlreichen außerschulischen Engagements eine Vernachlässigung ihrer schulischen Pflichten feststellt, käme sie ganz gewaltig in die Bredouille."

„Kann ich dann ihre Observation einstellen?"

„Keinesfalls! Wir müssen auf dem Laufenden bleiben und frühzeitig erfahren, wenn sie neue üble Aktionen gegen die Fleischesser ausheckt. Außerdem habe ich meine Idee noch nicht begraben, Frau Berner in die Politik zu lotsen. Ich glaube nach wie vor, das wäre ein kluger Schachzug."

„Wenn wir das schaffen, könnte das in der Tat alle unsere Probleme lösen."

„Exakt. Denn als Abgeordnete im bayerischen Landtag müsste sie sich mit vielfältigen politischen Fragen herumschlagen: Steuern, Arbeitsmarkt, Energiepolitik, Integration von Ausländern, Bildung. Da bliebe ihr keine Zeit mehr, ihren vegetarischen Kreuzzug voranzutreiben."

Der Generaldirektor stand ächzend auf und deutete an, das Gespräch mit seinem Mitarbeiter beenden zu wollen. Während er Draxl zur Tür begleitete, flüsterte er ihm zu: „Übrigens, Sie haben gute Chancen, den neuen Job zu bekommen." Mit diesen Worten und der Bitte, ihn bei neuen Entwicklungen an der Berner-Front sofort zu unterrichten, verabschiedete Hackeberg seinen Mitarbeiter.

In den folgenden Wochen glätteten sich an Lisas Schule wieder die Wogen. Die Eltern beruhigten sich bis auf wenige Ausnahmen. Schulleiter Wortmann war mit dieser Entwicklung zufrieden, alles ging wieder seinen gewohnten Gang.

Lisa freundete sich mit ihrem Kollegen Benedikt Tauber an, der sie im Lehrerkollegium in kritischen Situationen wiederholt unterstützt hatte. Sie waren auch schon gemeinsam vegan essen gegangen, denn der langjährige Veganer Tauber kannte in München die einschlägigen Restaurants.

Auf seinen Vorschlag hin besuchten sie ein Kabarett, bei dem ein früherer Lehrer mit Musikbegleitung skurrile Geschichten aus seiner aktiven Zeit erzählte. Lisa und Benedikt amüsierten sich prächtig und registrierten erfreut, wie souverän sie über lehrertypische Schrulligkeiten lachen konnten.

Da erreichte Lisa das Gerücht, Tauber sei schwul. Zunächst war sie verblüfft, doch schon bald beachtete sie diese

Information nicht mehr. Sie sah in Benedikt den fairen und vielseitig interessierten Kollegen, mit dem sie gemeinsam lachen und auch vielleicht weinen konnte. Was sie wunderte, war die Sonderbehandlung, die Tauber bei Wortmann genoss.

Als sie Benedikt darauf ansprach, meinte er lächelnd: „Mensch Lisa, durchschaust du das nicht? Unser Chef ist wahnsinnig ehrgeizig, der will auf der Karriereleiter weiter nach oben. Er hofft auf meinen im Kultusministerium beschäftigten Onkel. Wortmann glaubt, dass mein Onkel dort großen Einfluss hat. Wenn er sich da mal nicht täuscht."

In Tutzing arbeiteten Sophie und Robert zielstrebig am Aufbau ihres Initiativkreises ‚Nachhaltig wollen wir leben'. Im April 2013 saßen zwanzig Personen in einem Nebenraum des Gasthofes *Tutzinger Hof*. Mit dem Dokumentarfilm *Taste the Waste* trat der Initiativkreis erstmals an die Öffentlichkeit. Auch Lisa war anwesend, Alexander bediente den Beamer.

Während des Films, der mit erschütternden Bildern die Lebensmittelverschwendung der modernen Überflussgesellschaft in den westlichen Industrieländern anprangert, beobachtete Lisa die Reaktionen der Besucher. Insbesondere der Wiener Mülltaucher und der deutsche Kartoffelbauer, der die Hälfte seiner Ernte sofort wieder unterpflügt, weil seine Kartoffeln in Form und Größe nicht dem Handelsstandard entsprechen, führten bei den Zuschauern je nach Temperament zu ratlosen Gesichtern, Kopfschütteln oder zornigen Flüchen. Auch der Bäcker, der sein nicht verkauftes Brot zum Heizen seiner Backöfen verwendet, erregte die Zuschauer.

Nach der Vorführung war es zunächst gespenstisch ruhig. Niemand wagte etwas zu sagen. Sophie schlug vor, eine Pause zu machen und anschließend über den Film zu sprechen, vielleicht könne man Ideen zur Beseitigung der gezeigten Missstände entwickeln.

Die Diskussion verlief kontrovers. Eine junge Frau hielt es für sinnlos, nach der Politik zu rufen. Sie vertraue lieber auf das Konzept der *Transition-Town-Bewegung* (TT).

Sophie bat, den Begriff zu erläutern. Die Frau schloss ihre Augen, als sie dozierte: „Transition-Town-Gruppen sind, überall wo sie aktiv werden, selbstständig operierende, lokale Gruppen. Sie wollen nachhaltige und naturnahe Kreisläufe einrichten nach dem Prinzip der *Permakultur*." Die Frau blickte in die Runde und sah fragende Gesichter.

„Der Begriff *Permakultur* kommt, wenn ich mich nicht irre, aus der Landwirtschaft", warf Lisa ein.

„Richtig." Die junge Frau nickte. „An den Rändern vieler Städte entstehen florierende Permakulturgärten von lokalen TT-Gruppen. Aber inzwischen ist *Permakultur* zu einem allgemein gültigen Denkprinzip geworden mit den Grundsätzen: Vielfalt statt Einfalt, Optimieren statt Maximieren, Kooperation statt Konkurrenz. Auch die Konzentration auf das Lokale, auf die eigene Region, ist ein wichtiges Prinzip."

„Darin sehe ich einen Rückzug ins Private, eine Verdrängung der Probleme." Der ältere Herr der 60plus-Generation wirkte gereizt. „Eine solche Einstellung finde ich fragwürdig, ja sogar gefährlich. Wir brauchen weitreichende, international gültige Rahmenbedingungen und die sind nur durch die Politik erreichbar." Er plädierte, mit den Forderungen auf die

Straße zu gehen und zusätzlich über das Internet Druck auf die Politiker zu machen.

Es wurde laut, man sprach aufgeregt durcheinander.

„So ein Schmarrn!"

„Naive Strategie, seit Jahrzehnten erfolglos!"

Es meldete sich ein Mann mittleren Alters. Er stellte sich als Gärtnermeister vor und sprach sich dafür aus, die Umweltverbände so intensiv wie möglich zu unterstützen, denn auch Natur und Umwelt benötigten eine starke Lobby. „Nur wenn die Verbände hohe Mitgliederzahlen haben, nimmt die Politik sie ernst. Erst dann können sie den einflussreichen Wirtschaftsverbänden Paroli bieten."

Wiederum Gemurmel, wobei unklar blieb, ob dies Zustimmung oder Ablehnung bedeutete.

In jeder der geäußerten Positionen erkannte Lisa einen wahren Kern. „Ich denke, um für die Umwelt und das Klima erfolgreich zu sein, brauchen wir beides: Den Druck auf die Politik mit Demos und Internet-Resolutionen, aber zugleich auch starke Umweltverbände."

„Wichtig sind auch glaubwürdige Vorbilder, die eine nachhaltige Lebensweise vorleben", meinte Robert. „Nach meinem Eindruck machen dies die Transition-Town-Gruppen."

Lisa plädierte dafür, die Menschen über die Fakten und den Zusammenhang von Ernährung und Klimawandel aufzuklären, denn nur wer entsprechendes Wissen habe, könne sich klimaschonend verhalten.

„Man darf aber auf keinen Fall belehrend wirken", mahnte der ältere Herr. „Das mögen die Leute überhaupt nicht. Worauf die Unlust basiert, Wissen von anderen anzunehmen, weiß ich nicht. Vielleicht ist der Grund dafür ein schwaches Selbstwertgefühl oder mangelnde Intelligenz."

„Dieses Verhalten trifft sicher nur auf einen Teil der Menschen zu", sagte Sophie. „Erst vor ein paar Tagen habe ich im Radio von der Entdeckung eines Gehirnmechanismus gehört, der den Menschen für das Erwerben neuer Informationen belohnt. Die Neurowissenschaftler sind überzeugt, dass gesunde Menschen es anstreben und genießen, neue Informationen aufzunehmen."

„Platon hat sich in seinen Dialogen auch mit den Elementen eines glücklichen Lebens befasst", ergänzte Lisa. „Er hat Reichtum, Gesundheit, Macht und Ansehen, aber ebenso auch Besonnenheit, Weisheit und vor allem Erfolg dazu gezählt. Nach Platon kann nur Erfolg haben, wer über Wissen verfügt. Daher sei Wissen und Einsicht das, was ein Mensch am dringendsten benötige."

Sophie nahm Lisas Ausflug in die Philosophie der Antike zum Anlass, für ihren neuen Initiativkreis zu werben. Da habe man alle zwei Wochen Gelegenheit, mit anderen engagierten Menschen neues Wissen über nachhaltiges Leben zu gewinnen und darüber zu diskutieren. Dies könne ein wichtiger Schritt sein, um privaten Erfolg und ein glückliches Leben zu erreichen.

Während Alexander die Hardware abbaute und Lisa sich mit Sophie über einen Blogbeitrag zu der Veranstaltung unterhielt, kam ein etwa vierzigjähriger, drahtiger Mann mit dunklem Haarschopf zögerlich auf sie zu.

„Grüß Gott, Sebastian Wiesenhuber mein Name. Ich wollte gerne in Ihrem Initiativkreis mitmachen, wie geht das?"

„Ganz einfach, Herr Wiesenhuber, Sie müssen nur zu unseren Treffen hier im *Tutzinger Hof* kommen!"

„Muss man Mitglied werden?"

„Nein, wir sind kein Verein, sondern ein Gruppe gleichgesinnter Menschen, die den nachhaltigen Lebensstil fördern."

„Ach so. Noch etwas anderes. Ich bin Biolandwirt und habe einen Grünlandhof mit vierzig Kühen hier in der Nähe. Jeden Abend bin ich von sechs bis kurz vor acht im Stall beim Melken. Ich könnte erst Viertel nach acht hier sein."

„Das ist in Ordnung. Wir warten, bis Sie da sind."

„Interessant, was Sie beruflich machen", hakte Lisa nach. „Betreiben Sie Ihren Biohof allein?"

Sebastian Wiesenhuber schaute betroffen zu Boden. Mit belegter Stimme sagte er: „Bis vor drei Jahren habe ich den Hof gemeinsam mit meiner Frau bewirtschaftet. Bis sie ... bei einem Autounfall ... ums Leben gekommen ist."

Sophie, Lisa und Robert schauten Wiesenhuber erschrocken an. Lisa drückte ihm die Hand, Sophie nickte ihm mitfühlend zu, Robert legte ihm seine Hand auf die Schulter.

Als draußen die Kirchturmuhr elfmal schlug, fragte Sophie: „Und wie schaffen Sie es heute, ohne Ihre Frau?"

„Es ist schwierig, aber es geht. Meine Schwiegermutter ist mit ihren fünfundsechzig Jahren gottlob noch gut beinand'. Sie macht den Haushalt und versorgt meine drei Kinder."

„Aber die Stallarbeit, das geht doch nicht alleine?"

„Nein, da muss man zu zweit sein. Meine älteste Tochter Sarah, sie ist siebzehn, hilft mir. Aber in einem Jahr ist sie mit der Schule fertig, dann wird es schwierig."

„Bewundernswert dieser Zusammenhalt in der Familie." Sophie nickte ihm anerkennend zu.

„Ja, dafür bin ich dankbar. In einem Jahr, wenn die Sarah nach dem Abi zum Studieren in die Stadt geht, wird hoffentlich meine zweite Tochter Friederike einspringen."

„Und ihr drittes Kind?"

„Das ist unser Kurzer, der Florian. Er ist erst zehn und macht mir große Sorgen. Den Unfalltod seiner Mutter hat er noch nicht verarbeitet. Er ist damals auch im Auto gesessen. Da er im Gegensatz zu meiner Frau angeschnallt war, ist ihm nichts passiert. Seither ist er oft depressiv, zieht sich zurück, spricht wenig. Der Psychologe meint, dies seien posttraumatische Belastungsstörungen. Bei der Behandlung könne man leider nicht mit raschen Erfolgen rechnen. In der Schule hat Flori große Probleme. Er geht auf die Realschule und hat miserable Noten."

„Wenn es Ihnen recht ist, könnte ich ihm beim Lernen helfen. Ich bin Lehrerin." Lisas Angebot klang ehrlich.

„Das wär nett von Ihnen, ich würde Sie gut bezahlen."

„Ich bitte Sie, Herr Wiesenhuber, dafür will ich doch nichts. Das ist doch ein Freundschaftsdienst."

Bauer Wiesenhuber lud Sophie, Lisa und Robert ein, an einem Sonntagnachmittag auf seinen Hof zu kommen, um seine Familie und den Betrieb kennen zu lernen.

11

Was die ungewöhnlich gute Laune seiner Frau Petra bedeuten könnte, war Max ein Rätsel. Sie behandelte ihn gerade wie einen gleichberechtigten Partner. Das kam selten vor. Die beiden saßen im Wintergarten ihrer Villa am Starnberger See und frühstückten. Ihre Haushälterin hatte zum Kaffee verschiedene Vollkornsemmeln und Baguette serviert, dazu Wildlachs aus Alaska, italienische Büffelmozzarella, Bündnerfleisch, Spiegeleier mit Schinken und Speck, französischen Weichkäse, Shrimpssalat, eingelegte Oliven, Cocktailtomaten und zu den Croissants die selbst gemachte Holundermarmelade, die Max so liebte.

Das Verhalten seiner Frau stimmte ihn misstrauisch. Sein Bauchgefühl trog ihn nicht, denn schon bald rückte Petra mit der Bitte heraus, er möge den Abend des 25. Juni freihalten, da werde er als Begleiter gebraucht.

„Und was verschafft mir die Ehre?"

„Du weißt doch, unsere Brauerei besteht heuer exakt hundert Jahre und das will mein Vater mit einem großen Betriebsfest feiern. Gestern sagte er mir, er habe den 25. Juni als Termin festgelegt."

„Freut mich für euch, aber was geht mich das an? Ich bin weder im Management der Brauerei noch besitze ich Anteile."

„Aber du bist, ob du willst oder nicht, mein Ehegatte. Da uns die Öffentlichkeit immer noch als Paar sieht", ihr Lächeln nahm verächtliche Züge an, „bleibt dir nichts anderes übrig, als in den sauren Apfel zu beißen."

„Ist dies dein Wunsch oder der deines Vaters?"

„Sowohl als auch."

Max schwieg und während er noch überlegte, was er antworten könnte, kam ihm eine Idee. Je länger er darüber nachdachte, umso großartiger fand er sie. Er holte tief Luft und sprach, die Arme vor der Brust verschränkt, in einem Ton, der cool wirken sollte: „Gut, ich bin dabei. Aber dann habe ich bei dir auch einen Wunsch frei."

„Okay … das heißt, wenn ich ihn erfüllen kann."

„Mit Leichtigkeit, wenn du nur willst." Petra sah ihn mit unverhohlener Neugierde an. Max genoss die Situation und die Gelegenheit, sie noch etwas auf die Folter zu spannen. Dann sagte er, während er fest in ihre kalten grauen Augen schaute, mit monotoner Stimme: „Ich will die Scheidung."

Einen Moment verlor Petra die Selbstbeherrschung. Max bemerkte, wie ihre Zornesader an der linken Schläfe anschwoll. Doch schon nach wenigen Sekunden hatte sie sich wieder im Griff und säuselte mit beachtlicher Nonchalance: „Vergiss es, mein Lieber, vergiss es ganz schnell!"

Max wollte sich nicht voreilig geschlagen geben. „Warum schließt du das aus? Du weißt doch auch, dass es bei uns schon lange nicht mehr funktioniert."

„Harmonisch ist unsere Ehe sicher nicht, aber das liegt nur an dir."

Max hielt mit dem Kauen inne, ungläubig starrte er seine Frau an. Machte sie gerade einen Witz, einen ziemlich schlechten Witz? Aber ihr boshaftes Lächeln verriet ihm, dass sie es ernst meinte.

„Deine Unverschämtheit ist maßlos. Seit Jahren betrügst du mich mit einem Schwachkopf nach dem anderen und jetzt hast du die Frechheit, für das Scheitern unserer Beziehung mir die Schuld zu geben."

„Das eine hat mit dem anderen überhaupt nichts zu tun."

„Was? Hast du nicht gerade behauptet, es läge nur an mir, dass unsere Ehe nicht gut läuft?"

„Ja, und so ist es auch. Wir führen eine liberale und tolerante Beziehung, etwas anderes als die monogame Ehe von Spießbürgern. Das Problem ist, du kommst mit deiner Freiheit nicht klar. Und weil das so ist, hast du von Anfang an versucht, meine Freiheit einzuengen."

Im Innersten getroffen schloss Max die Augen. Er spürte, wie sein Herz zu rasen begann, vor Wut und Zorn hätte er schreien können. Noch nie in seinem Leben hatte er eine Frau geschlagen, jetzt spürte er das primitive Verlangen, seiner ihm gegenüber sitzenden Ehefrau eine reinzuhauen. Nur mit Mühe konnte er den aggressiven Impuls unterdrücken. Stattdessen schrie er sie an: „Das ist eine Ungeheuerlichkeit, eine Unverschämtheit, eine Frechheit, mich für das Scheitern unserer Ehe verantwortlich zu machen!"

„Bleib cool!" Der Ton seiner Frau war herablassend und

beschwichtigend zugleich. „Oder gilt deine Lebensweisheit
Wer schreit, hat unrecht jetzt gerade nicht?"

Max atmete heftig und schnell, aber mit der Zeit gewann
er wieder die Selbstbeherrschung. „Entschuldige, ich war
außer mir, es war ein Blackout."

Petra legte begütigend ihre Hand auf seinen Arm. „Vielleicht war unsere Ehe von Anfang an ein großes Missverständnis."

„Wie? Was soll das jetzt bedeuten?"

„Ich habe dein Verhalten an jenem Abend, als wir uns auf
der Studentenfete kennen lernten und nach wenigen Stunden
miteinander Sex hatten – ziemlich mittelmäßigen übrigens –
dieses Verhalten von dir habe ich falsch interpretiert. Ich
dachte, das ist ein Kerl, dem Vögeln wichtig ist und der eheliche Treue für ein Relikt aus dem letzten Jahrhundert hält. Ich
wusste von dir, dass du in einer festen Beziehung lebst und
trotzdem hast du mich am ersten Abend flachgelegt." Sie
machte eine kleine Pause und fügte mit einem maliziösen
Lächeln hinzu: „Das hat mir imponiert."

„Das ist doch Quatsch, totaler Quatsch. Ich gebe ja zu, ich
hab mich geschmeichelt gefühlt, als eine gut aussehende und
umschwärmte Frau wie du sich für mich interessierte. Ein
tolles Gefühl für jemanden, der mit achtundzwanzig noch
aussieht wie ein Schulbub und auf Frauen auch so wirkt."

„Nein, das stimmt nicht. Ich fand dich interessant. Dein
jugendliches Lachen, Deinen Humor, Dein kluges Gerede,
von dem ich das meiste nicht verstand. Und wahrscheinlich
hat der gute Rotwein aus Sizilien auch dazu beigetragen, dass

du ungewollt zum Draufgänger geworden bist."

„Die Einzelheiten weiß ich nicht mehr, es ist lange her. Aber jetzt verstehe ich deine Ansicht, unsere Ehe sei von Anfang an ein Missverständnis gewesen. Aus meinem Verhalten an diesem Abend hast du geschlossen, ich sei genauso polygam veranlagt wie du. Und du dachtest, ich wollte wie du eine Ehe, in der jeder grenzenlose sexuelle Freiheiten besitzt und sie genussvoll ausleben kann."

„Ja, so ähnlich. Als ich merkte, dass du ganz anders bist, dass eheliche Treue für dich eine Bedeutung hat, war es schon zu spät. Mein Vater hatte sich eingeschaltet, da er von meiner Schwangerschaft erfahren hatte und auf keinen Fall ein zweites uneheliches Enkelkind wollte. Also hat er erst auf mich, dann auf dich und schließlich auf deine Familie Druck ausgeübt und alle sind postwendend eingeknickt. Drei Monate später waren wir verheiratet."

Beide schwiegen. Nach einer Weile seufzte Max: „Ja, so ist es damals gelaufen. Da war für mich viel Pech dabei. Und das Band zwischen uns ist endgültig gerissen, als unser Kind bei der Geburt starb."

„Es war furchtbar für mich. Ein Mädchen. Ich habe mehrere Monate gebraucht, um darüber hinwegzukommen."

Max spürte, wie seiner Frau die Erinnerung an diese traurigen Ereignisse weh tat. Vielleicht hätte er ihr nach der Totgeburt ihres Kindes mehr beistehen müssen. Aber dazu war er damals nicht in der Lage. Schon während der Schwangerschaft lehnte er das Kind innerlich ab. Er gab ihm die Schuld, dass er Lisa verloren hatte.

Doch nun wollte er die negativen Gedanken verdrängen und meinte: „Ach Petra, lassen wir die Vergangenheit. Kommen wir zurück in die Gegenwart, zu meiner Eingangsfrage. Ich verstehe nicht, warum du eine Scheidung ablehnst. Du könntest dann deine sexuelle Freiheit ungestört ausleben."

„Das kann ich jetzt auch. Deine Eifersüchteleien stören mich nicht im Geringsten. Aber Gegenfrage: Warum willst du dich eigentlich von mir trennen? Wir sind zehn Jahre verheiratet und seither hab ich diesen Wunsch nie von dir gehört."

Max überlegte, was er Petra antworten könnte. „Ich will es so sagen: Ich habe eine Option auf ein Leben, das Freude und Harmonie verspricht. Es ist eine Frau, die ich schon lange kenne, die zu mir passt und die monogam veranlagt ist."

„Wetten, es ist deine Jugendfreundin, Lisa Berner, die seit einiger Zeit wieder in Deutschland ist und in den Medien als vegetarischer Gutmensch Furore macht?"

„Ja."

Petra war überrascht von seiner Offenheit. Das beunruhigte sie. Sie hatte Lisa Berner nie persönlich kennengelernt, aber von ihrer Schwiegermutter nur Positives über sie gehört. Petra konnte es sich nicht erklären, aber merkwürdigerweise war sie auf diese Lisa eifersüchtig. Es gab keinen Grund dafür, aber es war so. Nach ein paar tiefen Atemzügen, mit denen sie versuchte, ihre Selbstkontrolle wieder zu erlangen, fragte sie ihrem Mann: „Und sie verzeiht dir deinen damaligen Fehltritt? Deinen Verrat und die Heirat mit mir?"

Max war unschlüssig, was er antworten sollte. Wenn er mit Lisa in letzter Zeit darüber sprach, hatte er zwar den Eindruck, sie besitze die innere Größe, ihm zu verzeihen, aber sicher war er sich nicht. Doch er hielt es aus taktischen Gründen für klüger, gegenüber seiner Frau ein großherziges Verzeihen seiner Exfreundin vorzugeben.

„Und du glaubst allen Ernstes, du wärst der richtige Partner für sie? Du, der typische Couch-Potato?" Petras Gesicht verzog sich, als hätte sie in eine Zitrone gebissen. „Du, der Partner einer hyperaktiven Kämpferin für Umwelt und Gerechtigkeit?"

Max verstand, was seine Frau sagen wollte. So ganz unrecht hatte sie nicht. Er war tüchtig und engagiert in seinem Beruf, aber in der Freizeit hatte der andere Max das Sagen. Der liebte die Ruhe und Bequemlichkeit. Ein wenig Tennis und Golf, hin und wieder ins Theater oder in die Oper. Aber ansonsten zog er es vor, seine freie Zeit mit einer Flasche Rotwein vor seiner Stereoanlage zu verbringen oder auf der Terrasse des Anwesens auf der Sonnenliege einen Krimi zu lesen.

„Du kannst dir nicht vorstellen, wie anpassungsfähig Lisa ist. Wir ergänzen uns wunderbar."

„Glaube dies wer will, ist mir auch egal. Ich jedenfalls werde nicht in eine Scheidung einwilligen. Definitiv nicht. Ich hätte mehr Nachteile als Vorteile."

„Nenn mir zwei, drei Gründe, damit ich es verstehe."

„Gerne. Du weißt doch mittlerweile, neben meinen zahlreichen Charakterschwächen", sie grinste ihn frech an, „habe ich auch ein paar gute Seiten. Zum Beispiel bin ich Realistin und belüge mich ungern selbst. Wenn ich meine aktuelle Situation unvoreingenommen betrachte, muss ich feststellen: Mit neununddreißig habe ich, wie man so schön sagt, die

Blüte meiner Jugend hinter mir. Mein unkonventioneller Lebenswandel hat zweifellos auf meiner äußeren Schale Spuren hinterlassen. Meine Figur ist suboptimal und ich habe einen unehelichen Sohn. Auf der anderen Seite stehe ich durch meinen Vater und seine Brauerei finanziell gut da, das ist ein Pluspunkt. Aber unter dem Strich wäre ich als geschiedene Frau mittleren Alters auf dem Partnerschaftsmarkt kein Selbstläufer. Außerdem müsste Sex für meinen Partner genauso wichtig sein wie für mich. Ältere Herren über fünfundvierzig kämen daher von vorneherein nicht in Betracht."

„Wie wäre es mit einem superpotenten Muskelprotz noch jung an Jahren? Mit deinem vielen Geld könntest du doch so jemanden leicht ködern!"

„Red keinen Quatsch! So ein Kerl ist etwas für eine Nacht. Aber ich brauche jemanden, der auch mit Messer und Gabel essen, mit dem ich hin und wieder ein harmonisches Ehepaar spielen kann. Im Übrigen, so einen heiratsschwindeligen Schönling, der es nur auf meine Knete abgesehen hat, würde mein Vater sofort durchschauen und zum Teufel jagen."

„Mir dämmert, ich bin der ideale Ehemann für dich." Kaum war diese ironisch gemeinte Bemerkung seinem Mund entwichen, bereute sie Max.

„Bingo, endlich hast du's gerafft! Du bringst dafür alle Voraussetzungen mit. Und im Grunde bist du tolerant und kannst über meine gelegentlichen Eskapaden hinwegsehen."

Max verzog das Gesicht zu einer süßsauren Miene. „Mal Spaß beiseite. Wenn wir einen Vierzigjährigen, seriösen, gut situierten Burschen finden würden, mit dem du dich in der Öffentlichkeit sehen lassen kannst, der das Kamasutra in- und auswendig kennt, der liberal und tolerant ist, würdest du mich dann freigeben?"

„Möglich." Sie sah ihn misstrauisch an. Könnte es sein, dass Max bereits einen passenden Ersatz für sich hatte?

„Und dein Vater, würde er bei einer solchen Sachlage unserer Scheidung zustimmen? Wie wären die Chancen?"

„Ich denke so fifty-fifty."

12

In der Neuen Pinakothek in München betrachteten Lisa und ihr Kollege Benedikt Tauber interessiert das Bild von Carl Spitzweg *Der Institutsspaziergang*. Sie hatten sich kurzfristig verabredet, um an diesem regnerischen Samstag Bilder aus dem neunzehnten Jahrhundert zu genießen.

„Lisa, schau dir mal die drei Gruppen an. Spitzweg hat sie ganz sicher mit Absicht so platziert."

„Du meinst die Bauernfamilie auf der linken Seite, die im Schatten eines Busches ihr Mittagsmahl einnimmt? Und in der Mitte die Klosterschülerinnen, die von zwei Nonnen begleitet werden?"

„Man könnte auch sagen: von den Nonnen fürsorglich überwacht werden."

Lisa schmunzelte und Benedikt fuhr fort: „Die Schülerinnen, alle in schwarzen Kleidern, befinden sich auf einem breiten, sicheren Weg. Das hat symbolische Bedeutung. Dagegen verlässt das Liebespaar rechts am Bildrand den sicheren Pfad, um sich auf einer Bank den Freuden der Liebe hinzugeben."

„Das interpretierst du jetzt hinein. Oder war Spitzweg ein Moralapostel?"

„Keineswegs. Er soll ziemlich ironisch gewesen sein. Bei der Komposition des Gemäldes könnte eine Rolle gespielt haben, dass Spitzweg gelernter Apotheker war. Die sind bekanntlich sehr genau und gewissenhaft."

„Was du alles weißt! Oder hast du dich auf den Museumsbesuch vorbereitet und vorher Kunstführer gelesen?"

„Es zahlt sich aus, wenn man an der Uni auch mal aufpasst. Das gibt mir jetzt die einmalige Chance, vor dir zu glänzen."

„Ich dachte, du hättest Germanistik und Englisch studiert?"

„Das auch, und im Nebenfach Kunstgeschichte. Einfach so, weil es mir Spaß machte."

In diesem Augenblick tauchte neben Lisa ein groß gewachsener Mann auf, der sie leise ansprach: „Hallo Frau Berner, schön Sie wiederzusehen."

Lisa war überrascht, doch sie hatte schnell die Situation im Griff und machte die Herren Draxl und Tauber miteinander bekannt. Draxl fragte, ob er sich ‚der Führung' anschließen dürfe, Lisa und Benedikt hatten nichts einzuwenden. Man pilgerte in den Saal der französischen Impressionisten, wo Monets *Seinebrücke von Argenteuil* sie beeindruckte.

Bald darauf verabschiedete sich Tauber. Er wollte nach Hause, um zu duschen und sich in vornehme Klamotten zu werfen. Denn er hatte seine verwitwete Mutter zum Abendessen eingeladen und anschließend wollte er sie in die Oper begleiten.

Eine Stunde später beendeten Lisa und Herr Draxl ihren Kunstkonsum und wandten sich profanen Genüssen zu. Er hatte ein Café in der Nähe vorgeschlagen, das wegen seines

Latte Macchiato und vorzüglicher Kuchen ein Geheimtipp war.

„Sie lieben französische Impressionisten?" Draxls Frage beim Verlassen des Museums brachte Lisa in Bedrängnis.

„Jein. Noch mehr gefallen mir Expressionisten und bei dieser Stilrichtung speziell die Bilder von August Macke. Leider gibt es in der Neuen Pinakothek keine Bilder von ihm."

„Expressionisten finden Sie im Lenbachhaus am Königsplatz, auch mehrere großartige Bilder von Macke. Aber warum diese Vorliebe für Macke?"

„Das Haus im Bonner Zentrum, in dem er Anfang des letzten Jahrhunderts einige Jahre wohnte, ist nicht weit von dem Haus entfernt, in dem ich aufgewachsen bin."

„Aha, Lokalpatriotismus."

„Nicht nur. An Mackes Bilder faszinieren mich die leuchtenden Farben, aber auch die Klarheit der Motive und die heitere, friedliche Stimmung. Außerdem rührt mich sein persönliches Schicksal: Macke ist mit siebenundzwanzig Jahren gleich nach Beginn des Ersten Weltkrieges gefallen. In seinem kurzen Leben war er wahnsinnig produktiv und hat viele bewundernswerte Bilder geschaffen."

„Stimmt." Draxl schaute Lisa schüchtern in ihre grünen Augen. „Auch mir gefällt Macke. Vor allem sein *Rotes Haus im Park*."

„Ja! Die kräftigen roten und orangen Farbtöne von Haus und Weg, die vielen Grünnuancen des Parks – das ist schon großartig. Als ich zwanzig war, habe ich davon geträumt, einmal in so einem Landhaus zu leben. Der Traum hat sich leider nicht erfüllt."

„Man darf nicht zu früh aufgeben, Frau Berner. Das Leben lässt sich manchmal Zeit mit seinen Überraschungen."

Sie erreichten das nur dreihundert Meter entfernte Café und fanden in dem gut besetzten Raum ein freies Tischchen.

„Sie kommen aus Bonn, dem fröhlichen, optimistischen Rheinland. Warum dieser Umzug aus der sympathischen Provinzstadt am Rhein in die bayerische Metropole?"

Lisa überlegte. War es opportun, einem Menschen, den sie kaum kannte, die Gründe ihres Ortswechsels offenzulegen? Sollte er wissen, dass sie ganz gezielt in die Nähe ihres früheren Partners gezogen war? Sie entschied sich für eine Notlüge: „Ich wollte mal nach Süddeutschland, möglichst nahe an die Berge. Vor ein paar Jahren habe ich in einem Urlaub entdeckt, wie wunderschön und entspannend Bergwandern sein kann."

„Das stimmt. Welche bayerischen Berge haben Sie denn schon bestiegen?"

„Nur einen. Und bestiegen habe ich den auch nicht. Ich bin mit der Kabinenbahn in Garmisch-Partenkirchen auf den Wank gefahren, habe die herrliche Aussicht auf die Stadt und die Zugspitze genossen und bin dann hinunter zu dem Gasthof mit dem Biergarten gewandert."

„Sie meinen den *Gschwandtnerbauern*, da gibt's übrigens tollen Kuchen."

Bei diesen Worten fiel Lisa auf, dass sie noch gar nicht ihren Kirschkuchen probiert hatte, so sehr war sie auf ihren gut aussehenden Begleiter fixiert. „Und Sie, Herr Draxl, sind ein waschechter Münchner, hier geboren und aufgewachsen?"

„Weder noch, ich komme aus Murnau, ungefähr zwanzig Kilometer nördlich von Garmisch."

„Kenne ich, bin mit dem Zug durchgefahren. Haben dort Anfang des letzten Jahrhunderts nicht Kandinsky und Gabriele Münter gelebt?"

„Richtig, kurz vor dem Ersten Weltkrieg. Fünf Jahre lang waren sie zusammen, dann hat er sie verlassen. Übrigens, August Macke hat die beiden in Murnau mehrmals besucht. Er gehörte auch zum Künstlerkreis *Der Blaue Reiter*. Wir haben in Murnau ein beachtliches Kunstmuseum mit bedeutenden Bildern, insbesondere von Münter. Auch das Haus, in dem sie mit Kandinsky wohnte, das sogenannte Russenhaus, ist erhalten und kann besichtigt werden."

Nach einer kleinen Pause fasste sich Draxl ein Herz: „Ich würde Ihnen das gerne einmal zeigen, auch die reizvolle Umgebung dieses Ortes. Das Murnauer Moos ist schön zum Wandern, ebenso die Umgebung des Staffelsees."

Lisa errötete. Das Angebot kam unerwartet und machte sie verlegen. Sie kannte Draxl kaum. Er wirkte zwar seriös und sympathisch, aber möglicherweise wäre er ganz anders, wenn sie mit ihm durch das einsame Murnauer Moos streifen würde. „Vielleicht ergibt sich mal eine Gelegenheit." Lisa war froh, dass ihr die Flucht in die Unverbindlichkeit geglückt war.

Die Wanduhr über der Theke des nostalgischen Cafés schlug fünfmal. „Erst fünf Uhr, Gott sei Dank. Da hab ich noch viel Zeit. Ich habe nämlich meiner Tochter versprochen, mit ihr heute Abend ins Kino zu gehen."

„Was gibt's?"

„Der Titel fällt mir jetzt nicht ein, es ist ein älterer Film mit Robert Redford. Er spielt einen Rancher, der Pferde mit einer einfühlsamen Methode behandelt.

„*Der Pferdeflüsterer?*"

„Richtig, so heißt er."

„Ein bewegender Film! Ich war total begeistert."

„Von dem Film oder von Robert Redford?"

„Von beiden. Der Film hat eine ergreifende, fast kitschige Story. Redford spielt die Rolle des liebevollen, sanften Pferdetrainers einfach großartig." Lisa schloss die Augen und fügte träumerisch hinzu: „Ohne Gewalt, nur mit einer für Pferde verständlichen Körpersprache schafft er es, erst das traumatisierte Pferd zu heilen und später die halbwüchsige Reiterin, die nach dem Reitunfall in eine schwere Depression gefallen ist. Reiten Sie auch?"

„Ich nicht, aber meine Tochter Anna."

„Wie alt ist sie?"

„Vierzehn." Er seufzte und plötzlich wurde sein Gesicht ernst und seine Augen unruhig. „Sie hat es in ihrem jungen Leben nicht gerade leicht gehabt. Ich mag Anna sehr, sie ist mein ‚Sonnenschein' und für mich das Wichtigste auf der Welt. Manchmal plagt mich der Gedanke, an ihrer schwierigen Situation nicht ganz unschuldig zu sein."

„Warum quälen Sie sich?"

Draxl starrte auf die gegenüberliegende Wand. „Ich bin seit neun Jahren geschieden. Anna war fünf, als wir uns trennten. Dieses Trauma hat sie bis heute nicht bewältigt. Damals reagierte sie mit Magen- und Kopfschmerzen, Hautausschlägen, Wutausbrüchen, Schlafstörungen."

„Hat Ihre Frau das Sorgerecht?"

„Ja, leider. Das wäre in Ordnung, wenn Charlotte – so heißt meine Exfrau – einen normalen Beruf hätte. Aber sie arbeitet in der Modebranche als Designerin. Immer wieder ist sie mehrere Tage hintereinander auf Modemessen, besonders oft in Italien und Frankreich."

„Wer versorgt dann Anna?"

„Eine Haushälterin, eine ältere Frau, die kocht und putzt und macht die Wäsche. Wenn meine Frau beruflich unterwegs ist, bleibt sie bei Anna auch über Nacht."

„Dann ist sie Annas wichtigste Bezugsperson?"

„Nein, diese Rolle versuche ich zu spielen. Alle zwei Wochen kommt Anna übers Wochenende zu mir. Diese Zeit ist mir heilig, berufliche Dinge sind an diesen Tagen tabu. Auch Anna genießt das. Am Samstagmorgen fahren wir auf einen Reiterhof in der Nähe von Seeshaupt, wo Anna ausreiten und Pferde pflegen kann. Das macht ihr großen Spaß."

„Daher dieser Film! Und wo ist Anna jetzt?"

„Heute Morgen waren wir auf dem Reiterhof. Um Zwei habe ich sie bei einer Freundin abgeliefert, die heute Geburtstag feiert. Gegen Sieben soll ich sie wieder abholen."

„Bevor wir gehen, sollten wir noch über Ihr Buch über vegetarische Ernährung sprechen. Kommen Sie voran?"

Draxl hob hilflos die Hände und sagte mit entschuldigender Miene: „Ich habe die Arbeit daran unterbrochen, ein anderes Projekt vorgezogen."

„Schade." Lisas Gesichtsausdruck schwankte zwischen Verständnis und Missbilligung.

„Ein Lektor, mit dem ich früher im gleichen Team spielte, drängt mich, ein Buch über Basketball zu schreiben."

Lisa sah aus dem Fenster, sie war enttäuscht.

Andreas Draxl nutzte die Pause, um ein anderes Thema anzuschneiden. „Sagen Sie, Frau Berner, hat sich die Situation an Ihrer Schule inzwischen entspannt?"

Lisa nickte.

Dann fragte er sie nach der Entwicklung des Tutzinger Kreises ‚Nachhaltig wollen wir leben'.

Ohne Hintergedanken erzählte Lisa von dem grandiosen Film über Lebensmittelverschwendung, zu dem fast dreißig Leute gekommen seien. Und dass die Website des Initiativkreises immer mehr Menschen nutzten und die Kommentare zu ihren Blogbeiträgen zu über zwei Drittel wohlwollend und unterstützend seien. Das freue sie sehr.

„Und was ist Ihre nächste Aktion?"

„Wir werden als Gruppe mit eigenen Transparenten an einer *Mir hams satt*-Demo in München teilnehmen. Da wollen wir die industrialisierte Landwirtschaft mit ihrer Massentierhaltung anprangern. Vielleicht machen Sie auch mit?"

Draxl antwortete ausweichend, aber er hielt schließlich das Datum auf seinem Terminplaner fest. Lisa beobachtete es mit einem zufriedenen Lächeln. Bevor sie sich trennten, tauschten sie auf Draxls Wunsch ihre Handynummern aus.

13

Der Hof von Sebastian Wiesenhuber bestand aus mehreren Gebäuden, die zum Teil mehrere hundert Jahre alt waren. Aber alles war picobello in Schuss, registrierten Sophie, Lisa und Robert anerkennend, als der Minivan von Robert an einem sonnigen Sonntagnachmittag Anfang Mai in den Einödhof westlich von Tutzing einbog.

Vor dem Haupteingang blühten Kastanienbäume auf einer freien, mit Kies bedeckten Fläche. Unter den Bäumen stand ein langer Tisch mit zwei Bänken und auf dem Tisch wartete ein Kuchenarrangement, das bei jedem Betrachter die Speicheldrüsen aktivierte: Ein gedeckter Apfelkuchen, ein Marmorkuchen mit viel Kakao und ein Rhabarberkuchen, dessen bräunlich-gelbe Oberfläche Lisa an ein Gemälde von Nolde erinnerte. Von diesem Kuchen fehlte ein Stück.

Sebastian kam aus dem Haus gelaufen, um das Auto an einen schattigen Platz zu dirigieren. In seinem grünlichblauen Trachtenanzug mit dem kleinen Hut kam er dem Bild eines feschen Naturburschen ziemlich nahe. Herzlich begrüßte er die Besucher, wobei er die beiden Frauen innig umarmte.

Die Gäste packten ihre Geschenke aus: Sophie übergab eine Hortensie im Topf, Lisa ein Buch mit Loriot-Sketchen und Robert drückte Sebastian eine Flasche Kaiserstühler Rotwein in die Hand. In diesem Moment erschien im Hauseingang in einer Küchenschürze Franziska Singer, Sebastians Schwiegermutter. Zögernd kam sie näher und gab den Gästen schüchtern die Hand.

„Haben Sie diese wundervollen Kuchen gebacken?" Lisa bemühte sich, die angespannte Atmosphäre aufzulockern.

„Nur zum Teil", sagte Frau Singer. „Der Rhabarberkuchen ist von Sarah."

In diesem Augenblick trat ein Mädchen in einem Dirndl aus dem Haus. Das musste Sebastians älteste Tochter Sarah sein, ein hübsches Mädchen, das kein Kind mehr, aber auch noch keine erwachsene Frau war. Ohne Scheu kam sie mit einem gewinnenden Lächeln auf die drei Gäste zu und begrüßte sie.

„Soeben haben wir gehört, dieser tolle Rhabarberkuchen sei Ihr Werk!"In Sophies Stimme lag Anerkennung.

„Bitte keine Vorschusslorbeeren!"

„Das Dirndl steht Ihnen ausgesprochen gut." Robert schlug einen großväterlich-braven Ton an, um keine Missdeutungen aufkommen zu lassen.

„Danke. Aber sagen Sie doch bitte DU zu mir, ich bin doch erst siebzehn."

Inzwischen war Friederike, die zweite Tochter erschienen, ein pummeliger Teenager von dreizehn Jahren mit rotblondem Haar. Aus ihrer Körpersprache konnte man schließen, dass sie an dieser ‚Veranstaltung' kein anhaltendes Interesse haben würde.

„Jetzt fehlt noch unser Kurzer, der Flori. Wo steckt denn das Bürscherl?" Fragend sah Sebastian seine Schwiegermutter an.

„Er hat sich wieder verkrochen, ist beleidigt."

„Wieso, war was?"

„Ich hab ihn g'schimpft. Wegen dem Rhabarberkuchen. Er hat sich etwas genommen, obwohl ich's verboten hab."

Die Gäste konnten ein Schmunzeln nicht verbergen und Sophie schlug vor, ihn mit einem weiteren Kuchenstück aus seinem Versteck zu locken.

Jetzt war Sebastian an der Reihe zu schmunzeln. „Ich glaube, liebe Sophie, das wird nicht funktionieren." Und an seine Tochter gewandt: „Bitte Sarah, bring ihn her! Er sitzt vermutlich wieder auf dem Heuboden und grübelt."

Kurz darauf tauchte an Sarahs Hand ein zehnjähriger, blasser Junge auf, der mit seinen dünnen Armen und Beinen fast unterernährt wirkte. Mit gesenktem Blick kam er näher, wobei er murmelte: „Entschuldigung wegen dem Kuchen, ich wollte nur mal probieren, Entschuldigung."

„Ist doch nicht schlimm. Du hast uns ja noch etwas übrig gelassen." Lisa lächelte ihm zu und Sebastian strich seinem Jüngsten zärtlich über den blonden Haarschopf.

Der Hausherr schlug vor, erst Kaffee zu trinken und dann den Hof zu besichtigen. Sein Angebot, seinen selbst gebrannten Birnenschnaps zu testen, stieß nur bei Robert auf Interesse und auch das erst, nachdem sich Sophie bereit erklärt hatte, die Heimfahrt zu übernehmen.

Der Rhabarberkuchen schmeckte vorzüglich. Während Lisa Die Bissen andächtig auf der Zunge zergehen ließ und sie anschließend an beglückten Geschmacksnerven vorbei Richtung Magen bugsierte, schloss sie die Augen, um den Genuss voll auszukosten.

„Eigentlich bin ich kein Fan von Rhabarberkuchen", bekannte Robert. „Aber der hier ist ein Gedicht, ein Frühlingsgedicht. Vielen Dank, Sarah."

„Gerne." Sarah freute sich über das Lob und bemerkte gar nicht, wie sie dabei errötete.

Auch Lisa äußerte sich anerkennend zu Sarahs Werk. Mit einem verschmitzten Lächeln meinte sie, Sarahs Karriere als Konditorin sei vorprogrammiert.

Sarah erkannte nicht Lisas ironischen Unterton und sagte ernst: „Nein, an Konditorin denke ich bei meiner Berufswahl überhaupt nicht."

„Schade für alle Liebhaber von exquisiten Kuchen. Aber woran denkst du dann?"

Sarah zögerte einen kleinen Moment und schaute unschlüssig ihren Vater an: „Lehrerin. Grundschullehrerin würde mir gefallen."

„Interessant. Du weißt vielleicht, ich bin auch Lehrerin."

„Ja, mein Vater hat es mir gesagt."

„Und, du Friederike, hast du dir auch schon Gedanken über einen passenden Beruf gemacht?"

„Vielleicht Krankenschwester oder Yoga-Lehrerin. Irgendwas Medizinisches."

„Warum nicht Medizin studieren?", hakte Robert nach.

„Weiß nicht. Braucht man viel Kohle, dauert ewig und man muss irre viel pauken. Und was ist, wenn ich floppe?"

„Hast ja noch Zeit zum Überlegen." Ihr Vater warf ihr einen freundlichen Blick zu. „Die Kosten eines Studiums würden uns jedenfalls nicht ins Straucheln bringen. Und wenn wir jeden Tag Brennsuppe essen müssten."

Die Runde lachte und Lisa wandte sich Florian zu: „Und bei dir ist vermutlich alles klar, du wirst Fußballprofi und nichts anderes?"

„Genau." Er schaute zu Boden und meinte in einem vorwurfsvollen Ton: „Aber wie soll das gehen, wenn ich nicht mal in unseren Fußballverein darf."

„Warum darfst du das nicht?"

Sebastian kam seinem Jüngsten zuvor. „Ja mei, zweimal pro Woche Training und am Wochenende dann noch Punktspiele. Da fährt kein öffentlicher Bus, also viel Fahrerei für mich. Die Zeit hab ich einfach nicht. Außerdem mein ich, soll er sich erst auf die Schule konzentrieren und dort Punkte gegen den Abstieg sammeln."

Florian bekam einen roten Kopf und schaute verlegen auf den Tisch, wo sich zwei Fliegen um einen Kuchenkrümel balgten.

„Heißt das, Sebastian, wenn Flori die Klasse schafft, darf er in den Fußballverein?" Lisas Frage war messerscharf.

„Von mir aus." Die Antwort des Vaters klang gequält.

Bevor Sebastian seine Zusage einschränken konnte, wechselte Sophie rasch das Thema und fragte den strahlenden Buben: „Aber ich glaube, du hast noch etwas anderes im Hinterkopf, falls es mit dem Fußballprofi nicht klappt?"

„Trompeter." Die Antwort kam blitzschnell. „Das würde

mir gefallen. Gell Papa, wenn ich im Zeugnis keinen Fünfer mehr hab, darf ich zur Blaskapelln, in die Jugendgruppe."

„So haben wir's ausgemacht, Flori. Also, Bub, gib Gas in der Schule!"

Nachdem die Gäste ihr zweites Kuchenstück verspeist hatten und alle zum DU übergegangen waren, bot Sebastian an, einen Blick in den Stall zu werfen.

Alle Tiere außer dem Bullen waren auf der Weide. Die Gäste staunten über das große Platzangebot und die Sauberkeit im Stall. Sebastian erläuterte, als Mitglied von *Bioland* müsse er bestimmte Mindestflächen pro Kuh vorhalten. Das mache er gerne, denn Kühe fühlten sich wohler, wenn sie ausreichend Platz zum Fressen und Liegeplätze zum Wiederkäuen und Ausruhen hätten. Außerdem könnten sich die Kühe hinter den Fressplätzen frei bewegen, an einer Zapfstelle Wasser trinken oder sich von der automatischen Bürste das Fell massieren lassen.

„Und was fütterst du ihnen im Winter?", fragte Lisa.

„Da macht *Bioland* genaue Vorschriften. Ich gebe ihnen nur Gras, Heu und Grassilage, aber kein Kraftfutter. Auch in der kalten Jahreszeit nur Heu und Silage und, wenn kein Schnee liegt, zusätzlich frisches Gras. Im Sommer müssen wir viel Heu machen. Ein enormer Kraftakt für die Familie."

„Wir könnten euch bei der nächsten Heuernte unter die Arme greifen." Aus Sophies Tonfall konnte man schließen, dass sie es ernst meinte.

„Sehr nett von dir, Sophie. Aber ich will nicht, dass ihr anschließend Stammkunden beim Orthopäden seid."

Als sie bei der Melkanlage ankamen, wollte Robert wissen, wie viele Personen man brauche, um sie zu bedienen.

„Nur eine. Seit dem Tod meiner Frau macht das unsre Sarah und – das muss ich jetzt ganz deutlich sagen – sie macht ihre Sache sehr gut."

„Nun frag ich was Dummes, bitte verzeih." Sophie errötete. „Wird mehrmals pro Tag gemolken?"

„Jeden Tag zweimal. Morgens gegen halb sieben und abends gegen halb sieben. An jedem Tag, auch an Weihnachten, Ostern, am Neujahrstag, an Fronleichnam."

„Ganz schön hart. Wird diese Pflicht nicht mit der Zeit zu einer Belastung?" Robert schaute den Bauern prüfend an.

„Ja mei, der Mensch ist ein Gewohnheitstier. Als ich vor fünfzehn Jahren hier eingestiegen bin, so von heute auf morgen ohne richtige Ausbildung, da hab ich mich nicht bloß einmal gefragt, warum ich mir das antue. Das frühe Aufstehen jeden Tag hat mich anfangs wahnsinnig geschlaucht."

„Kann ich nachfühlen", sagte Lisa. „Du hast Landwirtschaft also weder studiert noch von der Pike auf gelernt?"

„Moment mal ... langsam. Ich bin auf diesem Hof aufgewachsen und hab natürlich immer mithelfen müssen. Aber als Hoferbe war mein älterer Bruder vorgesehen. Der hat eine Freundin gehabt, die wollte ums Verrecken nicht Bäuerin werden. Sie hat sich hartnäckig dagegen gesträubt und am Ende durchgesetzt. Eines Tages sind die beiden bei Nacht und Nebel nach Australien abgehauen."

„Und wie ging's dann weiter?"

„Jetzt schauten meine Eltern erwartungsvoll auf mich. Mein Vater war damals bereits über siebzig und im Kopf schon a bisserl durcheinander. Meine Mutter war auch nicht gsund, sie hatte es mit'm Herzen. Die beiden konnten so einen Hof unmöglich alleine bewirtschaften. Also musste ich, ziemlich unbedarft wie ich war, von heute auf morgen hier einsteigen."

Auf Lisas Frage, welche Ausbildung er habe, erzählte er, dass er nach der mittleren Reife Schreiner gelernt und dann mehrere Jahre in dem Beruf gearbeitet habe. Mit dreiundzwanzig habe er beschlossen, das Abitur nachzuholen, denn er wollte Architektur studieren. Kurz vor dem Abitur habe er geheiratet und schon bald sei Sarah gekommen. Seine Frau habe die Familie als Krankenschwester finanziell über Wasser gehalten und seine Schwiegermutter auf das Kind aufgepasst. Gerade als er das Abitur in der Tasche hatte, sei sein Bruder abgehauen und er hätte den Hof übernehmen müssen. Er hätte es seiner Mutter zuliebe getan, die sich große Sorgen um den alten Hof machte, der schon viele Generationen ihre Familie ernährt habe. Dabei sei er davon ausgegangen, das ist für ein bis zwei Jahre, dann kommt der Bruder reumütig zurück oder der Hof wird verkauft.

„Offensichtlich kam es ganz anders?" Sophie konnte ihre Neugier kaum unterdrücken.

„Genau. Ich bin aus drei Gründen hier hängen geblieben: Erstens: Mein Bruder ist nicht zurückgekommen. Zweitens: Meine Eltern wollten von einem Verkauf des Hofes plötzlich nichts mehr wissen. Und drittens, und das war der entscheidende Grund: Meiner Frau hat die Aufgabe als Bäuerin jeden Tag mehr Freude gemacht. Mit ihren Ideen haben wir neue Einkommensquellen erschlossen, zum Beispiel *Ferien auf dem Bauernhof* angeboten und einen kleinen Hofladen einge-richtet. Dort hat sie unser eigenes Biogemüse verkauft. Und sie hat mich gedrängt, unseren Milchviehbetrieb auf Bio um-zustellen. Schließlich wollte sie therapeutisches Reiten für behinderte Kinder anbieten. Aber da hat uns der Herrgott einen Strich durch die Rechnung gemacht."

Die Gäste bemerkten, wie sich Sebastian lange die Nase schnäuzte und verstohlen eine Träne von der Backe wischte. Alle waren froh, als Robert den Bann brach: „Und die Kühe, die sind jetzt auf der Weide? Ist das weit von hier?"

„Nein, ungefähr fünfhundert Meter. Wenn ihr Lust habt, können wir hinübergehen und sie uns anschauen." Er holte sein Smartphone heraus und stellte fest, dass es bereits kurz nach fünf Uhr war. „Wenn ihr wollt, könnt ihr die Kühe an-schließend zum Melken in den Stall treiben."

„Machen wir, ohne lange darüber nachzudenken, welche Verantwortung dabei auf unseren schmalen Schultern ruht", meinte Robert lakonisch.

Auf dem Weg zur Weide fragte Sebastian die neben ihm gehende Lisa, welchen Eindruck sie von Florian habe und ob sie ihr Angebot einer Nachhilfe aufrechterhalte.

„Selbstverständlich. Florian ist ein netter Junge, doch den Verlust der Mutter hat er noch nicht bewältigt. Man muss besonders liebevoll mit ihm umgehen und dabei versuchen, sein Selbstwertgefühl zu stärken." Nach einer kleinen Pause fügte sie hinzu: „Voraussetzung für den Erfolg der Nachhilfe ist jedoch, dass er sich nicht dagegen sträubt. Das musst du klären und mir dann Bescheid geben." Und sie nannte ihre Handynummer, die er sogleich speicherte.

Nach wenigen Minuten erreichten Sebastian und seine Gäste die Weide. Hinter dem Elektrozaun grasten friedlich etwa vierzig braungelb gefleckte Kühe. Als sie Sebastian erkannten, kam eine nach der anderen auf ihn zugelaufen.

„Fällt euch etwas auf an meinen Kühen? Was haben sie, was die meisten anderen Kühe nicht haben?"

„Hörner!" Sophies Antwort kam spontan.

„Super, Sophie, toll! Gerade du, die Großstädterin, erkennt das, alle Achtung."

„Warum lässt du deinen Kühen ihre Hörner? Schreibt das auch *Bioland* vor?"

„Nein, sie empfehlen es aber. Übrigens, das Enthornen der Kühe kam erst mit dem Laufstall auf und der damit verbundenen Verletzungsgefahr."

„Die Verkleinerung des Fressplatzes pro Kuh könnte auch zu der Vorsichtsmaßnahme geführt haben", meinte Lisa.

„Richtig!" Sebastian warf ihr einen anerkennenden Blick zu. „So will man den Profit steigern, typisch für die heutige Zeit."

„Und warum jetzt wieder ‚mit' Hörnern?"

„Aus Traditionsbewusstsein. Vor einiger Zeit ist im Allgäu eine Gegenbewegung entstanden. Früher waren schöne Hörner ein Zeichen für Gesundheit und Leistungsfähigkeit einer Kuh. Daher gehörten harmonisch ausgebildete Hörner zum Zuchtziel der Bauern. Man war stolz auf schöne Hörner."

Anschließend trieben Sebastians Gäste die Kühe in den Stall zurück. Es ging problemlos, weil die Kühe es eilig hatten, den Inhalt ihrer prall gefüllten Euter loszuwerden.

Sarah saß mit Plastikhandschuhen an der Melkanlage, vor der die einlaufenden Kühe eine Schlange bildeten wie Engländer vor dem Wettbüro. Mit einem Lappen, den sie nach jeder Kuh in einer Flüssigkeit reinigte, säuberte Sarah die Zitzen und legte dann die Saugeinrichtung an. Geduldig ließen die Kühe die Prozedur über sich ergehen.

Ob sie wohl spüren, dass der Mensch ihnen gerade das wegnimmt, was die Natur für ihr Kälbchen vorgesehen hat, dachte Lisa. Ihr kam diese Methode rücksichtslos und egoistisch vor und keinesfalls *artgerecht*.

Am Abend des nächsten Tages rief Sebastian bei Lisa an. Flori habe nach einem längeren Gespräch mit Sarah eingewilligt, mit Lisa für die Schule zu arbeiten. Er wolle mit Mathe beginnen, denn da seien die Chancen am größten, den Anschluss zu schaffen und im Zeugnis eine Vier zu erreichen. Lisa war einverstanden und regte an, zu Beginn dreimal pro Woche jeweils zwei Stunden zu üben. Die Termine könnte man kurzfristig telefonisch abstimmen.

14

An einem Samstag im Sommer 2013 fuhren zwölf Mitglieder des Tutzinger Initiativkreises *,Nachhaltig wollen wir leben'* nach München, um an der *Mir hams satt*-Demo teilzunehmen. Sie stand unter dem Motto „Agrarindustrie und Flächenfraß stoppen – für eine bäuerlich-nachhaltige Landwirtschaft".

Auch Max war dabei. Er hatte dem Drängen seiner Mutter schließlich nachgegeben. Doch er fühlte sich unbehaglich, es war seine erste politische Demonstration. Sebastian sah dagegen gespannt dem Ereignis entgegen, auch für ihn war es das erste Mal. Am Marienplatz warteten Lisa und ihr Großonkel, der wegen der Demo aus Nürnberg angereist war.

Sophie und Robert hatten zusammen mit einem anderen Paar einige Transparente gebastelt:

Gegen Massentierhaltung!
Ehrfurcht vor dem Leben!
Tutzinger Initiativkreis ,Nachhaltig wollen wir leben'

Weniger Fleisch essen!
Fleischverzicht schont Klima!
Tutzinger Initiativkreis ,Nachhaltig wollen wir leben'

An der Feldherrnhalle, dem Kundgebungsort, mischten sich die Tutzinger unter die anderen Demonstranten. Die Altersgruppe der Vierzig- bis Siebzigjährigen überwog deutlich, wobei überraschend viele Teilnehmer Tracht trugen.

Eine Blasmusik spielte forsch auf und so war die Stimmung beinahe ausgelassen, als Professor Weiger, der Vorsitzende des Bundesverbandes für Umwelt und Naturschutz (BUND), zu sprechen begann. Er musste nur wenige Register seines großen rhetorischen Könnens ziehen, um die Zuhörer zu lautstarkem Beifall oder, wenn er Ziele der industriellen Landwirtschaft brandmarkte, zu schrillen Missfallensäußerungen zu bewegen. Sebastian hatte eine alte Kuhglocke dabei, Lisa eine Trillerpfeife. So konnten sie gut hörbar die Rede kommentieren. Max wunderte sich, wie sich das Engagement und manchmal die blanke Wut der Teilnehmer in lauten Zwischenrufen entluden.

Es ging um den Schutz der bayerischen Heimat vor Agrogentechnik, Patente auf Lebewesen, Massentierhaltung und Flächenfraß. Mehrere Redner forderten unter Beifallsstürmen eine sofortige agrarpolitische Kehrtwende hin zu einer bäuerlich-nachhaltigen Landwirtschaft mit regionaler Vermarktung.

Als die Hände heiß geklatscht waren und wegen der Zwischenrufe schon die Stimme versagte, bildete sich auf der Ludwigstraße ein Demonstrationszug. Vorneweg zwanzig Traktoren. Der Zug bewegte sich, begleitet von der bayerischen Blaskapelle und misstrauisch-neugierig beobachtet von den zahlreichen Flaneuren auf Münchens Prachtstraße, zu der einen Kilometer entfernten Bayerischen Staatskanzlei.

Die Gruppe aus Tutzing hatte ihre fünf Meter breiten Transparente entrollt. Das größte mit der Aufschrift

---

Fleischindustrie = Klimakiller Nr. 1

Tutzinger Initiativkreis ‚Nachhaltig wollen wir leben'

---

trugen Sophie, Max und Lisa gemeinsam. Max fühlte sich wohl in der Mitte der beiden Frauen, die ihm von allen Frauen auf der Welt am nächsten standen.

Es war heiß geworden, als der sich nur schleppend vorwärts bewegende Demonstrationszug die Staatskanzlei erreichte. Kalt und sachlich lag sie da, die Machtzentrale des Freistaates. Nur wenige Polizisten waren vor Ort, sie regelten den stockenden Verkehr.

Hier also brütet der Hans die Wege, Umwege und Kapriolen seiner Politik aus, dachte Sophie. In Gedanken versunken sah sie den Landesvater zur Tür der Staatskanzlei heraustreten und hörte ihn sagen: „Da bist du ja, mein geliebtes Volk. Du weißt, *Immer ganz nah an den Menschen*, das ist meine Devise. Daher will ich mich heute unter mein Volk mischen und seine Huldigungen entgegennehmen."

Und Sophie bemerkte, wie die Leute wütend ihre Transparente in die Höhe reckten und erbost im Chor riefen: „Keiner will dir huldigen, Hans. Aufwecken wollen wir dich. Bayern braucht eine nachhaltige, eine bäuerliche Landwirtschaft, keine Agrarfabriken, deshalb sind wir hier."

Und Sophie sah, wie der Ministerpräsident ratlos seinen Kopf auf die Seite legte und leise entgegnete: „Dafür bin ich doch nicht zuständig, sondern die Bundesregierung. Also, liebes Volk, schleich dich und fahr nach Berlin und erzähl das der Bundeslandwirtschaftsministerin, der Inge. Aber lass mir meine königlich-bayerische Ruh!"

Als neben Sophie ein schwarzer Luftballon zerplatzte und dabei viel heiße Luft entwich, schreckte sie auf und dachte: Typisch für diese schnarchigen Politiker. Höchste Zeit, dass wir ihnen einheizen und sie aus ihrer Lethargie reißen.

Nach Abschluss der Veranstaltung versammelte sich die Tutzinger Gruppe im Biergarten auf dem Viktualienmarkt.

„Nun Max, wie fandest du deine erste Demo?" Lisa sah ihn erwartungsvoll an.

„Gut ... doch, ja ... ziemlich spannend! Die Reden waren kurz und präzise, die Stimmung gut, fast euphorisch."

Robert pflichtete ihm bei: „Die Vielfalt der Meinungen, die auf den Schilder zu erkennen war, fand ich eindrucksvoll."

„Das stimmt. Bauern, Naturschützer, Imker, Vogelfreunde, Tierschützer, Gourmets, Landebahngegner, alle waren vertreten", stellte Sophie begeistert fest. „Wir brauchen solche Bündnisse und gemeinsamen Aktionen, sie schweißen zusammen. Diese Gruppen, die alle dasselbe Ziel im Auge haben, müssen noch besser zusammenarbeiten. Dann sind wir stark, dann erreichen wir etwas."

„Mir hat am besten der gemeinsame Marsch durch die Innenstadt zur Staatskanzlei gefallen." Sabine, die Betriebsärztin, sah zufrieden aus. „Ich spürte, wie unbeteiligte Leute, die am Straßenrand standen, nachdenklich wurden."

„Exakt", meinte Wilhelm, Lisas Großonkel, der inzwischen mit allen aus der Tutzinger Gruppe per DU war. „Ich habe sogar beobachtet, wie ein älteres Paar, das zunächst auf dem Gehweg stand, sich spontan in den Demo-Zug einreihte."

„Heute bekam ich viele Argumente für eine kleinbäuerliche Landwirtschaft zu hören." Mit einem Augenzwinkern fügte Sebastian hinzu: „Ich fühl mich jetzt fast so erbaut wie am Sonntag nach dem Hochamt."

Kurz vor fünf Uhr machte sich die Tutzinger Gruppe auf den Heimweg. In der S-Bahn-Station am Marienplatz stieß sie auf ein älteres Ehepaar mit zusammengerolltem Transparent. Es stellte sich heraus, dass die beiden in Würzburg wohnten, Mitglied im Bund Naturschutz waren und wegen der Demo mit dem Zug nach München gekommen waren.

„Zufrieden mit der Demo?", fragte Lisa.

„Mit dem Programm schon", meinte der Mann lapidar.

Seine Begleiterin ergänzte: „Bei der Beteiligung hätten wir uns mehr gewünscht. Wenn man bedenkt, wie viele Organisationen mitgemacht haben."

„Ist denn die Teilnehmerzahl so wichtig? Kommt es nicht, wie häufig im Leben, auf Qualität an?" Max unterstützte Roberts Bemerkung mit einem Kopfnicken.

„Für die Medien und die Politiker gilt leider nur die nackte Zahl", meinte der Würzburger. „Ist die nicht hoch, rückt das Ereignis in der Berichterstattung weit nach hinten. Und die Politik schließt daraus, dass nur wenige Wähler – es geht wie immer um Wähler – sich für den Politikbereich interessieren. Also braucht sich die Politik um die Forderungen, die auf der Demo vorgebracht wurden, nicht weiter zu kümmern."

Nach einem Moment des Nachdenkens sagte Sophie: „Man sollte überlegen, wie man Demonstrationen zeitgemäßer gestalten kann, attraktiver für die junge Generation."

„Das finde ich auch", mischte sich Wilhelm ein. Vielleicht mit mehr Action, mehr Musik- und Showeinlagen."

„Ein guter Ansatz." Die Würzburger nickten zustimmend. „Wir brauchen unbedingt mehr junge Leute bei den Demos, schließlich geht es um deren Zukunft."

Lisa konnte an diesem Abend nicht einschlafen, zu viel Aufregendes war an diesem Tag passiert. Sie dachte an die Tutzinger Gruppe, die fast vollzählig dabei gewesen war, an das Gefühl der Gemeinschaft und Solidarität, das sie von Anfang an mit den anderen Demonstranten verbunden hatte. Sie erinnerte sich die frohe und optimistische Stimmung, die über der Demo lag und sie freute sich über die Kreativität, die aus den Texten der Transparente und Schilder sprach.

Aber ihr ging auch die kritische Bemerkung des Würzburger Paares zur Teilnehmerzahl nicht aus dem Kopf. Weshalb waren so wenige junge Leute dabei gewesen? Gab es Versäumnisse oder Fehler bei der Vorbereitung? Eine mangelhafte Pressearbeit? Lisa nahm sich vor, diese Fragen beim nächsten Treffen des Tutzinger Initiativkreises zur Diskussion zu stellen. Außerdem wollte sie in ihrem Blog über den Ablauf der Demo berichten und die Leser auffordern, Ideen zur attraktiven Gestaltung einer Demo zu posten.

Doch schon bald wurden bei Lisa wieder Hirnareale aktiviert, die für Optimismus, Zuversicht und Freude zuständig sind. Sie erinnerte sich an Max, der den ganzen Tag ohne

Murren mit ihr und seiner Mutter das Transparent getragen hatte. Gelang es Sophie und ihr doch noch, ihn zu überzeugen, dass jeder – also auch er – gegen die sich anbahnende Klimakatastrophe aktiv werden muss? Wenn Max es schaffte, seinen Lebensstil zu ändern, so träumte Lisa, dann könnte sie sich einen Neustart mit ihm vorstellen. Aber erst musste er bei Petra die Scheidung durchsetzen. Das war sicher nicht einfach, das fühlte sie instinktiv.

Nun war sie bereits über ein Jahr wieder in Deutschland und hatte in diesem Zeitraum Petra kein einziges Mal getroffen. Auch vor ihrer ‚Flucht' nach Brasilien war sie ihr nie begegnet. Vielleicht war Petra gar nicht so ichbezogen, wie sie Sophie beschrieb. Möglicherweise war sie eine realistisch denkende Frau, mit der man sachlich über einen Ausweg aus dem verfahrenen Beziehungsgeflecht reden konnte.

Doch war sie selbst in der Lage, die in ihrem Langzeitgedächtnis eingebrannte Negativinformation ‚Max hat mich wegen dieser Frau verraten' zu verdrängen? Hat Hermann Hesse recht, wenn er in seinem *Stufen-Gedicht* sagt, dass jedem Anfang ein Zauber innewohnt, der uns hilft zu leben?

Aber was wäre, wenn Petra eine Scheidung ablehnen würde und Max nicht den Mut fände, sie dennoch durchzuziehen? Welche Optionen blieben dann noch? Besorgt registrierte sie, wie ihr mit ihren fast siebenunddreißig Jahren die Zeit davonlief. Vor allem hinsichtlich des Kinderwunsches, der in regelmäßigen Abständen durchs ihr Hirn wirbelte.

Ihre Gedanken wanderten zu Benedikt Tauber, dem sympathischen Kollegen, in dessen Nähe sie sich wohl fühlte. Dessen lockere Art sie liebte, mit dem sie aber auch über ernste Dinge reden konnte. Er lebte fleischlos wie sie und achtete ihr Engagement für eine nachhaltige Lebensweise.

Aber war Benedikt der Mann fürs Leben? Sollte er tatsächlich homosexuell veranlagt sein, würde sie damit klar kommen? Lisa machte sich nichts vor: Für sie war Sex nicht unwichtig und sie genoss ihn mit einer zugleich leidenschaftlichen wie zärtlichen Hingabe, wenn sie einen vertrauenswürdigen Partner hatte. Als sie an ihren letzten Intimverkehr dachte, stellte sie überrascht fest, dass sie seit der Rückkehr nach Deutschland noch mit keinem Mann zusammen gewesen war. Da ihr dies erst jetzt auffiel, schien Sex doch keinen so hohen Stellenwert für sie zu haben.

Und wie stand es mit Sebastian, dem Biobauern? Lisa war aufgefallen, dass er bei der Demo wiederholt ihre Nähe gesucht hatte. Auch Blicke von ihm, in denen Zuneigung und Begehren lag, hatte sie nicht übersehen. Ihre Verwirrung hinderte sie daran, die Blicke zu erwidern. Aber fraglos gefielen ihr seine Liebesbekundungen. Gerade weil es Lisa manchmal wie anderen Frauen ihres Alters erging: Die Selbstsicherheit in Bezug auf ihre Wirkung auf Männer war plötzlich ohne ersichtlichen Grund erschüttert. In solchen Augenblicken war sie für einen liebevollen und, wenn es sein musste, auch lüsternen Männerblick geradezu dankbar.

War ein Leben an Sebastians Seite vorstellbar? Sie wäre dann in die Produktion von Nahrungsmitteln integriert, die sie aus ökologischen und ethischen Gründen problematisch fand! Dazu das harte Leben auf einem Bauernhof! Kaum noch Zeit für ein Engagement für eine bessere Welt! Doch Lisa war auch so klug, die Kehrseite der Medaille zu betrachten. An

Sebastians Seite würden sich für sie wunderschöne Optionen eröffnen: Ein eigener Garten mit Blumen und Gemüse, natürlich in Bioqualität. Ein eigenes Pferd, das sie so sanft und rücksichtsvoll wie der ‚Pferdeflüsterer' behandeln würde. Täglich ausreiten, was ihr in Brasilien so großen Spaß gemacht hatte. Und das Wichtigste: Sie hätte drei Kinder, die sie verwöhnen und bei ihrer Entwicklung zu politisch wachen, nachhaltig und sozial handelnden Menschen begleiten könnte. Auch ein eigenes Kind wäre noch möglich, Sebastian war erst knapp über vierzig, gesund und fit.

Dann war da noch dieser Draxl. Was sollte sie von ihm halten? Zweifellos war er schon wegen seiner überragenden Körpergröße ein beeindruckender Mann, der die Aufmerksamkeit auf sich zog. Zudem mochte sie seine sanfte, einschmeichelnde Stimme, seine Gelassenheit und Souveränität sowie seine Fähigkeit zuzuhören. Er war geschieden und hatte eine halbflügge Tochter, die allem Anschein nach ganz nett war. Doch andererseits erschien er ihr undurchsichtig und sie hatte bei ihm unterschwellig das Gefühl, dass er nicht ehrlich zu ihr war. Bei Fragen zu seiner beruflichen Tätigkeit wich er aus. Bis heute wusste sie nicht, für welche Firma er arbeitete und was sein Aufgabenbereich war. Außerdem aß er gerne Fleisch und bei seinem ökologischen Verhalten gab es noch reichlich Verbesserungspotential.

Bei diesem Gedanken übermannte sie die Müdigkeit und sie schlief ein. Sie schlummerte tief und fest bis um zehn Uhr am nächsten Morgen, einem Sonntag.

15

Am Montag nach der Demo bekam Max einen Anruf von seinem Schwiegervater Gustav Seidl, Mehrheitsgesellschafter der Privatbrauerei *Gustlaner*. Sie telefonierten selten miteinander, denn ihr Verhältnis war seit vielen Jahren von einer herzlichen Abneigung geprägt.

„Host heut scho in d'Zeitung eini gschaut, Max?"

„Nein."

„Dann mach es."

„Gibt's da Tipps zum Geld anlegen?"

„Lass deine bleden Witz! Schau dir den Bayernteil der MAZ an, dann woißt', warum i mi jetzed mit dir anleg."

„Moment, ich hol die Zeitung." Kurz darauf hörte man Max rufen: „Holla, das bin ja ich!"

„Was sagst' zum Buildl?"

„Ich finde es … gut getroffen."

„Verdammt, I glaub du spannst es ned. Was glaubst', wer mich grad wegen dem Foto angrufn hod?"

„Keine Ahnung, aber du sagst es mir bestimmt gleich."

„Um Neune Dr. Ederer von der Ederer GmbH & Co. KG, deine Kundschaft. Und a halbe Stund später der Sepp Weinberger, auch deine Kundschaft."

„Ich verstehe nicht, warum diese Herren dich und nicht mich, ihren Wirtschaftsanwalt, anrufen." Max klang beleidigt.

„Überleg mol, Max. Weil die Herrschaften zu mir mehr Vertraun habn als zu ihrem Advokat."

„Was haben sie denn zu dem Foto gesagt?"

„Sie wurden fuchsteufelswild", brüllte Seidl ins Telefon. „Mit so einem falschen Fuchzger – damit moanens di – wollens nix mehr zu tun habn."

Max schwieg. Er ahnte, dass für Ederer und Weinberger Demonstrations- und Meinungsfreiheit nicht viel gelten, wenn die geäußerte Meinung nicht der ihrigen entspricht.

„Du solltest so 'nen Schmarrn lassen." Der Schwiegervater wechselte in den Kumpelmodus. „Bei so 'nem Quatsch macht a gscheiter Anwalt ned mid, außer seine Kundschaft is ihm wurscht. Kapierst des ned?"

Max brummte etwas, das man als Zustimmung deuten konnte.

„Na also, Max, du bist ja ned depped. Bei Weinberger und Ederer werd ich des scho ausbügln." Nach einer kleinen Pause: „Wer sind denn die Weibersleut auf dem Foto?"

„Links von mir, das ist meine Mutter."

„Oha, die is aber old und grau wordn! Und das junge Madl neben dir?"

„Das ist Lisa Berner, meine … äh, eine Freundin meiner Mutter." Max hielt es nicht für ratsam, in diesem kritischen Moment seinem Schwiegervater zu sagen, dass diese tolle Frau viele Jahre seine Partnerin gewesen war.

„Is des die Lehrerin, die jetzt imma in de Medien is?"

„Ja, könnte sein."

„Um Himmels Willen, Max, geh bloß dieser Schlampn aus em Weg! So eine kann di beruflich schneller ruiniern als du denkst."

Fast zur selben Zeit, als Max von seinem Schwiegervater der Kopf gewaschen wurde, saß Andreas Draxl wieder auf der Couch von Geschäftsführer Hackeberg und musste sich ebenfalls eine Standpauke anhören.

„Konnten Sie das nicht verhindern, Draxl?" Hackeberg hielt ihm die Zeitung mit dem Foto von der Demo unter die Nase. „Ich dachte, Sie hätten die Lehrerin ruhig gestellt?"

Draxl ärgerte sich über den Vorwurf, den er nicht für gerechtfertigt hielt. Seine Antwort fiel daher direkter aus, als es opportun war: „Ich konnte es nicht verhindern. Auch für Frau Berner gilt das Grundrecht auf Demonstrationsfreiheit."

„Sie verteidigen diese Frau noch? Unverschämtheit! Was die macht, ist doch keine freie Meinungsäußerung, das ist blanke Agitation."

„Ihre Bewertung teile ich leider nicht, Herr Generaldirektor. Ich finde, es bringt nichts, wenn wir die Angelegenheit dramatisieren. Bitte entschuldigen Sie meine Offenheit."

Hackeberg war verärgert über die Deutlichkeit, mit der ihm sein Untergebener widersprach. Das nagte an seinem Selbstwertgefühl. Um das Gesicht zu wahren, stellte er die rhetorische Frage: „Finden Sie es in unserem Interesse, wenn Frau Berner auf einer Demo in München ein riesiges Transparent vor die Kameras hält, auf dem in grellen Lettern steht:

Fleischindustrie = Klimakiller Nr.1?"

„Natürlich nicht, aber wir sollten trotzdem die Kirche im Dorf lassen."

„Was meinen Sie damit? Sprechen Sie gefälligst Klartext!"

Draxl versuchte es in einem sachlichen Ton: „Die Demo erreichte weder in den Medien noch in der Politik einen ernst zu nehmenden Aufmerksamkeitswert."

„Woraus schließen Sie das?"

„Es waren nicht genug Teilnehmer da."

„Aber immer noch viel zu viele. Die Politik wird nicht annehmen, das seien alles linke Spinner."

„Doch, genau das vermute ich. Zudem hat auf der Demo kein einziger Politiker gesprochen, die Redner waren durchweg Vertreter lokaler Gruppen. Wenn man einmal vom Vorsitzenden des BUND absieht."

„BUND, was ist das schon wieder?"

„Das ist der Bundesverband für Umwelt- und Naturschutz in Deutschland."

„Mischen die sich jetzt auch in Ernährung und Agrarpolitik ein? Stellen die nicht mehr Schutzzäune für Kröten auf und tragen sie über die Straße?"

„Soweit ich weiß, machen sie das immer noch. Aber jetzt wollen sie auch in der großen Politik mitmischen. Zumindest ihre Leute an der Spitze haben erkannt, dass mit lokalen Aktionen die Welt nicht zu retten ist."

„Das hört sich an, als ob Sie die Radikalisierung dieser sogenannten Naturschützer gut finden." Hackeberg hob dezent die linke Augenbraue.

Draxl zögerte mit seiner Antwort. Er hatte sich heute mit seiner Offenheit bestimmt schon mehrere Minuspunkte beim

Geschäftsführer eingeheimst. Deshalb war er froh, als ihm die Antwort einfiel: „Ja, ich finde das gut, solange sich die Aktionen des BUND nicht gegen den Fleischkonsum richten."

„Da haben Sie ja gerade noch die Kurve gekriegt!", knurrte Hackeberg und ein dünnes Lächeln lag auf seinen Lippen. „Was ich Sie noch fragen wollte, Draxl: Wer sind die beiden anderen Personen auf dem Zeitungsfoto?"

„Der Mann ist Dr. Max Wallersleben, ein renommierter Anwalt für Außenhandelsrecht. Ein Freund der Berner."

„Stimmt, jetzt erkenn ich ihn. Wir haben ihn vor einigen Jahren konsultiert, als wir Probleme bei Gegengeschäften mit Kuba hatten." Hackeberg dachte angestrengt nach und sagte plötzlich in scharfem Ton: „Unverschämtheit", er schlug mit drei Fingern auf das Foto in der Zeitung, „das geht ja gar nicht. Ein Wirtschaftsanwalt, der von den Aufträgen der Unternehmen lebt, kann doch nicht in seiner Freizeit gegen die gleichen Firmen demonstrieren. Das ist ausgesprochen link."

„Auch ich war überrascht, ihn auf dem Foto zu sehen."

„Sind Sie sich über seine Identität ganz sicher?"

„Hundertprozentig!"

Hackeberg holte tief Luft. Er pumpte sich geradezu auf und legte los: „Der Kerl hat eine Abreibung verdient. Setzen Sie sofort für mich einen Brief auf, der es in sich hat. Ich möchte den Burschen nach allen Regeln der Schreibkunst verbal abwatschen. Das muss bald geschehen. Können Sie mir bis heute Abend einen Briefentwurf liefern?"

„Selbstverständlich."

Nachdem Hackeberg kurz vor sich hingestarrt hatte, fragte er: „Und wer ist die ältere Dame auf dem Foto?"

„Das ist die Mutter des Anwalts, sie ist vor einigen Monaten aus dem Rheinland an den Starnberger See gezogen."

„Die Lehrerin und die Mutter, kennen die sich?"

„Ja. Sie sind befreundet und managen seit fünf Monaten in Tutzing gemeinsam den Initiativkreis ‚Nachhaltig wollen wir leben'."

„Und was macht dieses Damenkränzchen konkret?"

„Diskussionen, Filmabende, Transparente für Demos."

„Mischen Sie da auch mit?"

„Nein. Ich lasse mir aber von Frau Berner erzählen, was die Gruppe plant."

„Das reicht nicht, Sie sollten dort ständig dabei sein. Wir müssen aus erster Hand wissen, was die im Schilde führen."

„Das wäre sehr zeitaufwändig, Herr Generaldirektor, die treffen sich mehrmals im Monat."

Die Begründung seiner Verweigerungshaltung, das spürte Draxl, war nicht überzeugend. Daher bemerkte er eilfertig: „Ich habe eine Idee! Wir könnten meinen Praktikanten, Kai Schubert, der vier Monate bei uns arbeiten wird, in den Initiativkreis einschleusen. Kai ist weniger verdächtig als ich. Und er ist ein cleverer und ehrgeiziger Bursche."

„Einverstanden! Und für seine abendlichen Überstunden kriegt er zehn Euro extra im Monat, basta."

16

Beim nächsten Blogeintrag machte Lisa die *Mir hams satt*-Demo zum Thema. Sie fragte ihre Leser aus dem Großraum München, die nicht an der Veranstaltung teilgenommen hatten, nach den Gründen ihres Fernbleibens. Etwa die Hälfte der Beantworter entschuldigte sich für die Abwesenheit mit dem Hinweis, sie hätten einen wichtigen privaten Termin gehabt oder die Sache ganz einfach übersehen. Ein Drittel hielt die Teilnahme an politischen Demonstrationen für Zeitverschwendung, denn die in den Reden vorgebrachten Argumente seien ihnen bekannt und zu glauben, die Stimme des Volkes könne Politiker beeinflussen, sei eine nette Illusion. Der Rest der Antwortenden kritisierte die Zusammensetzung der Demo-Veranstalter oder hielt es für unzulässig, auf diese Weise die Politik unter Druck zu setzen.

Auf Lisas Text antworteten auch Menschen, die wegen ihrer großen Entfernung vom Veranstaltungsort nicht teilgenommen hatten. Viele von ihnen waren über die mäßige Beteiligung enttäuscht und sahen die Ursachen in dem wachsenden Egoismus unserer Gesellschaft und der um sich greifenden *Nach-mir-die-Sintflut*-Mentalität.

Eine ungewöhnliche Antwort erreichte Lisa mit einer Mail des Psychologen Dr. Vorderhahn, der sich seit Jahren an einer Münchner Uni mit Motivationsforschung befasst. Er schrieb, in einer brandneuen Studie habe er die Motive für ehrenamtliches Engagement untersucht. In Lisas Blogbeitrag werde die Frage gestellt, was die Motivation für die Teilnahme an einer Demo sei, die auf die Durchsetzung gesellschaftlicher Interessen abziele. Da die beiden Fragen sehr ähnlich seien, biete er an, für eine bescheidene Aufwandsentschädigung eine Zusammenfassung der Ergebnisse seiner Studie zu liefern. Zudem werde er ein Kolloquium in kleinem Kreis abhalten, bei dem man weitergehende Fragen, zum Beispiel zur psychologisch richtigen Vor- und Nachbereitung von politischen Aktionen, besprechen könne.

Beim nächsten Treffen des Tutzinger Initiativkreises stellte sich Kai Schubert, ein vierundzwanzigjähriger Student aus Starnberg, als neues Mitglied vor. Alexander freute sich über den Zuwachs, denn nun war er nicht mehr der einzige Vertreter der jungen Generation.

Bei der Analyse der *Mir hams satt*-Demo berichtete Lisa über die Kommentare ihrer Blog-Leser und stellte auch das Angebot von Dr. Vorderhahn zur Diskussion.

„Klingt gut, doch zunächst müssen wir klären, ob dies ein ernst zu nehmender Wissenschaftler ist", meinte Alexander. „Kann er uns weiterhelfen oder ist er ein akademischer Betrüger, der uns mit einem nutzlosen Elaborat um einige hundert Euro erleichtern will."

„Letzteres halte ich für unwahrscheinlich", sagte Robert in seiner bedächtigen Art. „Denn er bietet uns zusätzlich das Kolloquium an. Wenn er da nicht antritt oder sich dabei als wissenschaftlicher Hochstapler entpuppt, dann zahlen wir das Honorar einfach nicht."

Sophie hielt Roberts Einschätzung für plausibel. „Trotzdem sollten wir im Internet über ihn recherchieren. Er müsste einiges veröffentlicht haben, auf das im Internet hingewiesen wird. Wer möchte sich darum kümmern?"

Nachdem es keine Wortmeldung gab, bot Kai Schubert an, die Recherche zu übernehmen.

„Ich habe eine Idee." Alle blickten gespannt auf Sabine. „Wie wäre es, wenn wir anstatt seiner Studienergebnisse plus Kolloquium einen halbtägigen Workshop mit ihm machen würden. Dabei könnten wir gezielt die Fragen besprechen, die für unsere Arbeit wichtig sind."

„Exakt", rief Jochen. „Wir könnten ihm rechtzeitig vor der Veranstaltung einen Katalog mit Fragen zusenden, die uns auf den Nägeln brennen. Beim ‚Workshop' kann der Psychologe sie uns beantworten und uns nebenbei noch psychologisches Basiswissen vermitteln."

„Guter Vorschlag", sagte Sophie. „Wenn ihr einverstanden seid, spreche ich in diesem Sinne mit Vorderhahn und frage ihn nach seinen Honorarvorstellungen."

Alle stimmten zu. Bei der Finanzierung der Dienstleistung folgte man Sebastians Anregung, die Gesamtkosten gleichmäßig auf die Teilnehmer am Workshop aufzuteilen. Die beiden Studiosi sollten freigestellt werden.

Das Foto in der Zeitung, das Lisa bei der Demo mit diesem provokanten Transparent zeigte, war auch Schulleiter Wortmann unangenehm aufgefallen. Aber seit ihm zugetragen worden war, dass Frau Berner mit Herrn Tauber eng befreundet ist, ging er mit Elternkritik, die Lisa Berner betraf, locker bis fahrlässig um. Man könnte auch sagen, er füllte damit seinen virtuellen Papierkorb oder er speiste kritische Elternanrufe mit langatmigen, umständlichen Erklärungen ab. Wie hätte Wortmann wohl gehandelt, wenn ihm Taubers ursprüngliche Absicht bekannt geworden wäre, ebenfalls an der Demonstration teilzunehmen?

Benedikt Tauber war trotz verbindlicher Zusage nicht zur *Mir hams satt*-Demo erschienen. Er entschuldigte sich bei Lisa mit einem kurzfristig sich ergebenden Besuch eines Cousins, der gerade in München auf Durchreise war.

Zur ‚Wiedergutmachung' lud er Lisa ins Theater ein. In den Münchner Kammerspielen wurde *Onkel Wanja* von Anton Tschechow gegeben. Das Werk des russischen Dramatikers kannte Lisa noch nicht. So kam es, dass sie von dem abgrundtiefen Pessimismus und der Sinnlosigkeit des Lebens der Hauptfiguren tief bewegt und aufgewühlt war.

Im Anschluss an die Aufführung gingen Benedikt und Lisa in ein veganes Restaurant im Glockenbachviertel, wo Benedikt häufig einkehrte.

„Wie findest du das Stück, Lisa?"

„Wenn ich ehrlich bin, deprimierend. Es hat mich sehr, sehr traurig gestimmt." Nach einer Pause fügte sie kleinlaut hinzu: „Aber vielleicht hab ich es nicht verstanden."

„Ich glaube schon. Die Ausweglosigkeit ihrer Lage führt bei Onkel Wanja und seiner Nichte zu der Bereitschaft, sich weiter für den alten, egomanen Professor auf dem Gutshof abzurackern. Und das machen sie auch noch, nachdem der Professor als wissenschaftlicher Hochstapler entlarvt ist."

„Das begreife ich nicht. Warum tun sie das? Ist doch völlig irrational." Unwirsch warf Lisa ihre Haare in den Nacken.

„Die beiden sehen keine Alternative. Sie flüchten in die Arbeit, um die Sinnlosigkeit ihres Daseins zu verdrängen."

„Vor der Aufführung hast du mir gesagt, Benedikt, dass du dieses Drama besonders schätzt. Jetzt, nachdem ich das Stück kenne, schockiert mich deine Bewertung." Sie sah ihn irritiert an. „Erklär mir das bitte. Ich empfinde das Werk als destruktiv und voller Hoffnungslosigkeit."

„Meine liebe Lisa", begann Benedikt bedächtig, „dieses Stück ist für mich eine Parabel auf die Tragik des Lebens. Jeder Mensch, der selbstkritisch über seine Existenz, sein Handeln, den Sinn seines Lebens nachdenkt, muss früher oder später ernüchtert feststellen: Was ich den ganzen Tag, den ganzen Monat, das ganze Jahr über mache, ist mehr oder weniger sinnlos, denn das, was ich anstrebe, kann ich nicht erreichen. Dennoch mache ich weiter. Und warum? Weil es keine Alternative für mich gibt."

„Hältst du Deine berufliche Tätigkeit, Kinder in ihrer Entwicklung zu begleiten, sie auf das Leben vorzubereiten, ihnen nützliches Wissen und zeitlose ethische Normen zu vermitteln, hältst du das alles für sinnlos?" Lisa hatte die Arme vor der Brust verschränkt und das Blut war aus ihrem Gesicht gewichen.

In diesem Augenblick brachte die Kellnerin ihnen eine *Brokkoli-Tofu-Pfanne mit Kartoffelpüree*. Doch Lisa war nicht in der Lage, sich auf das Essen zu konzentrieren, so sehr war sie über Benedikts Lebensauffassung bestürzt.

„Entschuldige, ich kann jetzt nichts essen. Beantworte bitte erst meine Frage."

Benedikt sah sie mit gütigen aber zugleich traurigen Augen an, nahm vorsichtig ihre Hand und streichelte sie zärtlich. „Du bekommst eine Antwort. Klar, es ist sinnvoll und wichtig, Kinder auf ihrem Weg ins Leben zu unterstützen, das heißt dazu beizutragen, dass aus ihnen Menschen werden, die friedfertig, empathisch, engagiert sind, weitsichtig, sozial und nachhaltig handeln und, und, und. Soweit bin ich mit dir d'accord. Doch jetzt kommt mein ABER: Ich befürchte, wir Pädagogen können diese erhabenen Ziele in den meisten Fällen nicht erreichen, auch wenn wir uns noch so abstrampeln."

„Aber warum denn nicht? Mit Einfühlungsvermögen und viel Geduld, den wichtigsten Tugenden eines guten Lehrers, sowie mit liebevoller Fürsorge für den Schüler gelingt uns doch fast immer etwas, zumindest ein Teilerfolg. Ein rigoroses Alles-oder-Nichts-Denken, das intellektuell spannend sein mag, hilft hier nicht weiter. Graduelle Erziehungsfortschritte sind bei fast jedem jungen Menschen möglich und die sind doch auch bedeutsam, sowohl für den Betroffenen als auch für die Gesellschaft."

„Vielleicht hast du recht." Benedikt blickte verlegen an ihr vorbei auf ein Bild an der gegenüber liegenden Wand.

„Könnte es sein, dass deine Ziele, die du dir für deine Arbeit in der Schule setzt, zu ehrgeizig sind?"

„Möglich." Benedikt gab sich verschlossen. Er hatte erkannt, dass es bei diesem Thema mit Lisa einen Dissens gab, der unüberbrückbar erschien.

Nach einer Weile fragte Lisa mit leiser, unsicherer Stimme: „Beurteilst du die Erfolgsaussichten meines Engagements für eine Welt, in der die Menschen verantwortungsbewusst, sozial und nachhaltig zusammenleben, ebenso pessimistisch?"

Benedikt zögerte mit seiner Antwort, bevor er flüsterte: „Sagen wir's mal so. Ich bin skeptisch, ob sich dein enormer Einsatz lohnen wird."

„Wie kommst du zu dieser Ansicht, bitte erklär es mir."

Er holte tief Luft und dozierte dann mit fester Stimme: „Ich fürchte, der in den westlichen Industriegesellschaften immer weiter vordringende, konsumorientierte Spätkapitalismus amerikanischer Prägung, der egoistisches, rücksichtsloses, auf raschen Erfolg zielendes Handeln belohnt, der wird früher oder später über eine bescheidene, das Ganze und die Zukunft im Blick behaltende, kooperative Lebensweise triumphieren. Noch hoffe ich allerdings, dass ich mich irre."

„Du irrst dich, Benedikt, davon bin ich überzeugt. Die meisten Menschen sind vernunftgeleitete Wesen. Der homo sapiens wird daher schon bald erkennen, dass er seinen aktuellen Lebensstil ändern muss, wenn er überleben will. Wir müssen die Menschen nur sachlich, aber mit viel Empathie über die Zusammenhänge, zum Beispiel zwischen Ernährung und Klimakrise, aufklären."

„Aber Lisa, sieh doch, die Erfahrungen der letzten vierzig Jahre sprechen gegen deine These. Bereits in den siebziger Jahren des letzten Jahrhunderts hat der *Club of Rome* vor

143

den *Grenzen des Wachstums* gewarnt! Und was ist passiert? Seit Jahren wissen alle Politiker, die an der Regierung sind, dass weltweit ein konzertierter Prozess der Dekarbonisierung bei der Energieerzeugung, beim Verkehr, in der industriellen Produktion eingeleitet werden müsste. Aber es gelingt nicht, zu verbindlichen und nachprüfbaren Einsparzielen bei den Kohlendioxidemissionen zu kommen, weil jeder Politiker nur an mögliche Wachstumseinbußen seines Landes denkt."

„Andererseits haben in den letzten Jahren viele Menschen in den Industrieländern ihr Verhalten positiv verändert. Es gibt inzwischen starke und selbstbewusste Umweltverbände mit wachsenden Mitgliederzahlen, die der Politik einheizen. In vielen Ländern hat sich eine grüne Partei etabliert, die an politischem Einfluss gewinnt. Selbst in China tut sich was. Ich habe in der Zeitung gelesen, dass immer mehr Chinesen die Wachstumspolitik ihrer Regierung für falsch halten. Vor allem, weil sie unter den Folgen des hohen Wachstums, der Luftverschmutzung und Umweltzerstörung, leiden. Diese Entwick-lung macht mir Mut."

„Darf ich ein Gegenbeispiel aus unseren Längengraden bringen?" Benedikt schaute sie prüfend an. „Die Ansiedlung niederländischer Schweinemäster in Nord- und Ostdeutschland. Das sind Investoren, die Holland verlassen müssen, weil dort der Widerstand der einheimischen Bevölkerung gegen ihre agroindustriellen Megaställe zu groß wird. Jetzt bauen sie gigantische Schweinemastanlagen in Deutschland, subventioniert von der EU und der Bundesregierung, also auch vom deutschen Steuerzahler. Jeder mit gesundem Menschenverstand muss doch sehen, dass diese riesigen Mastanlagen gravierende Schäden im Grundwasser – durch die Gülle - in der Luft und der Landschaft hervorrufen. Doch diese Ansiedlungen gibt es dennoch, obwohl jeder informierte Mensch weiß, dass wir das erzeugte Fleisch gar nicht brauchen. In Deutschland gibt es eine Überversorgung von fünfzehn Prozent. Das unter beträchtlichen Umweltschäden produzierte, überflüssige Fleisch wird dann exportiert oder vernichtet."

„Warum verhindern unsere Politiker im Bund und Ländern nicht diese widersinnigen Ansiedlungen?" Lisas Stimme klang verzweifelt.

„Das kann ich dir genau sagen, Lisa. Beinahe alle unserer Politiker sind Wachstumsfetischisten. Auch die überflüssige Fleischproduktion steigert das gesamtwirtschaftliche Wachstum. Selbst die Vernichtung des nicht absetzbaren Fleisches erhöht noch das Bruttoinlandsprodukt. Zudem entstehen in den Megaställen ein paar Arbeitsplätze und die Gemeinden erhalten etwas Gewerbesteuer. Dafür nimmt man gravierende Umweltschäden, die Verminderung der Lebensqualität der dort lebenden Menschen und massives Tierleid, das mit Massentierhaltung immer einhergeht, in Kauf. Ist eine solche staatliche Förderpolitik nicht hirnverbrannt? Muss da der mitdenkende Bürger nicht aggressiv werden ... oder depressiv?"

Lisa schwieg. Benedikts Beispiel aus Ostdeutschland hatte sie beeindruckt und ihre optimistische Weltsicht für einige Augenblicke beschädigt. Doch ihre hoffnungsvolle Grundstimmung kehrte bald zurück. „Und was ist das Resümee deiner Analyse, Benedikt? Ein Rückzug ins Private? Das wäre falsch. Im Gegenteil, wir müssen noch effizienter und überzeugender unsere Aufklärung betreiben und unsere Aktionen noch besser mit gleichgesinnten Menschen abstimmen. Wir müssen der Politik noch mehr Druck machen, auch mithilfe der Netzwerke." Und mit großer Überzeugungskraft sagte sie, wobei sie jedes Wort einzeln betonte: „Die aktuelle Situation muss ein Ansporn sein, uns noch besser zu vernetzen. Sie darf kein Grund sein zur Resignation."

Benedikt schwieg und betrachtete den alten Stich, der an der gegenüber liegenden Wand des Restaurants hing und München im achtzehnten Jahrhundert zeigte. Dann sagte er wie abwesend: „Lisa, ich bewundere deine Zuversicht, deine Hartnäckigkeit und Geduld, deinen unerschütterlichen Glauben an den Sieg des Guten. Ich hätte gerne mehr davon."

Sie konnte sich über sein Kompliment nicht freuen. Obwohl sie Benedikts pessimistische Weltsicht nicht teilte, spürte sie, wie sehr er darunter litt. Gerne hätte sie ihm Mut gemacht, an sich und die Zukunft zu glauben, aber ihr war klar, dass sie ihn in diesem Augenblick nicht erreichen konnte. Daher war sie froh, als er bat, die Diskussion abzubrechen und sich auf das lecker aussehende und duftende Essen zu konzentrieren. Und tatsächlich gelang es dem vorzüglich schmeckenden veganen Gericht und dem Wein aus Süditalien, die Stimmung der beiden allmählich wieder aufzuhellen.

Nach dem Essen wollte Lisa wissen, wie Benedikt zum Veganer geworden war. Er erzählte, wie er vor drei Jahren in einer Illustrierten einen Bericht über einen fünfundsechzigjährigen Mann gelesen habe, der sich seit mehr als zwei Jahrzehnten vegan ernähre und dennoch physisch leistungsfähig sei. Dieser Mensch habe schon zweimal den Ironman-Triathlon auf Hawaii absolviert. Das habe ihm imponiert und ihn auf veganes Essen neugierig gemacht. Etwa zur selben

Zeit habe er auf ARTE eine grauenvolle Dokumentation über Tierqualen in der Massentierhaltung von Schweinen und bei Tiertransporten von Osteuropa nach Deutschland gesehen. Da sei dem Fleischesser Benedikt Tauber schlagartig seine Mitschuld an diesen Verbrechen bewusst geworden.

„Und der ökologische Aspekt, ich meine die Verringerung der Kohlendioxid-, Methan- und Ammoniakemissionen bei einem Verzicht auf tierische Lebensmittel, hat das bei deinem Entschluss auch eine Rolle gespielt?" Lisa schaute ihn gespannt an.

„Nein, ich kannte diese Zusammenhänge gar nicht."

„Hattest du anfangs Sorge, du könntest den Verzicht auf tierische Lebensmittel nicht durchhalten?"

„Ja, schon. Daher habe ich niemandem von dem Selbstversuch erzählt, nicht mal meiner Mutter. Ich war entschlossen, das Experiment mindestens drei Monate durchzuhalten und dann zu entscheiden, ob ich dabei bleibe oder nicht."

„Du bist ziemlich gesundheitsbewusst. Hast du vor Beginn des Versuchs und nach den drei Monaten deine Gesundheit checken lassen?"

„Ja, mein Hausarzt hat mir dazu geraten. Er stand meinem Experiment von Anfang an unvoreingenommen gegenüber, man kann auch sagen aufgeschlossen."

„Und was kam bei deinen Laborwerten heraus?"

„Das schlechte Cholesterin, der LDL-Wert, ging deutlich zurück, mein Blutzucker war etwas niedriger als früher, meine Leberwerte, die vorher leicht erhöht waren, sowie alle anderen Werte bis auf Vitamin B12 lagen nun im Normbereich."

„Meines Wissens ist B12 bei Veganern häufig zu niedrig."

„Stimmt. Man muss den Wert regelmäßig kontrollieren und bei Bedarf ein Nahrungsergänzungsmittel nehmen."

Nach einer kurzen Pause fügte Benedikt hinzu: „Ganz wichtig für mich ist: Gegenüber früher, als ich noch nicht vegan lebte, fühle ich mich heute leistungsfähiger und unternehmungslustiger. Vielleicht bilde ich mir das ein, so was lässt sich ja nicht objektiv messen."

„Ich glaube, es ist keine Einbildung, Benedikt. Exakt dasselbe habe ich auch von anderen Veganern gehört." Lisa schaute bewundernd ihren Kollegen an. Sein konsequentes Essverhalten erfüllte sie mit großem Respekt.

„Und wie steht es bei dir, Lisa? Strebst du auch an, ohne tierische Lebensmittel auszukommen?"

„Ich versuche es schon seit Monaten, aber ich schaffe es nicht ganz. Auf Eier und hin und wieder ein Stück Käsekuchen kann ich nicht verzichten. Das ärgert mich, aber ich hoffe..."

„Quäle dich nicht, Lisa. Ich habe gelesen, dass ein Vegetarier achtzig Prozent der positiven Umweltwirkung eines Veganers erreicht. Das ist doch ne ganze Menge."

„Du hast recht, Benedikt. Wir sollten weniger streng sein. Vor allem mit jemandem, der gerade in die fleischarme Ernährung einsteigt. Wenn er oder sie es schafft, den Fleischkonsum zu halbieren oder statt fünf Fleischmahlzeiten pro Woche nur noch zwei zu haben, dann ist das ein Riesenfortschritt, sowohl im Hinblick auf den Klimaschutz als auch auf das Vermeiden von Tierqualen in der Massentierhaltung."
Benedikt strich ihr sanft über den Handrücken, was Lisa als Zustimmung zu ihrer Meinung wertete.

17

In einem Telefonat berichtete Max der staunenden Lisa von dem Anruf seines Schwiegervaters und dessen Ansicht, dass die Teilnahme an einer Demo für einen Wirtschaftsanwalt völlig indiskutabel sei. Auch der Geschäftsführer eines Münchner Fleischunternehmens, das er vor Jahren in einem Streitfall vor einem supranationalen Schiedsgericht vertreten habe, sei so keck gewesen, ihm einen unverschämten Brief wegen seiner Demo-Teilnahme zu schreiben.

„Das ist nicht tragisch, denn gegenwärtig kann ich mich vor Aufträgen nicht retten. Da ist es unerheblich, wenn ein paar unangenehme Kunden abspringen", erklärte Max.

„Es freut mich, wenn du unser ökologisches Anliegen wichtiger nimmst als die Maximierung deines Einkommens", meinte Lisa anerkennend, was Max genoss.

Er berichtete ihr auch von dem Gespräch mit seiner Frau über eine Scheidung. Lisa sagte nichts dazu. Sie wusste nicht, was sie von dem Ergebnis des Gesprächs – der Suche nach einem geeigneten Ersatzmann - halten sollte. War dies nun ein raffinierter Trick von Petra, um Zeit zu gewinnen und elegant die Scheidung bis zum Jüngsten Gericht zu verschieben? Denn letzten Endes würde sie bestimmen, ob der gefundene

Mann die geforderten Qualitäten besaß. Aber was waren eigentlich die Pläne von Max? Wie immer äußerte er sich dazu nur verschwommen. Lisa fand das enttäuschend.

Beim nächsten Treffen des Initiativkreises berichtete Kai Schubert über seine Recherchen zu dem Psychologen Vorderhahn. Er habe im Internet einen Artikel von ihm entdeckt, den er vor zwei Jahren veröffentlicht habe und der sich ausführlich mit den Motiven arbeitsloser, deutscher Auswanderer befasse. Der Artikel sei interessant geschrieben und auch für Laien verständlich. Außerdem habe er einen Artikel in englischer Sprache gefunden, der europaweit die Motive junger Menschen bei der Berufswahl untersucht habe. Dieser Text sei jedoch wegen der vielen Fachtermini nur ansatzweise zu verstehen.

Sophie schilderte ihr Telefonat mit Dr. Vorderhahn. Er sei mit einem vierstündigen Workshop an einem Samstagvormittag einverstanden. Für eine ehrenamtlich arbeitende Gruppe wie den Tutzinger Kreis sei er bereit, sein Honorar zu ermäßigen. Nach kontroverser Diskussion beschloss die Gruppe, Vorderhahns Angebot anzunehmen. Den Fragenkatalog sollte eine kleine Arbeitsgruppe vorbereiten und der ganze Kreis beim nächsten Treffen diskutieren.

Anschließend berichtete Sophie von einer Umfrage, die sie auf der Homepage des Initiativkreises über die Existenz ähnlicher Initiativgruppen in Deutschland durchgeführt habe. Inzwischen hätten sich bundesweit acht weitere Einrichtungen gegründet, die sich an der Tutzinger Gruppe orientierten.

Lisa regte an, künftig einmal im Jahr ein Treffen zu organisieren, um Erfahrungen auszutauschen und gemeinsame Aktionen zu beraten.

Das Projekt einer Nachhaltigkeitsgruppe aus Bremen, die einen kostenlosen Reparaturservice für Haushaltsgeräte und andere Gebrauchsgegenstände eingerichtet hatte, wurde dann eingehend erörtert. Nach Sophies Informationen war die Nachfrage nach dieser Dienstleistung überraschend stark; von Lampen über Mixer, Kaffeeautomaten, Föhn, Rasenmäher, Fahrräder und Spielzeug bis hin zu Kleidern erstreckte sich die Palette der zu reparierenden Waren. Mehrere Personen des Initiativkreises fanden die Dienstleistung der Bremer Gruppe auch deshalb nachahmenswert, weil sie vorrangig einkommensschwachen Bevölkerungsgruppen und alleinstehenden älteren Menschen nütze. Auf Sophies Frage, ob ein solcher Service auch für Tutzing in Betracht komme, gab es spontan fünf Wortmeldungen.

„Absolut, ich würde da gerne mitmachen", meinte Thomas Hoss. „Als staatlich geprüfter Techniker bin ich eine Elektrofachkraft und darf elektrotechnische Arbeiten ausführen. Zudem bin ich ein begeisterter Bastler."

Auch Sabine Roth, die Betriebsärztin, hielt das Projekt für eine glänzende Idee. „Es passt zu unserem Konzept, im Alltag mehr Nachhaltigkeit zu erreichen. Im Sektor ‚Schneidern und Nähen' bin ich versiert, diesen Part könnte ich abdecken."

„Ich wäre auch gerne dabei. Mit Elektronik kenne ich mich durch meine frühere berufliche Tätigkeit aus und Zeit habe ich auch genügend." Roberts Bemerkung löste bei Sophie ein scheues Lächeln aus.

„Eine solche Resonanz, das ist ja toll!" Lisa strahlte über das ganze Gesicht. „Aber wie können wir das organisieren? Wir brauchen eine Werkstatt und eine Stelle, wo man defekte Geräte abgeben kann."

Sebastian meldete sich. „Auf meinem Hof hätt' ich in meinem Stadl einen Raum, den man als Werkstatt herrichten kann. Anfallende Holzarbeiten könnte ich gut machen. Als gelernter Schreiner hab ich auch die notwendigen Geräte."

„Ich fände es gut, wenn die Leute mit dem defekten Gerät direkt in die Werkstatt kämen." Thomas blickte fragend in die Runde.

„Genau. Der Kunde sollte bei der Reparatur dabei sein, wenn es geht, sogar selbst mit Hand anlegen. Dann ist das Prinzip ‚Hilfe zur Selbsthilfe' erfüllt. Das muss unsere Richtschnur sein." Roberts Meinung stieß auf Zustimmung.

„Dann kriegen wir auch keinen Ärger mit den kommerziellen Dienstleistern vom Handwerk", ergänzte Sebastian. „Wir müssen die Sache so aufziehen, dass uns keiner unlauteren Wettbewerb oder Schwarzarbeit vorwerfen kann."

„Ich denke, wir können die Diskussion jetzt abbrechen. Eure Einschätzung ist eindeutig." Sophies Gesichtsausdruck zeigte, wie zufrieden sie war. „Ich werde mit den Bremern Kontakt aufnehmen um zu erfahren, wie sie die juristischen Dinge gelöst haben. Ich werde auch meinen Sohn befragen, wozu hab ich ihn schließlich Jura studieren lassen."

Sabine wies auf alleinstehende Mitbürger ohne Auto hin, für die es schwierig sein könnte, mit ihrem defekten Gerät zu

Sebastians Hof zu kommen. „Wir sollten zweigleisig fahren. Die Reparateure sind in der Werkstatt, sagen wir mal an jedem ersten Samstag im Monat von neun bis siebzehn Uhr. Wer ein Auto hat, kommt mit seinem defekten Gerät dort direkt vorbei, hilft bei der Reparatur und nimmt dann das wieder funktionsfähige Gerät mit nach Hause. Leute ohne Auto geben ihr defektes Gerät bei einem von uns in Tutzing ab, wo sie es nach der Reparatur wieder abholen können."

Lisa kündigte an, das Thema *Reparaturservice* im nächsten Blogeintrag zu behandeln. Dabei wolle sie bei ihren Lesern den Bedarf an einer derartigen ehrenamtlichen Dienstleistung feststellen.

Kai Schubert fand es cool, als er ins Zimmer von Hackeberg eintrat. „Sie haben mich rufen lassen, Herr Generaldirektor. Schubert mein Name, seit sechs Wochen Praktikant bei Ihnen."

Der Geschäftsführer musterte seinen Besucher einen Augenblick lang misstrauisch mit zusammengekniffenen Augen, bevor er ihm mit einer mechanisch wirkenden Handbewegung einen Platz auf der Ledergarnitur anbot. Erschöpft ließ er sich dann in einen etwas abseits stehenden Ohrensessel fallen. „Also Sie sind Praktikant bei Herrn Draxl. Und der macht gerade Urlaub in Italien, was?"

„Korrekt, noch knapp zwei Wochen, und zwar in Südtirol. Da Sie vielleicht das Neueste über die Aktionen der Lehrerin Berner erfahren wollen", Schubert zögerte einen Moment, „hielt ich es für angebracht, Ihnen anstelle von Herrn Draxl kurzfristig zu berichten. Wie Sie wissen, bin ich seit fünf Wochen mit der Beobachtung dieser Person beauftragt."

„Gemach, gemach, Schubert", brummte Hackeberg, während er sich mühsam einen Zigarillo anzündete. „Erzählen Sie erst mal über sich."

„Ich bin in Regensburg geboren und dort aufgewachsen. Nach dem Abitur war ich zwei Jahre bei der Bundeswehr."

„Sehr gut! Die beste Schule fürs Leben."

„Jetzt studiere ich seit drei Jahren an der LMU in München Kommunikationswissenschaften. Ich bin vierundzwanzig Jahre alt und möchte mein Studium bald mit dem Bachelor abschließen."

„Und was wollen Sie dann machen?"

„Das ist noch offen, Herr Generaldirektor. Vielleicht studiere ich weiter und mache den Master. Oder ich suche mir einen Job. Fernsehen oder eine Werbeagentur könnten mich reizen. Auch eine gut dotierte Stelle in der PR-Abteilung eines erfolgreichen Unternehmens fände ich cool."

„Sieh mal einer an." Der Generaldirektor hob dezent seine linke Augenbraue. „Und im Rahmen Ihres Studiums machen Sie jetzt bei uns ein Praktikum?"

„So ist es. Im Studienplan sind dafür nur fünf Wochen vorgeschrieben, aber ich habe mich bei Ihnen auf vier Monate verpflichtet. Ein längeres Praktikum macht sich besser in der Biografie. Ich verliere dadurch kein Semester, weil das Praktikum zum größten Teil in die Semesterferien fällt. Außerdem kann ich es parallel zum Studium machen."

Hackeberg betrachtete seinen Besucher mit wachsendem Interesse. Ihm schien dieser junge Mann ein Glücksgriff zu sein, um die verflixte Berner zu beobachten und auszuschalten. Daher meinte er mit väterlichem Wohlwollen: „Also, Schubert, schießen Sie los. Was haben Sie für einen Eindruck von dieser verrückten Lehrerin? Ich nehme an, Sie haben sie inzwischen persönlich kennen gelernt?"

„Natürlich. Ich habe sie bisher dreimal getroffen, immer bei diesem Arbeitskreis über Nachhaltigkeit in Tutzing."

„Sind Sie da Mitglied?"

„Ja, und außerdem gut integriert, man duzt sich."

„Was sind das für Leute?"

„Meistens Ältere, Rentner. Dann sind da noch ein Biobauer und eine Ärztin. Außer mir ist nur einer unter dreißig."

„Und wer leitet das Ganze?"

Schubert zögerte mit seiner Antwort, dann flüsterte er mit vielsagender Miene: „Eine Alt-68erin, die offenbar ziemlich reich geworden ist. Vermutlich weil sie Maos Lehren genau befolgt hat." Er grinste bei diesem aus seiner Sicht gelungenen Joke. Dann fixierte er den Generaldirektor und stellte fest: „Diese Frau ist genauso gefährlich wie die Berner."

„Aha, dann halten Sie die Berner für gefährlich?" Hackeberg hielt den Atem an.

„Für äußerst gefährlich! Sie kämpft mit einer unglaublichen Verbissenheit für den Erfolg der vegetarischen Ernährung erst in Deutschland und später im Rest der Welt. Das macht sie sehr geschickt, denn sie versteht es, ihre Ausstrahlung und ihr rhetorisches Talent bestens in Szene zu setzen."

„Sehen Sie eine Möglichkeit, die beiden Damen kurzfristig zu stoppen?" Hackeberg blickte dem Rauch seines Zigarillos nach, den er nervös in Richtung Decke blies.

Seit ihm Draxls Sekretärin vor etwa zwei Stunden mitgeteilt hatte, der Herr Generaldirektor erwarte ihn um elf Uhr in seinem Büro, hatte sich Schubert zu dieser Frage Gedanken gemacht. „Ich wette, wir können die beiden Zicken bremsen, ich habe da bereits eine Idee."

„Raus mit der Sprache."

„Der Tutzinger Arbeitskreis will in Kürze mit einem Psychologen von der Uni einen Workshop zu dem Thema machen, wie man Menschen zu bürgergesellschaftlichem Engagement motivieren kann. Ich werde an der Veranstaltung auch teilnehmen und dabei versuchen, die Aktionsvorschläge, die sicher am Ende des Workshops erarbeitet werden, in unserem Sinne zu beeinflussen."

„Was meinen Sie damit, Schubert?"

„Ich strebe an, dass man Aktionen diskutiert und dann auch beschließt, deren Wirkung letztlich gegen Null geht. Will sagen, sie schaden der Fleischindustrie nicht im Geringsten."

„In Ordnung. Aber bringt uns das unserem Ziel näher, die beiden Damen kaltzustellen?"

„Ich glaube schon. Man kann davon ausgehen, dass sich der Tutzinger Kreis nach einigen misslungenen Aktionen auflösen wird. Die beiden Weiber werden sich dann anderen ökologischen Themen zuwenden, da gibt es ja einiges."

„Interessant!", murmelte Hackeberg kaum vernehmlich. Dann versank er knapp eine Minute mit geschlossenen Augen in eine Art Trance. Dabei überlegte er, ob er diesem jungen Mann, den er gerade mal zehn Minuten kannte, vertrauen könne. Doch dann erinnerte er sich seiner Menschenkenntnis, seiner überragenden Fähigkeit, Menschen nach ihrem ersten

Eindruck zuverlässig zu beurteilen. Und der erste Eindruck von Schubert war makellos.

„Einverstanden, versuchen Sie den Entscheidungsprozess beim Workshop unauffällig in diese Richtung zu steuern."

„In Ordnung, Herr Generaldirektor."

„Sind Sie überhaupt noch so lange bei uns, dass Sie das durchziehen können? Ihr Praktikum läuft doch nur vier Monate und die ersten sechs Wochen sind bereits um?"

„Wenn Sie es wünschen, werde ich die Aufgabe auch nach meinem Praktikum zu Ende bringen."

„Sehr schön. Ich verspreche Ihnen, es wird nicht zu Ihrem Schaden sein. Ich wäre Ihnen zu großem Dank verpflichtet, wenn Sie es schaffen, die Berner auszuschalten." Er hielt kurz inne, dann raunte er ihm zu: „Schubert, ich habe den Eindruck, wir verstehen uns. Wir sind aus demselben Holz."

Kai Schubert sah den Generaldirektor verdutzt an, dann strahlte er wie ein Maikäfer, der Frühlingsgefühle hat.

In verschwörerischem Ton fuhr Hackeberg fort: „Ab sofort leiten Sie mir Ihre Erkenntnisse über die Berner und deren Umtriebe direkt zu." Er betonte *direkt*. „Und noch etwas: Von unseren persönlichen Draht braucht Draxl nichts zu wissen."

„Okay, Herr Generaldirektor."

Hackeberg verabschiedete den Praktikanten per Handschlag, wobei er ihm mit müden Augen zulächelte.

18

Es war ein besonderer Tag für Florian Wiesenhuber, den elfjährigen Bauernbuben von dem Biohof bei Tutzing. Er durfte zum ersten Mal in der D-Jugendmannschaft seines Vereins mitspielen, bei einem Turnier in Dießen am Ammersee. Zwar nur als Auswechselspieler, aber auch das war für einen Jungen, der erst seit drei Wochen dem Verein und der Mannschaft angehörte, ein Ereignis.

Seit Anfang Mai hatte sich in Florians Leben vieles verändert. Lisa hatte ihn unter ihre Fittiche genommen und er hatte nichts dagegen, im Gegenteil, er legte sich mächtig ins Zeug. Es machte ihm plötzlich Freude zu lernen und ‚seine' Lehrerin sowie seinen Vater mit ordentlichen Schulnoten zu überraschen.

Auf Wunsch von Florian konzentrierte sich die Nachhilfe zunächst auf Mathematik. Lisa übte mit ihm dreimal pro Woche jeweils zwei Stunden: Sie berechneten den Flächeninhalt von Rechtecken und Quadraten, das Volumen sowie die Oberfläche von Würfeln und Quadern, sie übten, den größten gemeinsamen Teiler und das kleinste gemeinsame Vielfache zu finden, sie lösten einfache Gleichungen durch Probieren und Dreisatzaufgaben durch logisches Ableiten und sie paukten die ‚Punkt-vor-Strich-Regel' sowie das Rechnen mit Klammern und Potenzen. Lisa verstand es, Florians Ängste vor der Mathematik abzubauen und im Laufe der Zeit sogar Neugier und Interesse an dieser Disziplin zu wecken. Hier wirkte sich Floris Erkenntnis positiv aus, dass bei der Lösung von Alltagsproblemen die Mathematik nützlich sein kann. So schaffte Florian in den folgenden zwei Matharbeiten jeweils eine Drei, was zusammen mit einer verbesserten Mitarbeit im Unterricht im Zeugnis eine sichere Vier einbrachte.

In Geographie war es für Lisa noch einfacher, ihn für den Lernstoff zu begeistern. Die topografischen Gegebenheiten in Deutschland und speziell in Bayern, die Landschaften, Flüsse, Gebirge, lernte er spielerisch mit einem von Lisa entwickelten Quiz. Dessen Lösung bescherte Flori sogar einen von Robert Ponto gestifteten Preis: ein Sammelalbum mit Fußballprofis aus der Bundesliga. Auch andere Lernbereiche, wie eine Wetterkarte lesen, Himmelsrichtungen ermitteln, Entfernungen messen, einen Stadtplan benutzen, machten ihm so großen Spaß, dass er sich in Geographie im Schlusszeugnis des Schuljahres sogar auf eine Drei verbessern konnte.

Im Fach Englisch gelang es Flori ebenfalls, von ‚mangelhaft' auf ‚ausreichend' zu kommen. Lisa paukte mit ihm hartnäckig Vokabeln, ließ ihn Alltagssituationen beschreiben, lehrte ihn orthografische und einfache grammatische Regeln und den Gebrauch der Modalverben ‚can', ‚may' und ‚must'. Das Undenkbare trat ein. Flori hatte in seinem Abschlusszeugnis des Schuljahres keine einzige ‚Fünf' mehr und wurde daher problemlos in die nächste Klasse versetzt.

Zur Belohnung schenkte ihm Robert einen Fußball, einen richtigen Lederball, und sein Vater machte sein Versprechen wahr und meldete seinen Buben zum ersten August beim örtlichen Fußballclub an.

Beim Turnier in Dießen waren außer seinem Vater und seiner Schwester Sarah auch Lisa, Sophie und Robert Ponto dabei. Die Anwesenheit von Robert freute Flori besonders. Denn der hatte mit ihm während der großen Ferien bei fast jedem Wetter auf dem Dorfsportplatz Passen und Schießen, Ballführung und Kopfball geübt und ihm gezeigt, wie er Ballstoppen und Dribblings auch alleine trainieren konnte.

Als Flori auf dem wunderbar gelegenen Sportplatz direkt am See in der zweiten Halbzeit für einige Minuten eingewechselt wurde, feuerten ihn seine Freunde und Familie an und klatschten Beifall, wenn ihm eine gute Aktion gelang. Da Flori bis in die Haarspitzen motiviert war, über eine gute Grundschnelligkeit und beachtliche Kondition verfügte, war er für sein Team trotz noch vorhandener Schwächen beim Stellungsspiel ein wertvolles Mitglied. Er strahlte, als der Trainer ihm bei der Auswechslung ein paar anerkennende Worte zurief und seine Fans ihm begeistert die Hand schüttelten und auf die Schulter klopften.

Florians Vater nahm Robert beiseite und drückte ihm fest die Hand, wobei er leise ein ‚Vergelts Gott' murmelte.

Der Südtiroler Reiterhof, in dem Andi Draxl mit seiner Tochter Anna wohnte, hatte eine prächtige Aussicht auf die Dolomitengipfel und weder an den Pferden noch am Reitlehrer gab es etwas auszusetzen.

Auch Draxl hatte ausreichend Gelegenheit, sich sportlich zu betätigen, und er nutzte sie. Er beteiligte sich an geführten Wanderungen, die das Hotel anbot, und zusätzlich quälte er sich fast jeden Tag im Fitnessraum. Denn in den letzten Jahren hatte ein wachsender Rotwein- und Bierkonsum bei gleichzeitig begrenztem Bewegungsdrang zu einer sichtbaren Gewichtszunahme geführt. 120 Kilo waren selbst für einen Riesen von 1,98 Meter Körpergröße zu viel. In seinen besten Zeiten, als er noch Basketball spielte und mehrmals in der Woche trainierte, war hatte er nur 94 Kilo auf die Waage gebracht. Dieses Gewicht wollte er wieder erreichen. Deshalb hielt er sich beim Essen zurück, was ihm nicht leicht fiel.

Überhaupt war es das *Essen*, das ihm den Urlaub vermieste. Genauer gesagt, es verdarb zunächst einmal seiner Tochter Anna das Ferienvergnügen. Draxl bemerkte bald, dass sein ‚Sonnenschein', wie er seine Tochter nannte, nur eine halbe Marmeladensemmel zum Frühstück aß. Beim Abendessen zeigte Anna dann einen ausgiebigen Appetit und stopfte gierig viel zu viel von der Vorspeise, die als Buffet angeboten wurde, in sich hinein. Anschließend rannte sie zur Toilette oder zog sich auf ihr Zimmer zurück und erschien zu den folgenden Gängen nicht mehr. Das wiederholte sich fast jeden Abend.

Bereits nach einer Woche wirkte seine Tochter entkräftet. Der Reitlehrer riet ihr ausdrücklich von längeren Ausritten ab. Als Draxl dies erfuhr, verbot er ihr rigoros die Teilnahme. So waren verbale Auseinandersetzungen und miese Stimmung von nun an bei den Draxls an der Tagesordnung. Anna fühlte sich bevormundet und gemaßregelt. Sie reagierte bockig und verweigerte mehrmals ihrem Vater ein Gespräch, als er über ihr sonderbares Essverhalten sprechen wollte.

Das garstige Wort *Bulimie* drängte sich unerbittlich in Draxls Gehirnwindungen. Ohne Zweifel deuteten einige Symptome und Verhaltensweisen seiner Tochter auf diese Erkrankung hin. Mit Bestürzung las er im Internet, dass als Risikofaktoren neben einem falschen Schönheitsideal und der Angst vor dem Dicksein auch psychische Belastungen gelten, wie Probleme in der Familie und der Verlust der Bezugsperson. War er mitschuldig an der Krankheit seiner Tochter?

Draxl versuchte, vom Urlaubsort aus seine Exfrau Charlotte zu erreichen. Nach mehreren vergeblichen Anläufen rief sie eines Abends gegen halb Zehn zurück: „Was ist los, warum diese Hektik am späten Abend?"

„Hast du ein paar Minuten Zeit für mich?", fragte Andi leicht genervt. „Ich brauche deinen Rat, aber man erreicht dich ja nie."

„Ich bin in der Oper, es ist gerade Pause. Bis zum Beginn des dritten Aktes können wir sprechen."

„Du in der Oper, das ist ja ganz was Neues!" Draxl konnte seine Verwunderung nicht unterdrücken. „Oper hat dich doch nie interessiert."

„Rufst du mich an, um mir diesen Unsinn zu sagen?"

„Natürlich nicht." Er hielt inne und sagte ernst: „Unsere Anna hat eine Essstörung, weißt du das?"

„Das ist doch völliger Nonsens! Obwohl ... mir fiel auch schon auf, zeitweise isst sie gar nichts und dann hat sie wie-

162

der Phasen, da stopft sie alles, was sie kriegen kann, in sich rein. Aber das ist keine Essstörung, Andi. Das habe ich als Teenager auch gehabt, bis Anfang zwanzig, dann ist es von selbst verschwunden."

„Aber sie übergibt sich, wenn die Fressattacken vorbei sind, das ist doch nicht normal."

„Das hat sie zu Hause nicht gemacht, das wäre mir aufgefallen. Auch Frau Kraffzick hat so etwas nicht bemerkt." Und in einem vorwurfsvollen Ton fügte sie hinzu: „Habt ihr euch gestritten? Nervst du sie wieder mit deinen Belehrungen und Ratschlägen?"

„Wir hatten einen Ministreit, aber der ist sicher nicht die Ursache für ihren Brechreiz. Ich vermute, Anna nimmt etwas ein, das nach einer Fressattacke zum Erbrechen führt."

„Mensch Andi, bitte dramatisiere die Sache nicht. Genieße lieber die schöne Landschaft und das tolle Wetter. Hier ist seit einer Woche wunderbares Sommerwetter, man kann leichte, lange Röcke tragen. Ich muss jetzt Schluss machen, hörst du, es klingelt zum zweiten Mal. Wenn du willst, können wir uns gerne nach eurer Rückkehr ausführlich über dieses Problemchen unterhalten. Bitte gib meinem Käferlein einen dicken Kuss. Ciao ciao und keep smiling."

Am nächsten Morgen grüßte Andi seine Tochter von ihrer Mutter und ließ Anna raten, wo diese wohl gewesen sein könnte, als er sie gestern Abend telefonisch erreichte.

„Klaro, in der Oper", meinte Anna lapidar.

„Stimmt! Wie kommst du darauf?"

Sie zögerte und sagte dann mit trauriger Stimme: „Mama hat seit ein paar Wochen einen neuen Lover, der singt dort, ich glaub Bariton oder so was. Und seither hängt sie nur noch in der Oper rum."

„Aha", stellte Draxl mit einem Anflug von Eifersucht fest. „Kennst du diesen Herrn?"

„Er war mal zu einem Drink bei uns. Ein Ausländer, ich glaub ein Italiano. Deutlich jünger als Mama und voll dick, eigentlich ein tierisch fetter, unsympathischer Typ."

Diese Bemerkung seiner Tochter nahm Draxl mit Genugtuung zur Kenntnis. Anna erzählte, dass ihre Mutter jetzt häufig bei dem Bariton sei, auch über Nacht. Immer öfter müsse Frau Kraffzick nachts bei ihr bleiben, manchmal sei das drei- oder viermal pro Woche.

Das fand Andi 'not amusing'. Aber dann fiel ihm gerade noch ein, dass er seit zehn Jahren von Charlotte geschieden war. Dennoch wollte er seine Exfrau nach der Rückkehr zur Rede stellen, da sie offensichtlich wegen ihres neuen Liebhabers die Betreuung der gemeinsamen Tochter vernachlässigte.

Kollege Benedikt Tauber meldete sich bei Lisa nach einem vierwöchigen Sommerurlaub, den er mit seiner Mutter auf der Insel Rügen verbracht hatte. Ohne Umschweife lud er Lisa ein, mit ihm eine Veranstaltung der GRÜNEN zu den anstehenden Wahlen zum Bayerischen Landtag und zum Bundestag zu besuchen. Lisa war interessiert.

Zu ihrer Überraschung waren etwa dreißig Leute anwesend. Nachdem sich die Wahlkreis-Kandidaten vorgestellt hatten, hielt der grüne Bundestagabgeordnete Thomas Reitinger das Hauptreferat. In einer einstündigen eindrucksvollen Rede, die er frei vortrug, behandelte er fast alle aktuellen politischen Themen. Besonders viel Zeit verwandte er auf die Erläuterung des neuen Steuerkonzeptes der GRÜNEN. Nach Reitingers Meinung zielt es darauf ab, die Steuerbelastung gerecht auf Arm und Reich zu verteilen.

In der Diskussion stellte Benedikt die Frage, warum sich der Referent hauptsächlich mit finanziellen und ökonomischen Fragen befasst habe. Grüne Kernthemen seien dagegen nur am Rande behandelt worden. Als Beispiele nannte er die sich immer weiter ausbreitende Massentierhaltung und ihre Auswirkungen auf das Grundwasser, den Boden und die Luft, den viel zu hohen Antibiotika- und Pestizideinsatz in der industrialisierten Landwirtschaft, die zunehmenden Interventionen amerikanischer Konzerne in Brüssel, um in der Europäischen Union den Anbau gentechnisch veränderter Pflanzen durchzudrücken.

Auch für Lisa kamen die ‚grünen' Themen im Referat zu kurz. Wie andere politisch interessierte Zeitgenossen würde sie die GRÜNEN als Anwalt der Natur und Umwelt sehen, als politisches Sprachrohr für alle, denen die Bewahrung der Lebensgrundlagen am Herzen liege. Enttäuscht zeigte sie sich auch über das Einknicken der GRÜNEN bei ihrem Veggieday-Vorschlag. Viele Menschen hätten diese Anregung der GRÜNEN für sinnvoll und wichtig gehalten. Sie hätten sich eine selbstbewusste und offensive Reaktion der grünen Parteiführung auf den Spott und die Häme der konservativen Parteien und Medien gewünscht. Hätte man diese Idee mit überzeugenden Argumenten – und da gebe es doch eine

Menge – verteidigt, hätte man sie zu einem lohnenden Wahlkampfthema machen können.

Reitinger wies in seiner Antwort auf die noch relativ geringe Medienwirkung der GRÜNEN hin. Sie seien derzeit noch nicht in der Lage, bestimmte politische Themen auf die Tagesordnung zu setzen und ihre Behandlung in den Medien zu erzwingen. Daher müssten sie sich auf die von den Leitmedien vorgegebenen Themen einstellen und dazu ihre Konzepte vortragen. In diesem Wahlkampf habe in den Medien die Vermögensverteilung und Besteuerung einen hohen Stellenwert. Demgegenüber würden die Gefahren der Agrogentechnik zwar engagierte und politisch gebildete Leute interessieren, aber seit der bayerische Ministerpräsident vor einigen Monaten lapidar erklärt habe, auch er sei gegen die Gentechnik, sei dieses Thema für die Medien nicht mehr relevant.

Auf der Heimfahrt mit der S-Bahn hatte Lisa Sorgenfalten auf der Stirn: „Ich fürchte, die GRÜNEN schaden ihrem Profil, wenn sie die Strategie, eine ‚Alle-Themen-Partei' zu werden, weiter verfolgen."

„Aber was bleibt ihnen anderes übrig? Wähler und Medien verlangen doch von einer Partei auf alle politischen Fragen eine Antwort", meinte Benedikt achselzuckend.

„Sicher nicht alle Wähler. Ich bin auch eine Wählerin und ich erwarte von den GRÜNEN beispielsweise kein politisches Konzept zur Alterssicherung oder zur Steuerpolitik. Ich wünsche mir dagegen von ihnen eine möglichst hohe Fachkompetenz in der Natur-, Umwelt- und Klimapolitik und sinnvolle politische Vorschläge und Maßnahmen zu den aktuellen

Problemen, besonders in den Bundesländern, wo die GRÜ-NEN mitregieren. Gerade durch die Spezialisierung auf ökologische Themen werden die GRÜNEN unverwechselbar, erreichen in der politischen Landschaft eine Alleinstellungsposition und sind dadurch für aufgeklärte und weitsichtig denkende Wähler attraktiv."

„Aber Lisa, bitte bedenke doch, alles hängt miteinander zusammen. Über die Steuerpolitik kann man die Energiepolitik und damit die Klimakrise beeinflussen. Mit der Steuer kannst du zum Beispiel darauf Einfluss nehmen, welche Verkehrsmittel die Menschen bevorzugen, also auf diese Weise indirekt auch Umweltschutz betreiben."

Lisa seufzte. „Du hast ja recht, Politik ist ein schwieriges Geschäft. Diese Wechselwirkungen machen die Sache so kompliziert."

„Ich finde etwas anderes problematisch", meinte Benedikt nachdenklich. „Es ist die Wahlkampfstrategie der Grünen, gleichzeitig völlig unterschiedliche Wählergruppen anzusprechen: die Umweltschützer, Kleinbauern, die Beamten, Arbeitslosen, Kleinverdiener und Rentner, den selbstständigen Mittelstand. Diese Aufsplitterung der Zielgruppe kann dazu führen, dass die Stammwähler der GRÜNEN enttäuscht zu Hause bleiben und der neue Mittelstand, das anvisierte neue Wählerpotential, nur vereinzelt den Sprung zu ihnen wagt und wie bisher die konservativen Parteien wählt."

„Ich wünsche mir, die GRÜNEN besinnen sich wieder auf ihr klassisches grünes Profil und kriegen zwanzig Prozent. Dann wäre ohne sie eine stabile Regierung nicht möglich."

„Wäre echt zum Jubilieren. Leider ist das nicht von heute auf morgen zu schaffen."

Beide schauten hinaus auf die dunkle Tunnelwand und hingen ihren Gedanken nach. Plötzlich räusperte sich Benedikt und schaute Lisa unsicher an: „Mal was ganz anderes. Könntest du mir vielleicht einen Gefallen tun, einen ziemlich großen Gefallen?"

„Natürlich. Wenn du nichts Unmögliches oder Ungehöriges von mir verlangst." Lisa kicherte verlegen.

Benedikt holte tief Luft. „Zur Geburtstagsfeier meiner Mutter brauche ich eine Begleiterin. Meine Mutter wird siebzig und feiert in drei Wochen bei sich zu Hause mit ein paar Freundinnen und Freunden. Ich bin natürlich auch eingeladen und würde meiner Mutter eine Riesenfreude machen, wenn ich mit einem netten weiblichen Wesen auftauchen würde."

„Aber wir müssen doch nicht ein Liebespaar spielen?"

„Nein, natürlich nicht. Der neutrale Beobachter sollte aber schon den Eindruck haben, dass wir uns nicht gerade unsympathisch sind."

„Nichts leichter als das." Lisa lachte hell auf und drückte ihm ein Küsschen auf die Wange.

19

Im Nebenzimmer einer Gaststätte in Gauting bei Starnberg versammelten sich an einem trüben Samstag um neun Uhr etwa zwanzig Personen zu einem Workshop über Motivationspsychologie. Fast alle Teilnehmer gehörten dem Tutzinger Initiativkreis ‚Nachhaltig wollen wir leben' an, aber auch ein paar Gäste waren anwesend: Sophies Sohn Max, das mit Sophie und Robert befreundete Ehepaar Mandl, Lisas Kollege Benedikt Tauber, Sarah, die älteste Tochter von Sebastian Wiesenhuber, und Lisas einundachtzigjähriger Großonkel, der Professor, der aus Nürnberg angereist war.

Sophie Wallersleben begrüßte die Teilnehmer und wartete gleich mit einer Überraschung auf. Heute Morgen kurz nach Acht sei sie von Vorderhahns Lebensgefährtin angerufen worden. Diese habe berichtet, dass der Motivationspsychologe um sechs Uhr wegen fürchterlicher Bauchschmerzen mit dem Rettungswagen in eine Münchner Klinik gebracht worden sei. Vermutlich handele es sich um eine Gallenkolik, eine OP sei wohl nicht zu vermeiden.

Aufgeregtes Gemurmel bei den Teilnehmern.

„Zu diesem Zeitpunkt war es mir nicht mehr möglich, unsere Veranstaltung abzusagen, denn einige von euch waren wahrscheinlich schon auf dem Weg hierher", sagte Sophie achselzuckend.

„Das ist richtig", bestätigte Sebastian. „Brauchen wir denn unbedingt einen Psychologen für unsere Diskussion?"

„Er wäre schon nützlich gewesen", meinte Robert Ponto. „Aber es ist wie es ist, machen wir das Beste daraus. Die meisten von uns haben sich, denke ich, auf die Veranstaltung vorbereitet und dazu etwas gelesen, wir werden also ausreichend Diskussionsstoff haben."

Nachdem die Anwesenden Sophie als Moderatorin bestimmt hatten, umriss sie kurz die Ziele des Arbeitskreises. Die gemeinnützige und unabhängige Initiative wolle einerseits den Mitbürgern Anregungen und praktische Tipps für eine nachhaltige Lebensweise geben, andererseits Druck auf die Politik ausüben. Man strebe in der Landwirtschaft eine grundlegende Änderung der Produktionsbedingungen an, damit dort sowie im Einzelhandel und beim privaten Konsum stärker das Nachhaltigkeitsprinzip zur Geltung komme. Die Gruppe habe beschlossen, sich vorerst auf den Lebensbereich *Ernährung* zu konzentrieren. Gemeinsam mit Natur- und Tierschützern wolle man die Öffentlichkeit über den Nutzen eines reduzierten Fleischkonsums aufklären. Außerdem fordere man zusammen mit Tierschutzgruppen nachhaltige Verbesserungen bei der Zucht und der Mast von Nutztieren. Massentierhaltung sei moralisch verwerflich, denn sie nähme Tierqualen in Kauf und verletze das von Albert Schweitzer postulierte Prinzip *Ehrfurcht vor dem Leben*. Zudem führe die industrialisierte Tiermast zu schwerwiegenden und zum

Teil irreversiblen Umweltschäden. Sie sei ein wesentlicher Faktor bei der Entstehung klimaschädlicher Treibhausgase, bei der sich anbahnenden globalen Süßwasserknappheit und bei der Bildung multiresistenter Keime, die sich infolge des unkontrollierten Einsatzes von Antibiotika in diesen Ställen bildeten. Sophie hielt ‚rasches Handeln' für dringend geboten, denn nach den aktuellen Messungen der Wissenschaftler schreite die Klimakrise deutlich schneller voran als die Modellrechnungen prognostizierten: Der Eisschild in Grönland und die Gletscher weltweit schmelzten deutlich rascher als erwartet und die Dürreperioden am Amazonas würden häufiger und dauerten länger, was die Gefahr eines Absterbens des Regenwaldes vergrößere. In Nordamerika, Nordrussland und in Lappland taue der Permafrostboden auf und gebe dadurch große Mengen der Treibhausgase Kohlendioxid und Methan an die Atmosphäre ab, was die Lage noch verschärfe.

Kaum hatte Sophie zur Diskussion übergeleitet, meldete sich die Betriebsärztin Sabine Roth: „Ich halte es für zweckmäßig, dass wir das Gespräch strukturieren. Wir könnten uns zum Beispiel an unserem Fragenkatalog orientieren."

Der pragmatische Vorschlag stieß auf Zustimmung. Sophie las daher die ersten Punkte aus dem Fragenkatalog vor, während Kai Schubert den Text in großen Buchstaben auf einem Flipchart festhielt:

Was ist die Hauptzielgruppe des Initiativkreises?
Welche Motive könnten Menschen veranlassen, auf Fleisch zu verzichten?

Robert Ponto bekam das Wort: „Vor einiger Zeit habe ich im Wartezimmer meines Hausarztes in einer Zeitschrift ein Interview mit der Innsbrucker Persönlichkeitspsychologin Schnell gefunden. Darin ging es um die Psychologie des Lebenssinns, einem Schwerpunkt der empirischen Forschungen von Professorin Schnell. Eine wesentliche Frage war, aus welchen Quellen sich der Lebenssinn der Deutschen speist. Schnell hat fünf *Sinndimensionen* identifiziert und ihnen sechsundzwanzig *Lebensbedeutungen,* das sind Sinnquellen, zugeordnet. Zum Beispiel Naturverbundenheit, soziales Engagement, Macht, Kreativität, Gemeinschaft, Harmonie, Gesundheit, Tradition. Von allen Sinnquellen ist die *Generativität* besonders wichtig."

„Was meint sie mit Generativität?", wollte Sarah wissen.

Bettina Mandl nahm den Faden auf. „Auf Bitte von Robert habe ich über Frau Professorin Schnell im Internet recherchiert. Dort ist auch der für das Sinnerleben zentrale Begriff ‚Generativität' erläutert. Er bedeutet, etwas zu tun oder zu schaffen, das Auswirkungen über das eigene Leben hinaus hat. Etwas von bleibendem Wert zu tun, seine Erfahrungen, sein Wissen und Können weiterzugeben, sich den kommenden Generationen und der Menschheit im Allgemeinen verpflichtet zu fühlen und entsprechend zu handeln."

Im Tagungsraum wurde es still. Bettina wiederholte die Definition von Generativität und jedem Teilnehmer wurde klar, dass sein eigenes Engagement in dieser Initiative exakt diesem Ziel dient.

Lisas Großonkel meldete sich. Da ihn einige noch nicht kannten, stellte er sich kurz vor und wandte sich dann an seine Vorrednerin: „Ich halte es für denkbar, dass im Leben mancher Zeitgenossen die Sinnorientierung keine große Rolle spielt. Sagt Schnell auch etwas über diese Menschen? Und was ist mit denjenigen, die sich gerade in einer Sinnkrise befinden?"

„Die Fragen sind berechtigt", entgegnete Bettina Mandl. „In ihren Befragungen hat Frau Schnell unter den Deutschen auch Menschen gefunden, die eine niedrige Sinnerfüllung haben, aber gleichzeitig unter keiner Sinnkrise leiden. Diese Gruppe nennt sie die *existentiell Indifferenten*. Sie zeigen wenig Leidenschaft und Engagement, ihr Leben bleibt mehr an der Oberfläche. Sie machen ein Drittel der Bevölkerung aus, sind eher jünger und Singles, wissenschafts- und technikorientiert, nicht religiös oder spirituell eingestellt, ohne Generativität oder Verbundenheit. Dagegen ist die Gruppe der Menschen, die sich in einer Sinnkrise befinden, die sie psychisch und körperlich belastet, mit etwa fünf Prozent der Bevölkerung recht klein."

„Das ist alles wahnsinnig wichtig für unsere Arbeit", sprudelte es aus Lisa mit erkennbarer Begeisterung heraus. „Die beiden Fragen vom Flipchart sind damit fast schon beantwortet. Unsere Hauptzielgruppe sind die zwei Drittel der Bevölkerung, die ein sinnerfülltes Leben anstreben. Wir müssen nur durch unsere Informationen dafür sorgen, dass sie die Sinnquelle ‚Generativität' entdecken und entsprechend handeln."

„Absolut richtig, Lisa", meinte ihr Kollege Benedikt. „Das heißt aber auch, dass wir den Menschen bei der Aufklärung

über die aktuellen Missstände in der Welt und die vorausge-
sagte Klimakrise klaren Wein einschenken müssen. Wir können ihnen die schrecklichen Szenarien und Prognosen nicht
ersparen, die eintreten werden, wenn es nicht gelingt, die
Emission klimaschädlicher Gase in den nächsten Jahren
deutlich zu reduzieren."

„Das sehe ich genauso", ergänzte Alexander. „Nur wer die
Megarisiken kennt, die der Welt durch eine Klimakrise dro-
hen, wird ‚generativ' handeln, das heißt er wird sich für die
Interessen der kommenden Generationen und der Menschen,
die in den vom Klimawandel besonders betroffenen Ländern
leben, einsetzen."

„Und dann auch zu Abstrichen beim eigenen Lebensstil
bereit sein, also beispielsweise den Fleischkonsum halbieren
und mit dem Auto benzinsparend fahren", meinte Sebastian.

„Wäre es nicht hilfreich für unsere Arbeit, wenn wir eine
Liste der wichtigsten Argumente und Fakten hätten, welche
die Notwendigkeit eines klimaschonenden Verhaltens deutlich machen", fragte Sophie.

„Super Idee." Sarah nickte zustimmend. „Wir könnten die
Liste auf unsere Website stellen. Und damit Menschen mit
Argumenten unterstützen, die sich für die gleichen Ziele wie
wir einsetzen."

Lisa, Benedikt und Sarah erklärten sich bereit, einen
Entwurf der Liste gemeinsam zu erarbeiten.

Erneut bat Lisas Großonkel ums Wort. „Entschuldige
bitte, verehrte Sophie, wenn ich den vielen Argumenten, die

du in deinem einleitenden Statement zutreffend genannt hast, noch zwei weitere böse Auswirkungen einer Klimakrise hinzufüge. Vor kurzem habe ich die Analyse ‚Sicherheitsrisiko Klimawandel' des wissenschaftlichen Beirats der Bundesregierung in die Hand bekommen. Der Beirat nennt darin vier Konfliktsituationen, in denen wegen des Klimawandels kritische Entwicklungen zu erwarten sind."

„Und welche Konflikte sind das?" fragte Robert.

„Neben der von Sophie bereits erwähnten Verknappung der globalen Süßwasserressourcen und der Zunahme von Sturm- und Flutkatastrophen rechnet der Beirat mit einem spürbaren, klimabedingten Rückgang der Nahrungsmittelproduktion, was die globale Unterernährung weiter verschärfen werde. Und last not least befürchtet der Beirat eine klimainduzierte Migration. Vor allem in Entwicklungsländern könnte die Zunahme von Dürren, Bodenversalzung, Wüstenbildung und Wasserknappheit in Kombination mit hohem Bevölkerungswachstum und großer Armut Umweltmigration entstehen lassen oder verstärken."

„Ich habe darüber im Fernsehen eine Sendung gesehen", sagte Max aufgeregt. „In ersten Prognosen geht man mittelfristig von etwa zweihundert Millionen Klimaflüchtlingen aus, insbesondere aus Südamerika, Afrika und Vorderasien. Die Hauptzielgebiete der Migranten werden die USA und Europa sein."

Die Teilnehmer des Workshops schauten ungläubig bis verunsichert auf Max, der wie zur Entschuldigung seiner ‚bad news' hilflos mit den Achseln zuckte.

Sophie bemerkte die eingetretene resignative Stimmung und meinte, solche Prognosen sollten die Gruppe motivieren, ihre Anstrengungen zu verstärken.

Robert Ponto meldete sich. „Ich möchte nochmals kurz auf die Lebenssinn-Forschungen von Professorin Schnell zurückkommen. Sie hat als eine der Sinndimensionen das *Wir- und Wohlgefühl* identifiziert. Dieser Dimension hat sie unter anderem die Sinnquellen *Gemeinschaft, Fürsorge und Harmonie* zugeordnet. Ich frage euch: Können wir diese Sinnquellen nicht hier in unserem Initiativkreis am eigenen Leibe erfahren? Gibt uns unsere gemeinsame solidarische Arbeit für die kommenden Generationen nicht ganz viel Befriedigung, manchmal sogar Glücksempfinden? Ich jedenfalls empfinde das so und ich bin Sophie und Lisa sehr, sehr dankbar, dass sie vor einem halben Jahr den Mut hatten, diese Initiative ins Leben zu rufen."

Spontanes Klatschen. Alle schauten dankbar zu Sophie und Lisa, die leicht erröteten.

Sabine ergänzte: „Ich finde, wir sollten mit Bezug auf die Forschungsergebnisse von Frau Schnell unsere positiven Erfahrungen, die wir in unserer Gruppe machen, ebenfalls in einem Papier festhalten und dieses auf unsere Website stellen. Ich denke vor allem an das ‚Wir- und Wohlgefühl', das ganz sicher unser körperliches, seelisches und soziales Wohlbefinden begünstigt. Unsere Erfahrungen mit den positiven Auswirkungen einer solidarischen Gruppe wie der unsrigen auf die einzelnen Mitglieder könnte Menschen an anderen Orten ermutigen, unserem Vorbild zu folgen und dort ähnliche Initiativkreise aufzubauen."

Zustimmendes Gemurmel. Rasch bildete sich eine kleine Gruppe bestehend aus Sabine, Bettina und Robert, die bereit waren, einen Entwurf des Papiers zu fertigen.

Es meldete sich nochmals der Professor. „Ich möchte auf die Eingangsfrage zurückkommen, die Frage nach der Hauptzielgruppe des Initiativkreises. Nach meiner Auffassung sind für uns die Vegetarier und Veganer beiderlei Geschlechts eine ganz wichtige Zielgruppe."

Ein Geraune und verhaltenes, leicht überhebliches Lachen ging durch den Teilnehmerkreis. Es waren nur wenige, die seine Meinung nicht als ‚völlig daneben' empfanden. Wilhelm Berner bemerkte dies und fuhr fort: „Ihr meint jetzt sicher, der alte Professor redet Unsinn, denn Vegetarier und Veganer sind ja bereits auf unserer Seite. Und sie wissen genau, warum sie sich gegen Fleisch entschieden haben."

„So ist es, lieber Onkel oder übersehen wir vielleicht etwas?" Lisa schaute ihn irritiert an.

„Ich will euch durch eine kleine empirische Untersuchung hier vor Ort beweisen, dass meine Position nicht hirnrissig ist. Also, ich bitte jetzt alle Teilnehmer die Hand zu heben, die Veganer oder Vegetarier sind."

Etwa zwei Drittel der Anwesenden gab ein Handzeichen.

„So, und jetzt bitte ich diejenigen sich bemerkbar zu machen, die vor einem halben Jahr – beim Start des Initiativkreises – bereits Veganer oder Vegetarier waren."

Dieses Mal meldete sich nur ein Drittel der Anwesenden.

„Ich stelle fest, neun Personen sind seit Bestehen des Kreises zu Fleischverweigerern geworden. Nun können wir rätseln, warum sie diesen wichtigen Schritt gemacht haben."

Robert meinte spontan: „Ich kann kurz den Ablauf meines Entscheidungsprozesses schildern. Die vielen Argumente, die ich bei Veranstaltungen dieses Kreises hörte, haben mich zunächst nachdenklich gemacht. Aber entscheidend für meinen Entschluss, vegetarisch zu leben, war das Vorbild der Mitglieder des Initiativkreises, die bereits Vegetarier oder Veganer waren. Ich habe mir gedacht, wenn die es schaffen, auf Fleisch zu verzichten, schaffe ich es auch. Wenn die gesund und munter sind ohne Fleisch, wird auch mir ein Fleischverzicht gesundheitlich nicht schaden."

„Großartig Robert, vielen Dank, du hast es auf den Punkt gebracht. Das Vorbild der bereits längere Zeit fleischlos lebenden Mitglieder des Kreises war der entscheidende Anstoß, es selbst auch zu versuchen. Daher sollte unsere Strategie sein, möglichst viele Vegetarier und Veganer in Deutschland dafür zu gewinnen, sich in der Öffentlichkeit zu ihrer fleischlosen Ernährungsweise zu bekennen und sich aktiv für unsere Ziele einzusetzen."

„Bravo", riefen Sophie und Lisa unisono, „überzeugende Argumentation."

„Sorry, wenn ich widerspreche, mir erscheint der Vorschlag weder plausibel noch erfolgsträchtig." Benedikt machte in Richtung des Professors eine entschuldigende Geste. „Ich frage mich: Bekommt jemand, der sich als Vegetarier oder Veganer outet, wirklich öffentliche Anerkennung? Nach meiner Erfahrung ist das Gegenteil der Fall. Man wird eher als Spinner oder weltfremder Esoteriker eingeordnet."

„Ich teile diese Einschätzung", pflichtete ihm Sabine bei. „Menschen, die auf Fleisch verzichten, sind leider in unserer

Gesellschaft häufig noch Außenseiter. Warum das so ist, kann ich nicht sagen."

„Aber viele junge Leute finden es doch hip und trendy, sich vegetarisch oder vegan zu ernähren", gab Sarah zu bedenken.

„ Das stimmt. Und das ist ein Lichtblick, ebenso wie die von 2008 bis 2013 erzielte Verdreifachung der Mitgliederzahl beim Vegetarierbund." Sophie schien froh, diese wichtige Zahl angebracht zu haben.

„Ist dies ein globaler Trend?" Max blickte ungläubig zu seiner Mutter.

„Leider nein", sagte Benedikt mit fatalistischem Unterton. „Weltweit betrachtet ist die Entwicklung umgekehrt. In den schnell wachsenden Schwellenländern nimmt parallel zum Wohlstand der Fleischkonsum deutlich zu. Fleisch gilt dort als Zeichen für Aufstieg und Luxus. In China zum Beispiel hat sich der Fleischverbrauch in den letzten drei Jahrzehnten vervierfacht."

Betroffene Stille.

Dann meinte Sabine: „Ich rege an, vor der eigenen Türe zu kehren, anstatt China an den Pranger zu stellen. Im Zusammenhang mit der gerade von Professor Berner geäußerten Vorbildthese reizt mich folgendes Gedankenexperiment: Stellt euch vor, übermorgen würde in den überregionalen deutschen Tageszeitungen eine ganzseitige Anzeige erscheinen mit der fetten Überschrift:

ICH VERZICHTE AUF FLEISCH.
DAS IST MEIN BEITRAG ZUR LÖSUNG
DER KLIMAKRISE

Der beigefügte Text würde kurz den Zusammenhang zwischen Fleischproduktion und Klimakrise erläutern, darunter wären die Fotos und Namen berühmter Persönlichkeiten platziert: Sportler, Medienstars, Schriftstellerinnen, Künstler, Unternehmer, Politikerinnen, Wissenschaftler.

Ich frage mich: Könnte eine solche PR-Aktion, die in der Öffentlichkeit hohe Aufmerksamkeit erregen würde, das Image fleischlos lebender Menschen positiv verändern? Könnte es die Aktion vielleicht auch schaffen, Leser zum Nachdenken zu bringen? Vielleicht sogar zu dem Entschluss, ihre Ernährung an diesen Vorbildern zu orientieren?"

„Ein hoch interessantes Experiment, danke Sabine", sagte Sophie. „Ich bin mir ziemlich sicher, so eine Anzeigenkampagne würde die öffentliche Bewertung der fleischlosen Ernährung radikal verbessern."

„Und warum?", fragte Benedikt.

„Nun ja, viele orientieren sich bei ihrem Verhalten an dem anderer Menschen, vor allem, wenn sie diese schätzen."

„Falsch, Sophie." Jochen schüttelte energisch den Kopf. „Von einer kleinen Minderheit einmal abgesehen lassen sich die Leute auch von Promis nicht vorschreiben, ob sie Fleisch essen oder nicht. Ich erinnere nur an den Vorschlag der GRÜNEN im Wahlkampf für einen Veggieday."

„Aber dieser Vergleich hinkt doch gewaltig. Denn für den GRÜNEN-Vorschlag gab es keinerlei Unterstützung durch Promis", sagte Sebastian und fügte „leider" hinzu.

„Ich habe vor kurzem in einer Buchhandlung im Buch eines australischen Psychologen geblättert, das den Prozess des Überzeugens behandelt", berichtete Jochen. „Der Autor stellt die *Konsistenz* als starkes Beharrungsmotiv heraus. Sich konsistent zu verhalten bedeutet, übereinstimmend mit dem bisherigen Verhalten zu handeln. Ein hoher Grad an Konsistenz wird mit persönlicher Stärke in Verbindung gebracht und mit Vernunft, Stabilität und Ehrlichkeit. Zu konsistentem Verhalten neigen insbesondere Männer sowie generell Menschen über fünfzig Jahren."

„Willst du damit sagen, auch beliebte Promis könnten solche Menschen nicht bewegen, auf Fleisch zu verzichten? Weil sie bereits seit Jahren bedenkenlos und häufig sogar mit Genuss Fleisch essen?" Sebastian blickte irritiert in die Runde.

„Ja, das ist leider so, wenn dieser Australier recht hat", meinte Jochen und zuckte entschuldigend mit den Schultern.

Thomas Hoss, seit Beginn Mitglied im Initiativkreis und VEBU-Mitglied, schaltete sich ein. „Wir kommen zu einer völlig anderen Einschätzung der Anzeigenaktion, wenn wir die Erkenntnisse eines schwedischen Hirnforschers, Arztes und Psychotherapeuten zugrunde legen. Er fand heraus, dass die Grundmotivation eines Menschen auf soziale Akzeptanz abzielt. Anerkennung und Wertschätzung durch andere aktivieren das Motivationssystem im Gehirn und führen durch das Freisetzen von Botenstoffen wie Dopamin und Oxytozin zu einem ‚angenehmen Empfinden'. Nimmt man noch das System der Spiegelneuronen hinzu, das intuitives Verstehen und Empathie ermöglicht, dann kann man plausibel folgern, dass mitfühlende Menschen den in der Zeitungsanzeige verkündeten Fleischverzicht ihrer Vorbilder als nachahmenswert ansehen. Aber bitte beachtet dabei: Die Betonung liegt auf *empathiefähige* Menschen."

Einen Augenblick herrschte Stille. Dann meinte Lisa nachdenklich: „Möglicherweise ist es falsch, von unseren Mitmenschen Verzicht zu verlangen. Vielleicht sollten wir uns zuallererst darum bemühen, die Menschen von den angenehmen Folgen der vegetarischen Lebensweise zu überzeugen. Wie heißt es im ‚*Kleinen Prinzen':* „*Wenn Du ein Schiff bauen willst, so lehre die Männer die Sehnsucht nach dem Meer.*"

„Und du meinst, mit so einem Trick kann man einen alten Knacker wie mich noch rumkriegen?", fragte Jochen und lachte verlegen.

„Da bin ich zuversichtlich," sagte Robert und es klang selbstsicher. „Warte nur, bis deine Ursula ein paar Monate fleischlos gelebt hat, sich besser denn je fühlt, einige Kilos verloren hat, mit Stolz ihren positiven Beitrag bei der Reduktion klimaschädlicher Gase erwähnt und wegen der Tierquälerei in den Megaställen kein schlechtes Gewissen mehr haben muss. Dann wirst auch du nachdenklich werden und – da bin ich mir sicher – die richtigen Konsequenzen ziehen."

Während Ursula Merkle heftig nickte und vertrauensvoll ihre Hand auf den Unterarm ihres Mannes legte, schaute dieser verlegen aus dem Fenster und wusste nicht, was er sagen sollte.

Nach einer Pause schlug Sophie vor, sich in der verbleibenden Zeit darauf zu konzentrieren, wie man das geringe Engagement der jungen Generation in der Klimafrage erklären und wie man es vielleicht ändern könne. Sie bat die Vertreter dieser Generation dazu um ihre Meinung.

Sarah Wiesenhuber ließ sich nicht lange bitten: „Die Sache ist recht einfach. Bei den jungen Leuten macht sich hinsichtlich der Lösung der großen Zukunftsfragen Resignation, fast schon Fatalismus breit."

„Und was ist die Ursache für diese resignative Haltung", wollte Benedikt wissen.

„Wir trauen unseren Eltern bei der Megaaufgabe, unsere Lebensgrundlagen zu bewahren, nicht mehr viel zu", fuhr Alexander fort. „Bei den meisten von ihnen geht es doch nur um Gewinnmaximierung und Besitzanhäufung. Es klingt hart, aber es ist leider wahr: Die Generation, die in dieser Gesellschaft aktuell die Fäden in der Hand hält – das sind nicht nur die regierenden Politiker – versaut unsere Zukunft."

„Kann es vielleicht sein, lieber Alexander, dass diese Elterngeneration noch gar nicht erkannt hat, welch gravierende Fehler sie bei Klima und Ökologie gerade macht", fragte Lisa.

„Das glaube ich nicht", entgegnete Sarah. „Die meisten der mittleren Generation leben doch nicht hinter dem Mond sondern wissen genau, was auf diesem Planeten seit fünfzig Jahren abläuft. Aber viele verdrängen das Problem oder es ist ihnen einfach scheißegal."

„Wieder andere sind Großmeister, die wahnsinnigen Folgen ihres Handelns oder Nichthandelns klein zu reden", meinte

Alexander mit einem bitteren Gesichtsausdruck. „Oder sie hoffen auf technologische Wunder. Zum Beispiel auf einen supereffizienten Filter, mit dem das lästige Kohlendioxid aus der Luft entfernt wird oder auf künstliche Wolkenbildung oder auf massenhaft durch künstliche Düngung produzierte Algen, die Treibhausgase binden."

„Meine Beobachtungen sind ähnlich", sagte Sarah. „Wir, die junge Generation, haben fundiertes Wissen über die Ursachen der Klimakrise und auch über geeignete Gegenmaßnahmen. Aber wir sehen weit und breit keinen verantwortungsvollen und einflussreichen Politiker, der sich dieser Herkulesaufgabe annimmt." Sie machte eine Pause und rief dann mit zorniger Stimme, die einige Teilnehmer aus ihrem Sekundenschlaf aufschrecken ließ:

„Ich fass es einfach nicht! Kein Vertreter der Regierung traut sich, den Leuten im Klartext zu sagen, dass Einschränkungen beim Lebensstil notwendig sind, wenn wir die Klimakatastrophe noch abwenden wollen."

Im Raum trat eine geradezu unheimliche Stille ein. Die Gehirne der mittleren Generation bastelten an plausiblen Entlastungsargumenten. Nach einer Weile sagte Benedikt:

„Ich habe bei meinen Schülern eine ähnliche Resignation festgestellt. Aber eines bleibt mir ein Rätsel. Warum macht ihr bei euren Eltern nicht den Aufstand und stellt sie zur Rede? So wie es die jungen Leute vor vierzig Jahren mit ihren Eltern gemacht haben?"

Die drei jungen Leute schauten verlegen vor sich hin. Dann meinte Kai kühl: „Das wäre vergeudete Zeit. Wir machen keine aussichtslose Sachen."

„Das will ich so nicht stehen lassen", sagte Sophie mit ernster Miene. „Gerade dieser Kreis zeigt doch, dass sich auch Angehörige der mittleren und älteren Generation ihrer Verantwortung für die Zukunft dieses Planeten bewusst sind und sich zum Beispiel mit der Klimakatastrophe noch lange nicht abgefunden haben."

„Sophie hat völlig recht, wir suchen den Schulterschluss mit der jungen Generation. Wir wollen gemeinsam mit euch für eine lebenswerte Zukunft kämpfen und diesen Kampf gewinnen." Lisa zeigte in Richtung von Sarah, Alexander und Kai den Siegerdaumen.

„Harte Worte sind nun genug gewechselt", meinte dann Robert mit freundlicher Stimme. „Lasst uns nun gemeinsam überlegen, wie kraftvolle Aktionen aussehen könnten, die bei der jungen Generation ankommen."

„Nach meinem Eindruck sind Demos der herkömmlichen Art für junge Leute nicht mehr attraktiv", sagte Bettina.

„Das sehe ich nicht so", entgegnete Alexander. „Ganz sicher würden mehr junge Leute zu einer Demo gehen, wenn es da mehr Musik gäbe. Oder vielleicht einen Poetry Slammer. Und außerdem wollen die Jungen nicht nur zuhören, sondern selbst was sagen."

„Es wäre schon ein Fortschritt, wenn es mehr junge Redner gäbe", warf Sarah ein.

Erneut meldete sich Kai Schubert. Er machte eine lange Pause, die zu einer fast schmerzhaften Stille führte. Dann sprach er laut und unerbittlich: „Machen wir uns nichts vor. Solche peripheren Korrekturen bringen nichts, rein gar nichts. Damit kann keiner die junge Generation von ihrer Playstation weglocken. Es muss etwas Spektakuläres sein, damit die Jungen den Arsch hochkriegen. Eine Aktion, die etwas riskiert. Wenn das gefilmt und ins Netz gestellt wird, dann machen beim nächsten Mal sicher ganz viele mit."

„Was meinst du mit *spektakulär*?", fragte Max.

„Ist doch klar", antwortete an Kais Stelle Sabine. „Er meint Aktionen am Rande der Legalität oder vielleicht auch jenseits davon."

„Exakt, daran denke ich. So wie meine Großeltern das in den siebziger Jahren des letzten Jahrhunderts gemacht haben. War sicher ein geiler Spaß, die Bullen zu ärgern."

„Meinst du vielleicht Sitzblockaden wie in Mutlangen gegen die Aufstellung der Nachrüstungsraketen?"

„Gutes Beispiel", warf Sarah ein. „Soweit ich weiß, haben da auch Promis mitgemacht, zum Beispiel der Kölner Schriftsteller Heinrich Böll." Sarahs Miene drückte Bewunderung für den Literaturnobelpreisträger aus.

„Richtig", antwortete Sophie knapp und man konnte ihr anmerken, wie sie gedanklich gerade einen Vergleich zog zwischen dem gesellschaftlichen Engagement der geistigen Elite von damals und der von heute. Das Ergebnis des Vergleichs schien sie wehmütig zu stimmen.

Als Sophie Wallersleben gegen ein Uhr den Workshop beendete, hatte sie dennoch einen zufriedenen Gesichtsausdruck. „Ich finde, die Veranstaltung hat sich gelohnt, wir haben heute dank der Mitarbeit von allen wichtige Ergebnisse erzielt. Mir ist heute klar geworden, dass Menschen, für die der Einsatz für übergeordnete Ziele eine wichtige Sinnquelle ist, unsere Hauptzielgruppe sein sollten."

„Ein weiterer wichtige Punkt unserer Diskussion", warf Robert ein, „war der Vorschlag vom Professor, sich gezielt um die Vegetarier und Veganer zu bemühen, um sie als Vorbilder zu gewinnen. Und zwar für Menschen, die gerade ernsthaft über den Verzicht auf Fleisch nachdenken."

„Ein Ergebnis unseres Treffens sollten wir auch beachten", meinte Sebastian genüsslich. „Man braucht nicht immer einen Experten, um neue Erkenntnisse zu gewinnen."

Allgemeines Schmunzeln. Da keiner widersprach, beendete Sophie den Workshop.

20

Erholt hatte sich Andreas Draxl in Südtirol nicht. Er kam nervös und ausgelaugt nach München zurück. Die Sorge um den Gesundheitszustand seiner Tochter Anna lähmte ihn. Sie war für ihn das Allerwichtigste, was er in seinem Leben hatte. Daher wollte er sie bei ihrem Kampf gegen diese psychische Störung so gut unterstützen wie er nur konnte.

Ungünstig war, dass er mit niemandem über das Problem sprechen konnte. Weder in seiner Verwandtschaft – seine beiden Schwestern, die in Murnau verheiratet waren, hatten nur Buben mit gesundem Appetit – noch unter seinen Bekannten und Freunden gab es Gesprächspartner, die sich mit Essstörungen auskannten. Und Charlotte war mit ihrem Lover im Urlaub.

Sollte er mit Annas Klassenlehrerin reden? Aber jetzt waren Sommerferien und vielleicht hatte sie Annas Probleme noch gar nicht bemerkt?

Da fiel ihm die Lehrerin Berner ein. Er erinnerte sich an den Nachmittag mit ihr in dem Schwabinger Café. Das war die Lösung: Sie war hilfsbereit und hatte Mitgefühl. Und als Mittelstufenlehrerin hatte sie vermutlich Erfahrung mit an Essstörungen leidenden Schülerinnen.

Kurzentschlossen nahm er sein Handy und wählte ihre Nummer.

„Guten Tag, Lisa Berner am Apparat", meldete sie sich.

„Ach, pardon, grüß Gott! Wir sind doch hier in Bayern!"

Sie schien gut gelaunt zu sein und Draxl musste lachen.

„Grüß Gott, Frau Berner! Hier spricht Andreas Draxl." Er hielt inne, weil er testen wollte, ob sie sich an ihn erinnerte.

„Ach, der Herr Draxl, der Basketballer. Alles im grünen Bereich, wie ist momentan die Trefferquote?"

Ihre warme, sympathische Stimme tat ihm gut und erzeugte ein angenehmes Gesprächsklima. Sollte er gleich mit der Tür ins Haus fallen und sein Problem ansprechen? Er entschied sich für eine neutrale Erwiderung: „Danke der Nachfrage, Frau Berner. Und wie geht es Ihnen?"

„Danke, richtig gut. Ich glaube, ich bin endlich in Bayern angekommen."

Draxl fragte nicht nach, was sie mit dieser Bemerkung meinte, sondern wollte wissen, welche bayerischen Berge sie inzwischen erklommen habe. Als Lisa antwortete, der südliche Teil der bayerischen Landkarte sei für sie leider immer noch ein weißer Fleck, hakte er sofort ein: „Das trifft sich gut. Gerade habe ich bei Bergtouren in Südtirol meine Kondition verbessert. Es ist daher kein jugendlicher Übermut, wenn ich mich Ihnen als Wanderführer andiene. Was halten Sie von einer Bergwanderung? Anstelle des Museumsbesuchs in Murnau, den wir im Schwabinger Café verabredet haben."

„Ich erinnere mich." Lisa schwieg einen Augenblick und er spürte durch das Telefon, wie sie seinen Vorschlag prüfte.

„Sie haben recht, ins Museum kann man auch im November noch gehen. Hätten Sie einen passenden Berg für mich?"

„Klar. Zum Beispiel den Jochberg. Er liegt zwischen Walchen- und Kochelsee, ist knapp 1.600 Meter hoch und vom Ausgangspunkt oberhalb von Urfeld sind es nur siebenhundert Höhenmeter bis zum Gipfel. Von dort hat man einen phantastischen Blick bis nach München und in südlicher Richtung bis weit hinein in die österreichischen Alpen."

„Und Sie glauben, ich schaffe das?"

„Ganz sicher, Sie sind doch jung und sportlich."

„Danke für das Kompliment, hoffentlich trifft es wenigstens teilweise zu. Wann könnte denn aus Ihrer Sicht die Jochberg-Erstbesteigung erfolgen? Viele freie Termine habe ich in nächster Zeit nicht mehr."

„Ich schlage vor, wir nutzen das schöne Spätsommerwetter. Wie wäre es am Samstag, also in drei Tagen?"

Nach einem Blick in ihren Terminkalender sagte Lisa zu und über Draxls Gesicht huschte ein glückliches Lächeln.

Als Treffpunkt vereinbarten sie die Donnersberger Brücke am Mittleren Ring in München. Dort wollte sie Draxl mit seinem Auto, einem weißen 5er BMW mit dem Kennzeichen M – AD 571, um halb Neun aufpicken. Er erwähnte noch, dass seine vierzehnjährige Tochter Anna bis Seeshaupt mitfahre, wo sie auf einem Reiterhof den Tag verbringe und gegen fünf Uhr wieder von ihnen abgeholt werde. Anschließend könne man in einem Biergarten Brotzeit machen.

Anna verzog unwillig das Gesicht, als ihr Vater kurz nach der

Abfahrt in Bogenhausen sagte, dass heute eine fremde Frau, eine Lehrerin, mitkäme.

„Was soll das denn? Mit einer Paukerin durch den Wald auf einen doofen Berg latschen, Papaaa!" Die Verlängerung der letzten Silbe drückte tiefste Missbilligung aus.

„Es ist in erster Linie dienstlich, mein Sonnenschein. Frau Berner ist eine wichtige Informantin für mich. Aber ich gebe zu, ich bin gerne mit ihr zusammen, sie ist eine nette und unkomplizierte Frau."

„Verdächtig viele Lobeshymnen am frühen Morgen. Aber okay, ich will nett sein und ihr eine Chance geben. Du sagtest doch, sie sei Reiterin?"

„Ja, sie erzählte mir, in Brasilien sei sie viel geritten."

Als das Auto wenige Minuten nach halb Neun am Treffpunkt ankam, wartete Frau Berner bereits am Straßenrand. Rasch hatte sie mit ihrem altmodischen Rucksack auf dem Rücksitz Platz genommen und Draxl fuhr weiter zur Autobahn Richtung Garmisch.

„Danke für Ihre Pünktlichkeit. Man darf nämlich hier gar nicht anhalten."

Lisa nickte und wandte sich Draxls Tochter zu, die auf dem Beifahrersitz saß: „Ich bin Lisa Berner und du musst Anna sein. Ich darf doch DU sagen?"

„Klaro." Anna drehte sich um, gab Lisa artig die Hand und musterte dabei amüsiert ihr Outfit, das bei weitem nicht dem aktuellen Modetrend bei Wanderkleidung entsprach.

Lisa bemerkte Annas kritisch-ironischen Blick. „Aus Prinzip kaufe ich mir nicht ständig neue Klamotten. Das gilt für alles, auch für Wanderkleidung. Ich trage brauchbare Kleidung auch dann noch, wenn sie nicht mehr der Mode entspricht. Das schockiert euch hoffentlich nicht allzu sehr?"

„Keinesfalls. Es kommt doch nicht auf die Kleidung an, sondern auf das, was drinsteckt." Draxl freute sich über seine geglückte Antwort.

Dann unterhielten sich die beiden Reiterinnen über Pferde. Lisa erzählte, wie sie während ihrer Zeit in Brasilien reiten gelernt habe und bald ohne Sattel geritten sei. Das mache noch mehr Spaß, denn der Kontakt zum Pferd sei intensiver. Anna berichtete von ihrem Grauschimmel Polux, den sie sich mit einem Mädchen aus Starnberg teile und der ihr jedes zweite Wochenende zur Verfügung stehe.

In ihrem Kosmetikspiegel beobachtete dann Anna diese fremde Frau, für die ihr Vater unverhohlenes Interesse zeigte. Selten hatte sie ihn so witzig, charmant und gutgelaunt erlebt. Aber merkwürdigerweise fand auch sie diese altmodisch gekleidete Lehrerin sympathisch. Normalerweise reagierte sie auf neue Frauen an Papas Seite abweisend und eifersüchtig. Vielleicht weil sie insgeheim hoffte, ihre Eltern könnten sich eines Tages wieder versöhnen, und dann wäre eine dritte Person ein Hindernis.

Bei Lisa Berner war das anders. Vom ersten Augenblick an war Anna an ihr interessiert und fand sie nett. Lag es an ihrem freundlichen, aufmunternden Augenkontakt, ihrer warmen Stimme oder dem gemeinsamen Hobby ‚Reiten'?

Das Auto erreichte den Reiterhof. Lisa Berner und Andreas Draxl halfen Anna, ihr Pferd zu satteln. Dann führte sie Polux zum Reitplatz, wo bereits weitere Reiterinnen warteten.

Zu Beginn des Unterrichts trabten die Pferde gemächlich hintereinander im Oval.

Als Anna in vorbildlicher Haltung an ihnen vorüber glitt, überkam Andi ein sentimentaler Stolz auf seine gerade sehr glücklich wirkende Tochter. In diesem Augenblick war die Essstörung seines ‚Sonnenscheins' weiter entfernt als der hinterste Planet einer längst verloschenen Galaxie.

Nach etwa zehn Minuten signalisierte Andreas Draxl seiner Tochter, dass er mit Frau Berner nun aufbrechen wolle. Lisa zeigte ihr als Anerkennung ihrer Reitkünste den erhobenen Daumen und Anna revanchierte sich mit einem Küsschen, das sie den beiden aus ihrer Hand zupustete.

Am Beginn der Weiterfahrt schwieg Draxl. Er hatte noch seine glückliche Tochter vor Augen.

Lisa unterbrach die Stille: „Ihre Tochter ist sehr nett. Sie wirkt so reif und erwachsen, außergewöhnlich für eine Vierzehnjährige."

„Finden Sie?"

„Ja, ich habe Vergleiche. Viele Mädchen machen in diesem Alter eine schwierige Phase durch. Sie werden zickig oder aggressiv, manche depressiv, andere nehmen Drogen."

Draxl wurde unruhig. Plötzlich brach es aus ihm heraus: „Sie werden es nicht glauben, auch Anna hat Probleme, und zwar ganz gewaltige."

„Waas?" Lisa Berner schaute ihn verdutzt an.

„Anna leidet an Essstörungen. Und ich weiß nicht, wie ich ihr helfen kann."

Lisa spürte Draxls Verzweiflung. Sie überlegte, wie sie reagieren sollte. Jetzt bloß keine Patentrezepte verteilen oder mit banalen Floskeln versuchen, Hoffnung zu verbreiten. Nach ihren Erfahrungen verschwindet das Problem manchmal von selbst, wenn das Mädchen in einer harmonischen ersten Liebe eine positive Beziehung zu seinem Körper entwickelt. Aber es gibt auch Fälle, wo es jahrelang ein hartnäckiges Problem bleibt, das wie ein bereits gelöschtes Buschfeuer immer wieder aufflackert. Selbst ein erfahrener Psychotherapeut kann nur vorübergehend Erleichterung verschaffen, aber die teuflische Flamme nicht endgültig ersticken.

Dies alles sagte Lisa in vorsichtig gewählten Worten und mit viel Empathie in der Stimme zu Herrn Draxl, der plötzlich die Geschwindigkeit verringerte und auf dem Standstreifen der Autobahn anhielt.

„Alles ganz interessant. Doch das hilft uns nicht weiter. Bitte Frau Berner, sagen Sie mir, was ich konkret für meine Tochter tun kann!"

„Lassen Sie uns das bitte gemeinsam in Ruhe überlegen. Ich finde es nicht gut, wenn wir das in einer aufgewühlten Atmosphäre besprechen. Fahren Sie daher bitte weiter bis zur nächsten Ausfahrt. Soweit ich weiß, darf man auf der Autobahn nur bei einem Notfall anhalten."

„Das ist ein Notfall", sagte Draxl schroff. Lisa begriff, wie sehr ihn die Angelegenheit belastete. Doch allmählich beruhigte er sich. „Sie haben recht, entschuldigen Sie bitte mein Verhalten. Ich kenne mich selbst nicht mehr. Ich werde jetzt ganz ruhig weiterfahren, nach zwanzig Kilometer müssen wir planmäßig von der Autobahn runter."

An der Ausfahrt ‚Murnau/Kochel' verließ er die Autobahn, fuhr einige hundert Meter weiter Richtung Kochel und parkte dann auf einem seitlich abzweigenden Feldweg. Vor ihnen lagen eindrucksvoll die ersten Berge, allen voran der Heimgarten und der Herzogstand.

„Ich bitte Sie, mein Problem ... können wir es jetzt besprechen?" Draxl blickte sie mit flehenden Augen an.

„Selbstverständlich!" Lisa Berner legte mitfühlend ihre Hand auf seinen Unterarm. „Aber bedenken Sie bitte, ich bin keine Expertin für Essstörungen. Ich kann nur meine schulischen Erfahrungen einbringen und Ihnen sagen, was ich an Ihrer Stelle tun würde."

„Genau das will ich wissen."

Lisa überlegte. Jetzt war es wichtig, die richtigen Worte und den passenden Ton zu finden. „Also, als erstes würde ich versuchen, etwas über die Ursachen und den Auslöser der Störung herauszubekommen."

Draxl erzählte nun ganz ruhig von seiner Frau, die früher als Model gearbeitet habe und für die daher Schlanksein immer eine feste Größe gewesen sei. Sicher sei sie für Anna in dieser Hinsicht ein Vorbild. „Und dann diese Fernsehsendungen, die Anna so gerne anschaut! Mit den Mager-Models!", jammerte Draxl.

Lisa lächelte und versuchte abzulenken: „Und wie sieht es in der Schule aus? Geht Anna in eine gemischte Klasse? Hat sie Freundinnen? Hat sie schon einen Freund?"

„In ihrer Klasse sind knapp die Hälfte Buben. So viel ich weiß, hat Anna zwei dicke Freundinnen, das heißt, die sind kein bisschen dick, sondern dürr, spindeldürr, noch viel dünner als meine Tochter."

„Und wie steht's mit der ersten Liebe?"

195

„Die hat Anna gerade hinter sich. Nach einem halben Jahr ging es auseinander, das war vor etwa drei Monaten. Der Freund war ein Klassenkamerad. Den Grund für die Trennung kenne ich nicht."

„Weiß es Ihre Frau? Hat sie eigentlich zu Anna ein gutes Verhältnis?" Draxl zögerte und erzählte dann vom neuen Partner seiner Frau, mit dem sie viel Zeit verbringe und dadurch nach seinem Eindruck Anna vernachlässige.

Lisa Berner biss sich auf die Unterlippe, um gerade noch eine kritische Bemerkung zu unterdrücken. Mitfühlend dachte sie: Du armes Kind, von deiner ersten Liebe kriegst du gerade den Laufpass und in dieser schlimmen Situation hat deine Mutter, deine engste Bezugsperson, wegen einer eigenen Liebesbeziehung keine Zeit, mit dir darüber zu sprechen und dich zu trösten.

Die beiden Personen im Auto blickten gedankenverloren durch die Windschutzscheibe in den herrlichen Sommermorgen. Die Sonne war stärker geworden und die warme aufsteigende Luft vibrierte. Bis auf ein paar Schönwetterwolken im Westen zeigte der Himmel ein perfektes Blau.

Nach einer Weile kam bei Draxl die Ungeduld zurück. „Was schlagen Sie vor, was könnte ich als Erstes tun?"

„Ich finde, Sie sollten mit der Klassenlehrerin Kontakt aufnehmen. Vermutlich haben auch andere Mädchen in der Klasse eine Essstörung. Und möglicherweise weiß die Lehrerin, warum Annas erste Liebe zerbrach."

Als Draxl nicht antwortete, meinte Lisa: „Mir kommt gerade eine Idee. Jetzt wäre eine Familienaufstellung bei einem

Spezialisten hilfreich. Die von ihm abgeleiteten Konsequenzen könnten die Betroffenen leichter akzeptieren. "

„Was für Konsequenzen?"

Lisa schaute in das traurige Gesicht eines Mannes, der ihren ermutigenden Zuspruch dringend benötigte. Daher sagte sie leise: „Ich glaube, für Anna und die Bewältigung ihrer psychischen Störung wäre es günstig, wenn ...", Lisa machte eine Pause, „wenn Anna zu Ihnen ziehen würde."

In Draxls Gesicht trat ein trauriges Lächeln, während er ziellos in die Ferne schaute. „Merkwürdig, daran habe ich auch schon gedacht." Und nach einem tiefen Seufzer kamen unvermittelt seine Lebensgeister zurück. „Organisatorisch ließe sich das leicht einrichten. Frau Kraffzick, die Haushälterin, würde dann Anna in meinem Haushalt versorgen, anstatt in der Wohnung meiner Frau. Aber was wäre mit Charlotte? Würde sie um Anna kämpfen, auch juristisch?"

„Das ist denkbar. Damit das nicht passiert, was auch für Anna nicht gut wäre, brauchen Sie einen guten Familientherapeuten. Wenn dieser zu einem Wechsel beim Sorgerecht rät, könnte das Ihrer Exfrau das Einlenken erleichtern. Und ein fairer Rechtsanwalt würde ihr sicher die Aussichtlosigkeit einer Klage verdeutlichen."

„Das setzt aber doch voraus, dass sich meine Tochter für mich ausspricht?"

„Natürlich, davon gehe ich aus. Vor allem, weil Anna zum neuen Partner Ihrer Exfrau kein gutes Verhältnis hat."

„Und wie finde ich einen erfahrenen Familientherapeuten, können Sie mir da jemanden empfehlen?"

„Ich nicht. Aber ein Kollege von mir kennt sich bestens in der Münchner Psychoszene aus."

Draxl atmete tief durch und blickte dankbar auf die Frau auf dem Beifahrersitz. Er hatte sich aufgerichtet und mit seinem erhobenen Kinn wirkte er wie von neuem Elan beseelt.

Zurück auf der Straße bretterte Draxl mit Vollgas los, als müsse er den durch die Aussprache entstandenen Zeitverlust aufholen. Am Fuß des Jochbergs hatten sie Glück, denn sie ergatterten den letzten freien Parkplatz.

Zuversichtlich begannen sie den Aufstieg. Draxl ließ Lisa vorangehen. Sie legte ein Tempo vor, das ihn alle fünf Minuten zu dem Hinweis veranlasste, man müsse sich am Berg die Kräfte gut einteilen. Unerfahrene Wanderer würden den Fehler machen, zu schnell zu beginnen. Nach einer Stunde seien die Kräfte erschöpft aber der Gipfel noch weit.

Lisa hörte seine Mahnungen, aber schon kurze Zeit später fiel sie wieder in ihren alten raschen Schritt zurück und hüpfte wie eine junge Gams den Pfad hinauf.

Das hohe Tempo führte bei Draxl zu Schweißausbrüchen, sein Kopf nahm immer mehr die Farbe eines Sonnenuntergangs an und sein Herz pochte so wild wie im Schlussviertel eines engen Basketballspiels.

Nach eineinhalb Stunden traten sie aus dem Wald heraus auf einen mit Blumen übersäten Südhang, über den der Pfad hinauf zum Gipfelkreuz führt. Lisa war von dem grandiosen Ausblick nach Süden auf das Karwendelgebirge und den türkisfarbenen Walchensee überwältigt. Vor Begeisterung war sie sprachlos, andächtig genoss sie die wunderschöne Land-

schaft. Nach weiteren zehn Minuten erreichten sie das Gipfelkreuz, an dem auf einem Schild ,1.565 Meter' stand.

Keuchend zeigte Draxl auf das Schild. „Wir san jetzt über
zwölfhundert Meter! In Bayern ist man ab dieser Höhe mit jedem per DU, sogar mit Lehrerinnen aus dem Rheinland. Also,
ich bin der Andreas, unter Freunden der Andi."

Er wollte Lisa die Hand geben, doch als sie zu einer Um-
armung ansetzte, drückte er sie an sich und gab ihr einen
Schmatz auf die Wange. Verlegen murmelte sie: „Ich bin die
Lisa, aber vermutlich weißt du das schon."

Die Fernsicht war gut. Deutlich waren Starnberger See, die
Osterseen, Ammersee und Staffelsee zu sehen und ganz am
Horizont konnte man in Verlängerung des Starnberger Sees
die Umrisse des Klinikums Großhadern in München erkennen. Die beiden fanden an dem sonnigen Südhang ein pas-
sendes Plätzchen, obwohl es so aussah, als ob der prächtige
Spätsommertag halb München auf den Jochberg gelockt hätte.

„Dort werden wir nachher einkehren, da gibt's für dich
was Gutes: wunderbaren Kuchen." Andi deutete auf die un-
terhalb des Gipfels liegende Alm.

Dass Andi noch wusste, wie sehr sie auf Kuchen stand,
machte Lisa glücklich. Doch erst verzehrten sie, was sie mitgebracht hatten: Lisa Knäckebrot mit Tomate, Gurke und
Paprika, eine Banane und einen Apfel, Andi ein Stück Hart-
wurst mit Schwarzbrot. Dazu trank er ein Radler, während
sie sich ihr Apfelsaftschorle schmecken ließ.

„Ich kann dir leider nichts anbieten, Lisa. Oder bist du
nicht mehr Vegetarierin?"

„Doch, doch, mehr denn je. Ich fühle mich jeden Tag besser und leistungsfähiger, seit ich auf Fleisch und Wurst verzichte. Vielleicht hast du das beim Aufstieg bemerkt."

„Respekt, das war ne tolle Leistung! Zu Beginn hatte ich echt Sorge, du würdest dich übernehmen und ich müsste dich die letzten hundert Meter huckepack nehmen." Er grinste sie an. „Wo hast du deine exzellente Kondition her?"

„Von nichts kommt nichts. Jeden Tag fahre ich mit dem Fahrrad zur Schule, fünf Kilometer hin und fünf zurück. Dann jogge ich dreimal pro Woche jeweils sieben Kilometer und außerdem schwimme ich regelmäßig. Und gelegentlich, wenn ich einen passenden Partner habe, spiele ich Tennis."

„Starkes Programm! Jeder, der mit offenen Augen durch die Welt geht, kann an deiner traumhaften Figur sehen, wie positiv es sich auswirkt." Andi stotterte ein wenig, als er ihre tolle Figur erwähnte. Komplimente gingen ihm nicht mehr so leicht über die Lippen, ihm fehlte die Übung.

Lisa freute sich über seine galante Bemerkung. Sie war nicht an den Haaren herbeigezogen, sondern hatte einen wahren Kern. Schlank wie eine Hochspringerin waren dennoch die Partien, die Männerblicke besonders anziehen, erfreulich üppig ausgebildet.

„Es wär jetzt Zeit für ein Mittagsschläfchen", sagte Andi nach einer Weile und gähnte verschämt. „Glaubst du, du kommst ein paar Minuten ohne mich aus?"

„Mach ruhig ein Nickerchen. Ich genieße die Aussicht."

Er ermahnte sie noch, ihn unbedingt nach einer Viertelstunde zu wecken. Dann legte er seinen Rucksack unter den Kopf und war kurz danach eingeschlafen.

Lisa betrachtete ihn diskret. Es war ein friedlicher Schlaf, seine Atemzüge waren regelmäßig und tief, ein leichtes Lächeln spielte um seine Lippen. Er riecht gut, dachte sie, als sie sich ihm näherte, um eine Mücke zu verscheuchen, die sich anschickte, ihn zu plagen.

Verwundert stellte sie fest, dass sie die Situation überhaupt nicht verfänglich fand. Sie, auf einem Berg in den Alpen mit einem schlafenden Mann, den sie kaum kannte. Die Umstände kamen ihr normal vor, fast vertraut. Sie beobachtete die Gleitschirmflieger, die sich am Nordhang des Berges vom Aufwind hoch tragen ließen und nach kurzer Zeit zurückkehrten, um neue Windenergie zu tanken.

Ein Blick auf die Uhr ließ sie unruhig werden. Zwanzig Minuten waren vergangen und Andi schlief fest. Sie entschied sich für einen Grashalm, mit dem sie ihren Wanderfreund vorsichtig am linken Ohr kitzelte. Die Operation gelang.

Sie packten ihre Sachen zusammen und schlenderten den breiten Pfad hinunter zur Jocheralm. Auf den Holzbänken aßen sie zu ihrem Kaffee einen wunderbaren Himbeerkuchen und lauschten dem Glockengeläut des Jungviehs, das gleich neben dem Biergarten graste. Lisa schloss die Augen, Urlaubsgefühle kamen auf. Sie träumte, mit diesem gut aussehenden Mann einen Wanderurlaub zu machen, in einem schnuckeligen, kleinen Hotel zu wohnen, sich zu entspannen und gehen zu lassen ...

Andis Hinweis auf den langen Abstieg riss sie aus ihren Träumereien. Nebeneinander im Gleichschritt wie ein altes Ehepaar, das sich im Laufe der Jahrzehnte perfekt aufeinander eingestellt hat, schritten sie den kiesigen Forstweg hinunter. Da fasste er sie plötzlich um die Taille und fragte, ob ihr die Wanderung gefalle. Als sie ‚sehr sogar' flüsterte, drückte er sie fest an sich und dachte, wie schön doch dieses Leben sein kann.

Unten am Walchensee streckten sie ihre Beine bis zu den Knien in das kühle Wasser und sahen den Windsurfern zu.

„Schau mal, der da", sagte Lisa und deutete nach links. „Wetten Andi, das kannst du besser."

„Das täuscht. Bin zu schwer für sowas und hab auch kein gutes Balancegefühl. Ich renn lieber einem Ball hinterher."

„Spielst du eigentlich Tennis?"

„Ja, sicher. Meine Gegner meinen sogar ziemlich gut. Genauer gesagt, ich war einmal richtig gut. In letzter Zeit habe ich wenig gespielt, keine Zeit. Aber im Tennisclub Iphitos in München bin ich nach wie vor Mitglied. Sehr gerne würde ich mit dir ein gemischtes Doppel spielen."

„Einverstanden. Noch besser fände ich ein packendes Einzel, Frau gegen Mann, einen Kampf der Geschlechter." Sie grinste ihn frech an.

Andi unterdrückte gerade noch eine herablassende Bemerkung über die gemächliche Spielweise im Frauentennis. Es war ihm rechtzeitig eingefallen, über welch hervorragende Kondition Lisa verfügte. Daher sagte er: „Auch dazu bin ich bereit. Ich kann nachmittags ohne Weiteres einen Gast mitbringen. Ginge es bei dir auch am Nachmittag?"

„Ja, dienstags und donnerstags ab drei."

„Dann am kommenden Donnerstag!"

„Okay." Lisa fühlte sich überrumpelt. Andererseits fand sie den Gedanken prickelnd, ihn so bald wiederzusehen.

Als der BMW auf dem Reiterhof einfuhr, wartete Anna bereits. Sie sah glücklich aus und erzählte, welch geilen Ausritt sie um die Osterseen gemacht habe. Andi fuhr zu einem Biergarten in der Nähe von Weilheim, wo sie zu Abend aßen, anschließend kehrten sie nach München zurück. Gegen Acht setzten sie Lisa an ihrer Wohnung in Pasing ab.

„Und, wie findest du die Paukerin?", fragte Andi seine Tochter und konnte dabei seine innere Anspannung nur mit Mühe verbergen.

Anna ließ sich Zeit mit ihrer Antwort. „Nett, doch ...doch ... eigentlich meganett. Und du?"

„Auch nett."

„So ein Schmarrn! Du findest sie doch nicht bloß ‚nett'! Du bist doch total in sie verknallt, das sieht doch jeder!"

Andi war verwirrt. Was sollte er seiner halbflüggen Tochter darauf antworten? Nach einer Weile meinte er so beiläufig wie möglich: „Ich weiß nicht, ob man in meinem Alter noch verknallt sein kann. Aber ich muss zugeben, Lisa ist eine außergewöhnliche Frau."

„Na also, es geht doch." Zu Andis Überraschung legte seine Tochter ihren Arm um seinen Hals und gab ihm einen Kuss auf die Backe. „Vielleicht ist sie die Frau fürs Leben für dich. Mama ist es ja offensichtlich nicht." Und nach einer Weile fügte sie hinzu: „Ob du's glaubst oder nicht, auch ich finde Frau Berner super, vom ersten Augenblick an."

21

Mitte August feierte Lisa in einem gemütlichen Lokal an der Herrschinger Seepromenade in kleiner Runde ihren siebenunddreißigsten Geburtstag. Es war ein herrlicher Sommerabend und die am Westufer des Ammersees untergehende Sonne zauberte ein Glitzern auf den See, das romantische Gemüter zum Schwärmen brachte.

Max schenkte Lisa zu ihrem Geburtstag eine Fahrt mit einem Heißluftballon über das Voralpenland. Und so fanden sie sich an einem sonnigen Nachmittag zwei Wochen später am Treffpunkt in Landsberg am Lech ein. Zwei weitere Paare wollten ebenfalls mitfahren: Ein Ehepaar Anfang fünfzig, das sich die Tour zur silbernen Hochzeit geschenkt hatte, und ein junges Liebespaar, das sich erst ein paar Wochen kannte. Im Transporter des vierköpfigen Veranstalterteams fuhr man gemeinsam einige Kilometer Richtung Osten und hielt an einer baumlosen, ebenen Wiese.

Innerhalb kurzer Zeit hatte das eingespielte Team den Ballon mit Luft aufgeblasen sowie Brenner und Korb angehängt. Die drei Paare und der Pilot Michael kletterten in den Korb. Michael zündete den Brenner und wie von Geisterhand getragen fing der Ballon zu steigen an, den Archimedischen

Auftriebsgesetzen folgend. Als sie nach wenigen Augenblicken über die bewaldeten Hügel der Umgebung hinwegblicken konnten, lag vor ihnen die Bergkette der mittleren Alpen. Lisa war ganz still, so sehr war sie von dieser grandiosen Szenerie fasziniert.

„Schau mal, Lisa, da drüben die Zugspitze." Max deutete nach Süden, wo man leicht das charakteristische Profil von Deutschlands höchstem Berg erkennen konnte. Auch einige österreichische Dreitausender waren zu sehen, Michael zeigte in die Richtung und nannte die Namen. Nach einer erneuten Zündung des Brenners stieg der Ballon weiter. Offensichtlich versuchte der Pilot, in eine Luftschicht mit günstigem Wind zu gelangen.

„Nach unseren Erfahrungen gibt es in dieser Jahreszeit auf etwa neunhundert Meter Höhe oft eine ordentliche Nordwest-Strömung, die wir jetzt gut gebrauchen könnten." Michael machte, als er dies sagte, eine zuversichtliche Miene.

„Und was ist, wenn Sie keine günstige Strömung finden?", wollte Max wissen.

„Dann üben wir uns in Geduld und beten zu Aiolos, dem Gott der Winde. Das hilft fast so sicher wie das Amen in der Kirche."

Als sie die angepeilte Höhe erreicht hatten, bewegte sich der Ballon deutlich rascher in Richtung Ammersee, der schon gut erkennbar vor ihnen lag.

„Was sind das für silberne Schüsseln?" Lisa zeigte aufgeregt nach rechts unten.

„Das sind die Parabolantennen der Erdfunkstelle in Raisting. Durch ihre Form wird die Mikrowellenstrahlung im

Brennpunkt des Parabolspiegels gebündelt." Michael freute sich, sein angelerntes Wissen anbringen zu können.

„Was macht so eine Erdfunkstelle?" Der junge Mann zeigte plötzlich Interesse.

„Genaues weiß man nicht. Es heißt, man brauche sie für die Kommunikation mit Nachrichtensatelliten." Der Pilot zuckte entschuldigend mit den Achseln.

„Vor ein paar Jahren hat ein US-Unternehmen die Anlage übernommen. Da kann man sich fast denken, wozu sie jetzt benutzt wird." Auf Maxens Bemerkung lächelte man gequält.

Nach wenigen Minuten erreichte der Ballon das Westufer des Ammersees mit der Marktgemeinde Dießen. „Max, schau mal, die prächtige Kirche." Lisa zeigte begeistert nach unten.

„Das ist das Dießener Marienmünster. Eine der schönsten Barockkirchen von Süddeutschland, im achtzehnten Jahrhundert von Johann Michael Fischer erbaut." Der Ballonführer freute sich, noch einmal glänzen zu können.

„Hat hier nicht der Komponist Carl Orff gelebt?", fragte die Dame mittleren Alters.

„Richtig. Von 1955 bis zu seinem Tode."

Im hellblauen Wasser des Ammersees spiegelte sich die Spätsommersonne. Die weißen Segel der Boote wirkten wie Papierfitzel auf einem Teppich. „Der Ammersee ist bei den Seglern sehr beliebt, er hat regelmäßig guten Wind."

„Das Südufer des Sees – das Gebiet hier rechts unter uns – ist ein bedeutendes Naturschutzgebiet, in dem bedrohte Vogelarten brüten. Das Feuchtgebiet ist nach der Ramsar-Konvention geschützt, hier darf daher nichts gebaut werden, nicht mal ein Radlweg." Der ältere Herr sagte dies mit Nachdruck und ohne jegliche Ironie.

„Das kann jeder erzählen", meinte der Pilot.

„Aber es stimmt. Ich habe einen guten Freund, der wohnt hier und ist Vorsitzender der Ortsgruppe vom Bund Naturschutz. Von dem weiß ich das."

Nun zeigte der Pilot auf die Anhöhe. „Ich denke, diesen Gebäudekomplex mit der Kirche kennt jeder von euch? Genau, das ist Andechs, das berühmte Kloster der Benediktiner mit dem noch berühmteren Bier."

„Und einer wunderschönen Rokokokirche", ergänzte die Dame mittleren Alters und nickte dabei vielsagend.

Nun schwebte der Ballon über Wälder, Felder und Wiesen mit kleinen Dörfern dazwischen. In der Ferne tauchte ein weiterer See auf. Der Ballon verlor an Höhe.

„Max schau mal, das da vorne sieht aus wie die Evangelische Akademie in Tutzing!" Lisa zeigte geradeaus.

„Ist das Tutzing?", fragte Max unsicher den Piloten.

„Ja, wir erreichen in Kürze den Starnberger See. Gleich überfliegen wir das Schloss von Tutzing, dort residiert heute die Evangelischen Akademie."

„Da habe ich vor einem halben Jahr bei einem Seminar ein Referat gehalten", sagte Lisa mit einem Anflug von Stolz.

„Und dort drüben, Lisa, siehst du den Biergarten direkt am See? Da haben wir uns vor einem Jahr zum ersten Mal nach deiner Rückkehr nach Deutschland getroffen." Umständlich versuchte Max, den Arm um sie zu legen.

Sie ließ ihn gewähren. Wehmütig dachte sie daran, wie schnell dieses Jahr vergangen war und dass sich in dieser Zeit in der Beziehung mit Max so gut wie nichts bewegt hatte. Dabei war sie vor einem Jahr hoffnungsfroh zu ihm nach Bayern gekommen. Hatte sie sich einer Illusion hingegeben? Sie verstand nicht, weshalb Max so träge war und die Trennung von seiner Frau nicht vorantrieb. War er mit dem Status quo vielleicht ganz zufrieden und wollte gar keine Änderung? Erst recht keine, die Wirbel und Unruhe in sein Berufsleben bringen würde?

Außerdem ärgerte sie sein verschwenderischer Lebensstil. Noch immer war er ein begeisterter Fleischesser, er fuhr weiterhin einen fetten Allradgeländewagen, der mindestens zwölf Liter auf hundert Kilometer fraß und wenn Max einmal geschäftlich nach Berlin oder Hamburg musste, nahm er nicht die Eisenbahn sondern den klimaschädlichen Flieger. Weder seine Mutter noch sie selbst waren in Fragen des Lebensstils für ihn ein Vorbild. Als Lisa dieses Resümee zog, verspürte sie ein ungutes Gefühl in der Magengegend.

Der Ballonführer telefonierte. Offensichtlich sprach er mit seinem Team über einen geeigneten Landeplatz. Kurze Zeit später, sie hatten den Starnberger See hinter sich gelassen, setzte ihr Korb auf einer Wiese nahe der Autobahn nach Garmisch auf. Das übrige Team war bereits da und half den Passagieren aus dem Korb.

Bei der Ballonfahrertaufe musste jeder mitmachen, ob er wollte oder nicht. Der Ballonführer brannte bei jedem ein paar Haare ab und löschte den Brand anschließend mit Sekt. Jeder bekam eine Urkunde, auf der man den Adelsnamen und die Aufnahme in den Ballonadelsstand lesen konnte. Lisa erhielt den Namen *Lisa die Erste, Fürstin von und zu Lieb-*

reiz in der Höhe, Max hieß in seiner Urkunde *Seine Durch-
laucht Graf Maximilian von Luftikus*. Seine Taufe quittierten
die Mitfahrer mit anzüglichen Kommentaren, was Max ärgerte, vor allem weil sich auch Lisa darüber amüsierte.

Etwa eine Woche später holte Sebastian mit seinem kleinen Toyota abends um Sechs Lisa am Tutzinger Bahnhof ab
und fuhr mit ihr zum Kloster Benediktbeuern. Seine Tochter
Sarah hatte ihn auf das Open-Air Konzert im Klosterhof aufmerksam gemacht, wo Hubert von Goisern mit seiner Band
gastierte. Lange hatte Sebastian darüber nachgedacht, wie er
sich bei Lisa für die pädagogische und psychologische Hilfe
für seinen Sohn Florian angemessen bedanken könnte. Denn
das gemeinsame Lernen, bei dem Lisa nicht mit Lob sparte,
hatte bei Flori nicht nur zu besseren Noten in Mathematik,
Englisch und Geographie geführt, sondern auch das Selbstwertgefühl und seine Lebensfreude gestärkt. Er befand sich
nur noch selten in einer depressiven Stimmung, wozu auch
sein erfolgreicher Einstand in der Fußballmannschaft seines
Wohnortes beigetragen hatte.

Sebastian war glücklich, als Lisa ohne Umschweife seine
Einladung zu dem Goisern-Konzert annahm, obwohl sie diesen Musiker gar nicht kannte. Und er freute sich über Florian,
der sich spontan bereit erklärt hatte, zusammen mit seiner
Schwester Sarah an diesem Abend die Stallarbeit zu machen.

Im Innenhof des stattlichen Klosters verbrachten Lisa und
Sebastian einen herrlichen Spätsommerabend. Die Stimmung
bei den zahlreichen Fans war prächtig, fast enthusiastisch, als

die Band ihre Hits spielte: *Brenna tuat's guat, Oben und unten, Koa Hiatamadl, Heast as net, wia die Zeit vergeht.*

Bei dem Lied *Jetzt bist so weit, weit weg* rannen Sebastian plötzlich die Tränen über das Gesicht. Es war ein richtiger Sturzbach, den sein großes Sacktuch nicht mehr aufnehmen konnte. Lisa verstand seine mächtige Gefühlsregung, schlang sanft ihren Arm um seine Taille und legte den Kopf an seine Schulter. Er war ihr für diese Geste dankbar und als auch er seinen Arm um sie legte, standen sie da, eng umschlungen, wie ein frisch verliebtes Paar.

Auf der Heimfahrt war es in Sebastians Auto mit Hybrid-Antrieb zunächst ganz still. Lisa dachte über den harmonischen Abend nach und wunderte sich im Stillen, dass sie bei dem melancholischen Lied die Umarmung mit Sebastian genossen hatte.

Nach einer Weile fragte er, wie ihr die Musik gefallen habe.

„Gut ... doch ja ... man muss sich halt erst einhören. Die Texte habe ich nicht so gut verstanden. Aber sag mal, ist dies nun moderne Volksmusik oder europäischer Rock?"

„Eine Kombination, man nennt es auch Alpenrock."

„Das Akkordeon spielt Goisern wirklich virtuos. Vermutlich hat er schon früh damit angefangen."

„Nein, überhaupt nicht. Sein erstes Instrument war eine Trompete, er hat damit in der Blaskapelle von Bad Goisern gespielt. Später sind Gitarre und Klarinette dazugekommen. Akkordeon hat er erst Mitte dreißig gelernt, das hat er sich selbst beigebracht. Genau genommen ist es gar kein Akkordeon, sondern eine Ziehharmonika, eine diatonische Ziehharmonika. Er hat sie von seinem Großvater gekriegt."

„Ziehharmonika im Selbststudium, phantastisch! Da muss man schon sehr begabt sein."

„Nicht unbedingt."

Lisa wunderte sich über diese Einschätzung ihres Begleiters. Allerdings wusste sie zu diesem Zeitpunkt noch nicht, dass Sebastian auch ein großartiger Ziehharmonikaspieler war, der von den Volksmusikfreunden im Voralpenland respektvoll der ‚Hubert von Tutzing' genannt wurde.

„Übrigens, der Goisern ist ein sehr politischer Mensch."

„Wirklich?"

„Doch, doch. Er hat mehrere Jahre in Südafrika gelebt und sich gegen die Apartheid engagiert. Später hat er sich für die Tibeter eingesetzt."

„Ich finde es klasse, wenn prominente Zeitgenossen ihre Popularität dazu nutzen, ihre Fans auf Missstände in der Welt aufmerksam zu machen und auch etwas dagegen tun."

„Seh ich genauso." Und nach einer Weile fügte Sebastian hinzu: „Von Goisern hat auch die Schimpansenforscherin und Umweltaktivistin Jane Goodall in Afrika besucht und über sie einen Film gemacht."

„Was du alles weißt!"

Sebastian freute sich über das Kompliment, vor allem weil es von der Frau kam, die in letzter Zeit immer häufiger in seinen Träumen auftauchte und die ihm manchmal sogar tagsüber die Konzentration raubte. Aber er war zu schüchtern, um sich mit einer Liebeserklärung Luft zu verschaffen.

Draxl Beziehung zu seiner Tochter Anna hatte sich seit dem Ausflug mit Lisa deutlich verbessert. Er fühlte sich in diesen

Tagen seiner Tochter so eng verbunden wie lange nicht mehr. Nach einem Kinobesuch an einem Freitagabend lud er sie anschließend in ein Café ein.

Sie unterhielten sich über den Film, als Andi seine Tochter unvermittelt fragte, warum sie damals mit ihrem Freund Sascha Schluss gemacht habe.

Anna erschrak und blickte zu Boden. Dann brach es plötzlich aus ihr heraus: „Der Sascha hat mich eine ‚fette Kuh' genannt. Die Carolin hat es gehört, wie er sich vor anderen über mich lustig machte." Anna war wütend und hatte zugleich Mühe, ihre Tränen zurückzuhalten. Man konnte sehen, wie sehr sie der Gedanke an seinen Verrat noch immer quälte.

Ihr Vater versuchte sie zu trösten: „Mein Sonnenschein, liebe Anna. Dieser Sascha ist ein Riesendepp, wenn er so etwas sagt, was überhaupt nicht stimmt."

„Das mit der ‚fetten Kuh' war total krass, das hat mich fertig gemacht. Aber ich mag ihn immer noch, er kann so süß lächeln und sein Tattoo auf der Schulter ist so geil."

„Was er sagte, ist doch totaler Quatsch, du bist kein bisschen fett." Draxl versuchte, seine Tochter zu überzeugen, dass ihre körperliche Entwicklung für eine Vierzehnjährige schon weit fortgeschritten sei. Daher wirke sie nicht so schlank.

„Du findest mich nicht zu dick?"

„Überhaupt nicht. Du siehst super aus. Bestimmt finden dich viele Jungs ganz toll."

Anna freute sich über das Kompliment, das ehrlich klang und ihre Stimmung verbesserte. Deshalb konnte sie sich nicht die Frage verkneifen, ob er die Figur von Frau Berner auch super fände.

Nach kurzem Zögern entschloss sich Andi zu einer Vor-
wärtsverteidigung: „Zweifellos ist Frau Berner in jeder Hinsicht attraktiv, sowohl hinsichtlich ihres Aussehens, ihres
Charakters, ihres Verhaltens. Ich hoffe nur, dass ich auf sie
auch ein wenig Eindruck gemacht habe."

„Ganz bestimmt Papa. Sie findet dich sicher auch toll.
Aber sag mal, wie geht es nun mit eurer Romanze weiter?"

Ihr Vater zuckte mit den Achseln, denn er wusste selbst
nicht, ob er sich mit Lisas Freundschaft zufrieden geben oder
um ihre Zuneigung ernsthaft werben sollte. Daher antwortete
er mit dem beliebten bayerischen Spruch ‚Schaun m'r
mal' was so viel bedeutet wie ‚Nix Genaues weiß man nicht'.

Der Termin der Familie Draxl beim Familientherapeuten
verlief harmonisch. Bereits zwei Wochen später schrieb der
Therapeut, seine Familienaufstellung habe ergeben, dass
Anna lieber beim Vater leben wolle. Außerdem sehe er bei
einem Übergang des Sorgerechts auf den Vater bessere Chancen, Annas Essstörung beheben zu können. Nach einer Kon-
sultation ihres Rechtsanwaltes stimmte Draxls Exfrau dieser
Lösung zu. Da auch die Haushälterin damit einverstanden
war, Anna künftig in Herrn Draxls Wohnung in Bogenhausen
zu betreuen, zog Anna kurz darauf bei ihrem Vater ein.

22

Frau Tauber bewohnte im Münchner Stadtteil Solln im Erdgeschoss einer Wohnanlage eine großzügige Vier-Zimmer-Wohnung. Die Einrichtung war gediegen und für eine Siebzigjährige modern und farbenfroh. An den Wänden hingen Harmonie und Idylle ausstrahlende Landschaftsbilder aus dem Voralpengebiet, die ihr vor fünf Jahren verstorbener Ehemann gemalt hatte. Mit ihrem kurz geschnittenen, grau melierten Haar, der randlosen Brille, dem dezenten Ohrschmuck und dem türkisfarbenen, schicken Hosenanzug wirkte Frau Tauber modern und weltoffen.

Da es das Wetter an dem milden Abend im September erlaubte, war die Geburtstagstafel für zehn Personen auf der Terrasse gedeckt. Bei einem Glas Champagner machten sich die Gäste miteinander bekannt. Wie Lisa schnell bemerkte, war sie die einzige Neue, die schon bald im Mittelpunkt des Interesses stand.

Geduldig beantwortete sie die Fragen: Ja, sie sei eine Kollegin von Benedikt, unterrichte Biologie und Chemie, stamme aus Bonn im Rheinland, sei Einzelkind und fühle sich in München, wo sie jetzt seit gut einem Jahr lebe, sehr wohl.

Etwas kritischer wurde es, als Frau Mohrmann, die gemeinsam mit ihrem Gatten mit der Gastgeberin regelmäßig Rommé spielt, Lisa und Benedikt unverblümt fragte, ob sie denn noch Kinder wollten. Benedikt fasste sich schnell und meinte ironisch: „Ich denke mal, eher nicht. Denn was würden das für Besserwisser werden, wenn die Mutter und der Vater Lehrer sind?"

Zum Essen, das ein Party-Service pünktlich um sieben Uhr anlieferte, gab es ‚Spaghettoni mit Lammragout, Artischocken und Pecorino'. Benedikt und Lisa aßen ‚Veganes Hühnerfrikassee mit Reis', dazu einen gemischten Salat, was den beiden vorzüglich schmeckte.

Man war bereits beim von der Gastgeberin selbst kreierten Dessert angekommen, einer ‚Avocadocreme mit Ingwer', als Frau Schmolk vom Qigong-Kurs sich Lisa zuwandte: „Sind Sie auch Vegetarierin?"

„Ja, seit eineinhalb Jahren." Mit einem Blick auf Benedikt fügte Lisa hinzu: „Aber er ist eine Stufe weiter: Er lebt vegan, isst überhaupt keine Tierprodukte, also auch keinen Käse, keinen Joghurt, keine Milch, keine Eier, keinen Honig."

„Und Sie sind sich sicher, dass es bei einzelnen Stoffen nicht zu einer Mangelernährung kommt?" Herr Pussl, der mit seiner Frau gelegentlich mit der Gastgeberin in den Bergen wandert, schaute skeptisch auf Benedikt.

„Um sicher zu gehen", entgegnete Benedikt, „lasse ich einmal im Jahr bei meinem Hausarzt mit einer Blutuntersuchung alle kritischen Parameter bestimmen. Wenn sich dabei ein Mangel zeigen sollte, würde er mir sofort die passenden Nahrungsergänzungsmittel verschreiben."

„Was mich interessieren würde", hakte die rundliche Frau Nierlinger nach, die mit Frau Tauber einen Malkurs an der Volkshochschule besucht, „welche erhabenen Motive braucht man, um sich beim Essen so kasteien zu können?"

„Ich kasteie mich überhaupt nicht, im Gegenteil, ich spüre, dass es meinem Körper guttut, wenn ich auf Fleisch verzichte! Und Lisa ergänzte: „Seit ich Vegetarierin bin, fühle ich mich gesundheitlich viel besser. Ich bin wacher im Kopf, mein Körper ist leistungsfähiger, ich bin besser gelaunt und – was mir auch wichtig ist – ich habe ohne irgendeine Diät locker fünf Kilo abgenommen."

„Interessant. Aber dann machen Sie das nur – bitte verzeihen Sie den Ausdruck – aus egoistischen Gründen." Die Erkenntnis schien Frau Schmolk zu enttäuschen.

„Nein, keinesfalls", sagte Lisa ruhig. „Es ist doch nicht egoistisch, wenn jemand etwas macht, das gut für den eigenen Körper ist. Und die Allgemeinheit profitiert indirekt auch davon, wenn der Betreffende wegen seiner gesunden Ernährung weniger krank ist."

„Es ist überhaupt nicht egoistisch, sondern weitsichtig und verantwortungsvoll", schaltete sich die Gastgeberin ein. „Denk doch an deinen Schwager, Veronika, der beim Essen immer kräftig zugelangt hat, deutlich Übergewicht hatte und ab sechzig ständig krank war. Er hat die Krankenkasse, also alle Versicherten, mit seinen schlechten Essgewohnheiten eine Menge Geld gekostet."

Es wurde plötzlich ganz ruhig, weil jeder angestrengt an den eigenen Schwager und dessen Ernährung dachte. Nach einer Weile wandte sich Lisa wieder an Frau Schmolk: „Ich schulde Ihnen noch eine Antwort. Es stimmt, neben der Gesundheit habe ich zwei weitere, wichtige Motive für meinen Verzicht auf Fleisch: Zum einen, finde ich, hat der Mensch nicht das Recht, Tiere nur zu halten, um sie zu töten und aufzuessen. Erst recht nicht unter so unwürdigen Haltungsbedingungen, wie sie bei der Massentierhaltung gegenwärtig die Regel sind. Das ist meines Erachtens eindeutig Tierquälerei, das ist kriminell und gehört juristisch verfolgt."

„Und Ihr weiteres Motiv?" Herr Schmolk schaute gespannt auf die junge Frau ihm gegenüber.

„Ganz wichtig bei meiner Entscheidung fleischlos zu leben war für mich folgende Überlegung: Mit meinem Verzicht auf Fleisch tue ich etwas gegen die sich anbahnende Klimakrise. Was viele nicht wissen: Bei der Fleischproduktion entsteht viel klimaschädliches Kohlendioxid. Erst kürzlich habe ich gelesen, dass die Erzeugung von einem Kilo Rindfleisch in Südamerika genauso klimaschädlich sein soll wie eine 1.600 Kilometer lange Fahrt mit einem konventionellen Auto!"

Frau Taubers Freunde schauten Lisa Berner erstaunt an. Sie und Benedikt erläuterten den Gästen dann den Zusammenhang zwischen Fleischherstellung, Entstehung klimaschädlicher Gase und drohendem Klimakollaps.

Anschließend drehte sich das Gespräch um die am nächsten Tag anstehende bayerische Landtagswahl. Zum Wahlausgang gab es unterschiedliche Prognosen. Auch die in der Landeshauptstadt fulminant steigenden Immobilienpreise und Wohnungsmieten waren ein Thema und ebenso das neueste Stück am Volkstheater, bevor sich gegen halb Zwölf die Freunde von Frau Tauber verabschiedeten.

„Schön, dass ihr beide noch bleibt", sagte sie zu Lisa und Benedikt. „Ich habe nämlich eine Überraschung für Sie, Frau Berner." Benedikts Mutter ging in die Küche und kam mit einem prächtigen Johannisbeerkuchen zurück. „Benedikt sagte mir, dass Sie so etwas mögen."

„Und wie, vielen Dank. Seit ich denken kann, esse ich gern Jahannisbeerkuchen."

Frau Tauber bat ihren Sohn, Kaffee zu kochen, mit dem Automaten in der Küche kenne er sich ja aus. Lisa wünschte sich einen Schwarzen ohne Zucker, die Gastgeberin einen Latte macchiato und Benedikt wählte einen Expresso.

Unvermittelt ergriff Benedikts Mutter Lisas Arm und meinte leise aber bestimmt: „Frau Berner, ich mag Sie sehr, Sie sind eine patente und kluge Frau. Und allem Anschein nach kennen Sie das Leben."

Lisa schaute sie verwundert an, denn sie verstand nicht, worauf sie hinaus wollte.

„Ich will Ihnen etwas Wichtiges sagen", flüsterte Frau Tauber. „Ich muss mich kurz fassen, denn gleich kommt mein Sohn mit dem Kaffee."

„Bitte."

Sie räusperte sich verlegen und sagte: „Also, ich weiß, dass im Kollegenkreis Ihrer Schule das Gerücht umgeht, mein Sohn sei homosexuell. Das stimmt nicht, er ist hetero wie Sie und ich, aber er hat leider Probleme im Umgang mit Frauen.

Daher halten ihn manche Menschen, die ihn nicht so gut kennen, für schwul."

„Schwierigkeiten im Umgang mit Frauen kann ich nicht bestätigen. Seit einem Jahr habe ich eine lockere Beziehung zu Ihrem Sohn. Wir unternehmen viel gemeinsam, ich bin gerne mit ihm zusammen. Er ist charmant, gebildet und, was ich besonders an ihm schätze, er hat Zivilcourage."

„Sie sind eine positive Ausnahme, Frau Berner. Mit den meisten seiner Frauenbekanntschaften hatte er Pech. Dies hat bei ihm im Laufe der Jahre zu einem chronischen Misstrauen gegenüber dem anderen Geschlecht geführt."

Die beiden Frauen schwiegen. Dann meinte Frau Tauber aufatmend: „Das war's schon. Sie wundern sich wahrscheinlich, dass ich so intime Dinge angesprochen habe. Aber ich hatte das Gefühl, es wäre gut, wenn Sie das wüssten."

Lisa legte vertrauensvoll ihre Hand auf den Arm von Benedikts Mutter. Die beiden Frauen spürten für ein paar Sekunden eine tiefe Verbundenheit. Dann kam auch schon Benedikt mit dem Kaffee.

Eine Stunde später in der U-Bahn Richtung Innenstadt. Mit Lisa und Benedikt waren nur wenige Fahrgäste im Zug.

„Vielen Dank für den Abend, Benedikt."

„Gerne. Aber fandest du ihn nicht langweilig?"

„Nein, überhaupt nicht. Für mich war es interessant, echte Münchner kennenzulernen und zu erfahren, was die über vegetarische Ernährung denken."

„Da gibt es noch einiges für uns zu tun, Lisa. Viele Menschen haben beträchtliche Wissenslücken und von Änderungen im Essverhalten sind sie noch weit weg."

„Stimmt. Aber von der älteren Generation sollten wir nicht zu viel verlangen. Erinnere dich an die im Workshop erwähnte Konsistenztheorie. Viele ältere Menschen sind nicht mehr so flexibel, daher halten sie an ihren Auffassungen und Einstellungen fest."

„Was können wir daraus lernen? Unsere Bemühungen sollten bei diesen Menschen nicht auf einen totalen Fleischverzicht abzielen sondern auf die Verringerung der ‚Fleischtage', vielleicht statt sechs pro Woche nur noch zwei oder drei."

„Richtig. Klimatechnisch betrachtet bringen zwei halbe Vegetarier genau so viel wie ein ganzer." Lisa freute sich über diese Milchmädchenrechnung, die in diesem Falle sogar stimmte.

Benedikt überlegte, ob man mit weiteren Änderungen im Essverhalten das Klima schonen könnte. „Hast du gewusst, dass bei der Produktion von Bioschweinefleisch vierzig Prozent weniger Treibhausgase entstehen als bei der konventionellen Erzeugung von Schweinefleisch? Daher sollten wir, gerade ältere Menschen – wenn sie unbedingt Fleisch essen wollen – für Biofleisch begeistern."

„Noch günstiger ist das Verhältnis zwischen Biohaltung und konventioneller Tierhaltung beim Rind", meinte Lisa. „Ich habe im ‚Fleischatlas' der Böll-Stiftung und vom BUND gelesen, dass man bei Rindern mit Weidehaltung Fleisch und Milch nahezu klimaneutral erzeugen kann, wenn das Kohlendioxid-Speicherpotential der Weide optimal genutzt wird und die Nährstoffe einen Kreislauf bilden."

Unvermittelt wurde Benedikts Gesicht ernst. „Lisa, was ich dir schon lange sagen wollte, du musst aufpassen, dass deine Aufklärungsgespräche nicht *belehrend* wirken. Das mögen viele Leute nicht."

„Ich weiß, das ist ein Schwachpunkt bei mir. Aber manchmal erscheint mir eine Sache, zum Beispiel eine Ände-rung der Essgewohnheiten, als so dringlich, dass ich meinen Gesprächspartner mit Argumenten und Vorschlägen geradezu überschütte."

„Und der schaltet dann ab, klinkt sich aus und denkt sich: *Diese aufgeregte, arrogante, junge Frau! Die will MIR sagen, wie ICH mich ernähren soll? Die soll mich mal ...*"

„Klar, zu viel Engagement bei einem Gespräch kann kont-raproduktiv sein. Aber ganz ohne Fakten, ganz ohne Beleh-rung, geht es nicht. Denn nur durch neues Wissen gibt es Fortschritt und Verhaltensänderung."

„Weiß ich doch", sagte Benedikt und legte freundschaftlich die Hand auf ihre Schulter. „Die ‚Kunst beim Aufklären' be-steht darin, dem Gegenüber die Fakten so zu präsentieren, dass der meint, die einleuchtende Schlussfolgerung sei seine eigene Erkenntnis."

„Richtig", meinte Lisa. „Ich finde, diese Kunst der Ge-sprächsführung sollten wir im Initiativkreis üben."

Sie schwiegen und schauten auf die Tunnelwand. Plötzlich blickte Benedikt seiner Freundin unsicher in die Augen: „Was hat dir eigentlich meine Mutter erzählt, als ich in der Küche Kaffee kochte?"

„Frauengeschichten."

„Schwindle nicht. Es ging um mich, ich hab es gespürt und deshalb will ich es jetzt wissen. Habt ihr über mein problematisches Verhältnis zum anderen Geschlecht gesprochen?"

„Ja."

„Hat dir meine Mutter auch den Grund für meine Probleme mit Frauen genannt?"

Als Lisa dies verneinte, berichtete er in wenigen Sätzen von seiner Unfähigkeit, Kinder zu zeugen. Seine Eltern hätten es leider versäumt, ihn als Baby gegen Mumps impfen zu lassen. Als er sich dann mit fünfundzwanzig diesen Virus einfing, habe der Arzt die Krankheit nicht erkannt und ihn auf Grippe behandelt. Der Virus habe sich bei ihm ausgebreitet mit schlimmen Folgen: Hodenentzündung und schließlich Unfruchtbarkeit.

„Und da kann man nichts mehr machen?"

„Nein."

Beide schwiegen. Nach einer Weile fuhr er mit monotoner Stimme fuhr: „Ich hatte zusätzlich das Pech, anschließend auf äußerst unsensible Frauen hereinzufallen, die es lustig fanden, über meine Unfruchtbarkeit Witze zu machen. So hat sich bei mir mit der Zeit eine Abneigung gegen Frauen entwickelt."

Nach einer Pause fragte er leise: „Kannst du das ein bisschen verstehen?"

Lisa sagte nichts. Stattdessen legte sie ihren Arm um seine Schulter und schmiegte sich an ihn.

23

Mehr als eine halbe Stunde hatte sich Andreas Draxl bereits an verschiedenen Geräten im Fitnessstudio ‚Munich-fit‘ abgestrampelt. Er schwitzte heftig und hatte einen knallroten Kopf. Der hauseigene Coach, der gelegentlich bei ihm vorbeischaute, riet ihm zur Blutdruck- und Pulsmessung. Wenn sein Blutdruck weiter ansteige und der Puls das Doppelte seines Ruhepulses erreiche, solle er das Training für heute beenden. Fürs erste Mal sei das genug. Andreas nahm dankend diese Ausstiegsklausel an und ging duschen.

Von dem kühlen Wasser erquickt bestellte er sich am Tresen der kleinen Bar ein Weißbier. Die hellblonde Frau im mittleren Alter, die neben ihm saß und ebenfalls ein Weißbier trank, sagte teilnahmsvoll: „Nach so einer Schinderei hat man das verdient, prost!“

„Prost! Hätte nicht gedacht, dass mich das so schlaucht. Aber kein Wunder, wenn man jahrelang nichts tut.“

„Aber früher, da waren Sie schon sportlich unterwegs, oder? Nach Ihrer Figur zu schließen.“

„Jo mei, bis vor neun Jahren hab ich Basketball gespielt.“

„Lassen Sie mich raten, Sie waren der Center in Ihrem Team.“ Die Blondine schaute ihn neugierig an.

„Volltreffer, Sie verstehen offenbar was von diesem Sport."

„Früher war ich oft beim Basketball. Wenn ich Sie so anschaue, meine ich fast, Sie schon auf dem Spielfeld erlebt zu haben. Sagen Sie mir bitte Ihren Namen?"

„Andreas Draxl."

„Ich bin Petra Seidl." Den zweiten Namensteil ‚Wallersleben' verschwieg sie. „Klar, jetzt erkenne ich Sie, ich hab Sie mehrmals live erlebt. Waren Sie nicht ein berüchtigter Dreierwerfer? Was bei einem Center nicht so oft vorkommt?"

„Respekt. Dreier waren meine Spezialität. Meine Trefferquote war ziemlich gut, im Spiel lag sie bei über fünfzig Prozent, im Training sogar bei fast siebzig."

„Ist mein Gedächtnis nicht top?" Frau Seidl hob triumphierend ihr Kinn und sagte leise: „Nun ja, attraktive Männer bleiben bis ans Ende meiner Tage in meinem Gedächtnis."

Draxl errötete. Es war für ihn ungewohnt, von einer gleichaltrigen Frau ein solches Kompliment entgegen zu nehmen. Jetzt müsste er ihr auch etwas Nettes sagen, aber ihm fiel nichts Originelles ein. Obwohl sie ganz passabel aussah. Zwar schon ein paar Fältchen über der Oberlippe und an den Augen, aber die Figur noch absolut top. Etwas mollig zwar, aber wenn er ehrlich war, mochte er das bei Frauen.

Da ihr Nachbar schwieg, hakte Petra Seidl nach: „Und was machen Sie hier in dieser lauen Muckibude? Wollen Sie in Ihrem Sport wieder aktiv werden oder geht es Ihnen vor allem um die Figur?"

„Weder noch. Ich möchte meine Kondition verbessern. Dafür müssen ein paar Kilo runter. Ich hoffe, ich schaffe das mit dieser Schinderei."

„Dann sind Sie öfters hier?"

„Nein, heute ist Premiere. Im Grunde hasse ich diese Fitnessstudios."

„So geht's mir auch. Aber ich hab keine Wahl: Wer als Frau im fortgeschrittenen Alter bei Männern nicht gleich durchs Raster fallen will, muss ständig was für die Figur tun."

„Aber verehrte Frau Seidl, Sie haben doch eine tolle Figur", murmelte er. Kaum hatte er es gesagt, ärgerte er sich schon darüber. Wie konnte er einer wildfremden Frau, die er gerade mal zehn Minuten kannte, so ein plumpes Kompliment machen? Das war nicht sein Stil. Er beeilte sich, seine Bemerkung zu relativieren: „Eine gute Figur ist sicher wichtig, aber kleine Problemzönchen sind doch auch charmant. Sie machen einen so menschlich."

Nun war es an Frau Seidl, ihren Gesprächspartner verdutzt anzusehen. Meinte er damit etwa ihren etwas zu dicken Po oder vielleicht ihre nicht mehr so straffen Oberschenkel? Oder war das nur so dahingeplappert? Sie nahm zu seinen Gunsten das Letztere an. Um das Gespräch wieder in ruhige Bahnen zu lenken, sagte sie: „Warum wollen Sie denn Ihre Kondition verbessern? Haben Sie vor, das Matterhorn zu besteigen?"

„Nicht gerade das Matterhorn. Aber ich will tatsächlich leichter die Berge hochkommen. Vor ein paar Wochen habe ich mit einer Bekannten den Jochberg erwandert, harmlose sechzehnhundert Meter hoch. Das hat vielleicht geschlaucht! Einige Tage danach habe ich gegen dieselbe Dame ein Tennismatch sang- und klanglos verloren, nur weil ich keine Kondition hatte. Sie hat mich von links nach rechts, von hinten nach vorne und zurück gehetzt, bereits nach zehn Minuten war ich völlig aus der Puste."

„Selber schuld, wer sich mit solchen Frauen abgibt!" Sie prostete ihm mit einem Augenaufschlag zu, der ausdrücken sollte, ein gestandener Mann könne doch mit einer Frau angenehmere Dinge machen als Berge erklimmen oder auf dem Tennisplatz hin und her rennen.

In den folgenden Wochen trafen sich Andreas Draxl und Petra Seidl jeden Donnerstag gegen sieben in dem Fitnesscenter. Sie quälten sich gemeinsam, wodurch sich bei ihnen mit der Zeit so etwas wie ein Teamspirit entwickelte. Bald schon besuchten sie zusammen die studioeigene Sauna und Petra war von Draxls Body beeindruckt. Ohne lange zu fackeln, bot sie ihm das ‚Du' an. Ihre Gespräche wurden mit der Zeit themenreicher und auch ernster. Andi erzählte von seiner Tochter, um die er sich wegen ihrer Essstörung Sorgen mache, und Petra berichtete von ihren Eheproblemen und den Scheidungsabsichten ihres Mannes.

Als Andi erwähnte, dass er wegen seiner fehlenden Aufstiegschancen in seiner aktuellen beruflichen Position unzufrieden sei, horchte Petra auf. Noch mehr, als er die Ansicht vertrat, dass er als Journalist mit über vierzig auf dem Arbeitsmarkt kaum noch Chancen habe. Sie erkundigte sich genau über seine berufliche Funktion und fragte, ob er sich auch einen Managerjob in einer anderen Branche zutraue. Als er dies bejahte, jubelte sie innerlich und beschloss, bald ihren Vater aufzusuchen. Sie hatte ihn seit mehreren Monaten nicht mehr gesehen, jetzt gab es einiges zu besprechen.

Außer Petra Seidl traf Andi Draxl in diesen Wochen auch wiederholt Lisa. Doch seine Sympathie für sie kühlte sich allmählich ab. Zum einen konnte es der ehrgeizige Andi nicht verkraften, dass er auch nach Wochen intensiven Tennistrainings mit einem anerkannten Coach es nicht schaffte, Lisa bei den Matches Paroli zu bieten. Zum anderen ärgerte er sich über ihre kritischen Bemerkungen zu seinem Lebensstil. Unverblümt kritisierte sie seinen hohen Fleischkonsum und seine ökologisch inakzeptable Fahrweise. Aber beides, die Lust am schnellen Autofahren und der regelmäßige Verzehr eines saftigen Schweinsbratens gehörten zu seinem bisherigen Leben. Bei diesen Dingen konnte er sich eine Kehrtwende nur schwer vorstellen. Andererseits war ihm klar, dass er durch seine mangelnde Flexibilität es versäumte, bei einer begehrenswerten Frau Pluspunkte zu sammeln.

24

Sophie und Lisa staunten über die vielen Gäste, die sich zur Eröffnung des gemeinnützigen ‚*Repair-Service*' auf dem Hof von Sebastian eingefunden hatten. Selbstverständlich waren fast alle Mitglieder des Initiativkreises da, aber auch der erste Bürgermeister und einige Gemeinderäte von Tutzing, ein paar Leute der örtlichen Gruppe des Bundes Naturschutz und sogar Vertreter eines regionalen Rundfunksenders und der lokalen Presse waren zugegen. Am allerwichtigsten aber war: Zwölf Kunden hatten sich auf den Weg zum Biohof gemacht und hatten ihre defekten Elektrogeräte mitgebracht: Staubsauger, Radio, Föhn, Toaster, Rasierapparat, Lampen, eine elektrische Waage. Aber auch wackelige Stühle, klemmende Schubladen, zu enge Hosen und Jacken wollte man gemeinsam mit den Experten reparieren oder ändern.

In ihrer Begrüßungsansprache nannte Sophie als Zweck dieser Dienstleistung nicht nur das Vermeiden von Müll sondern zugleich das Einsparen von Ressourcen, die man zur Herstellung neuer Geräte, Möbel und Kleidungsstücke benötigen würde. Ihrer Initiative gehe es auch bei diesem Projekt um Nachhaltigkeit, dem Leitbild für eine weitsichtige Entwicklung der Menschheit. Im Sinne der Generationengerechtigkeit müssten wir gemeinsam dafür Sorge tragen, dass auch unsere Enkel und Urenkel eine intakte Umwelt und ein beständiges Klima vorfinden, mit natürlichen Ressourcen sparsam umgehen und in sozialen Standards leben können, die ein friedliches Miteinander ermöglichen. Mit Nachdruck stellte Sophie heraus, dieser Reparaturservice sei keine Konkurrenz für das Handwerk oder andere kommerzielle Dienstleister, sondern eine Hilfe zur Selbsthilfe. Daher lege man großen Wert auf die Anwesenheit der Besitzer der defekten Gegenstände bei der Reparatur. Wenn möglich sollten sie beim Reparieren mithelfen und neue Fertigkeiten erwerben.

Kaum hatte der Bürgermeister in einer kurzen Rede die Aktion des Initiativkreises gewürdigt und der Vertreter der örtlichen Naturschutzgruppe seine Glückwünsche überbracht, durchschnitt Sophie ein weißes Band, das um die Tür der Werkstatt gespannt war. Nun war der Weg frei zu den vier Mitgliedern des Initiativkreises, die bereits in der Werkstatt auf die Menschen mit den defekten Geräten warteten.

Während Sophie dem Reporter des Regionalradios und der lokalen Presse zu den Zielen des Initiativkreises und zur Entstehung dieses Projekts Rede und Antwort stand, krallte sich Lisa den Bürgermeister und die anderen Ehrengäste und lotste sie an einen Tisch unter Sebastians Kastanienbaum. Dort hatte seine Schwiegermutter Kaffee, Tee, Butterbrezen, Semmeln und verschiedene Salate bereitgestellt.

Lisa versprühte eine Überdosis Charme: „Wir freuen uns sehr, lieber Herr Bürgermeister, Sie heute bei uns zu haben. Ich sage es ganz offen: Es macht sich gut bei der Bevölkerung und den Medien, wenn der erste Bürger der Gemeinde hinter einem solchen Projekt steht."

„Ich bin gerne gekommen." Die Bemerkung des fünfzigjährigen Mannes mit dem kräftigen Backenbart klang ehrlich. „Schon lange beobachte ich die Arbeit Ihres Initiativkreises und freue mich über die Kreativität, mit der Sie und Ihre Mitstreiter zu Werke gehen."

Nachdem sich die Ehrengäste mit Kaffee, Tee und etwas Essbarem versorgt hatten, fragte der Chef der GRÜNEN-Ortsgruppe, welches Projekt der Initiativkreis als nächstes beabsichtige und wie dafür die Zeitplanung aussehe.

„Ich spreche nicht gerne über ungelegte Eier", erwiderte Lisa nebulös, denn der Initiativkreis hatte noch nicht über ihre neueste Idee beraten. „Wir haben einiges vor, aber wir sind noch in der Diskussion über das Timing und die Reihenfolge der Maßnahmen."

Schließlich hielt es Lisa doch für angebracht, etwas von ihrer Idee preiszugeben. „Wir denken an eine Aktion, bei der möglichst viele Promis aktiv eingebunden sind, natürlich auch Sie, Herr Bürgermeister." Sie strahlte ihn an und wartete gespannt, was er darauf antworten würde.

„Ich bin dabei, wenn Sie von mir nicht verlangen, dass ich Schillers ‚Glocke' rezitiere oder einen Salto rückwärts mache."

„Das wäre natürlich was für die Fotografen." Lisa lächelte ihn an. „Nein, was wir von den Promis erwarten, ist für sie eher ein Genuss. Aber mehr kann ich dazu im Augenblick nicht sagen."

Nun kam Sebastian Wiesenhuber an den Tisch und begrüßte die hohen Gäste aus dem Rathaus. Der Bürgermeister fragte ihn, wie er denn auf dem Hof zurechtkäme. Sebastian meinte, mit seiner Schwiegermutter, die den Haushalt übernommen habe, und dank des Einsatzes seiner ältesten Tochter Sarah, die mit ihm jeden Tag den Stall mache, könne er die Milchwirtschaft bewältigen. Schwierig werde es, wenn Sarah nach dem Abitur zum Studieren oder zur Ausbildung in die Stadt gehe.

Nachdem die Honoratioren sich verabschiedet hatten, sagte Lisa: „Diesen großartigen Erfolg heute verdankt der Initiativkreis vor allem dir, Sebastian. Du hast nicht nur die Werkstatt bereitgestellt, sondern das Projekt von Anfang an mitgestaltet. Ich sehe mit großer Freude, dass unsere Arbeit in der Öffentlichkeit so gut ankommt." Sie schenkte ihm ihr bezauberndes Lächeln und umarmte ihn fest und lange.

Sebastian war einen Moment perplex, fasste sich dann und flüsterte ihr ins Ohr: „Nichts auf der Welt macht mich glücklicher als dir eine Freude zu bereiten, Lisa."

Zu Beginn des nächsten Treffens des Initiativkreises gab es eine Nachlese zum Workshop. Die meisten Teilnehmer werteten die Veranstaltung als nützlich und anregend, der durch Krankheit ausgefallene Experte wurde nicht vermisst. Dann billigte der Initiativkreis die von einer Arbeitsgruppe erstellte Auflistung der wichtigsten Fakten, Argumente und Motive für einen Fleischverzicht und stimmte einer baldigen Veröffentlichung auf der Homepage zu. Der Erfahrungsbericht über die positiven Auswirkungen einer Mitarbeit im Initiativkreis auf das persönliche Lebensgefühl und Wohlbefinden wurde sehr gelobt. Besonders gefielen die im Bericht enthaltenen persönlichen Statements. Sabine bekannte dort, dass die Einsamkeit des älteren Singles, die sie in ihrer Freizeit bisweilen empfunden habe, seit ihrer Mitarbeit im Initiativkreis für sie ein Fremdwort geworden sei. Beim Planen, Konzipieren und Realisieren der Aktionen habe sie viel Freude, weil sie dabei auch eigene Ideen einbringen könne. Und Robert Ponto berichtete in seinem Beitrag offen von seiner Sorge, dass er nach Eintritt in den Ruhestand in ein Loch fallen und sich überflüssig fühlen könnte. Dieser Pensionierungsschock sei bei ihm ausgeblieben, denn die Mitarbeit hier im Initiativkreis bestätige ihm seinen gesellschaftlichen Wert. Es mache ihm Freude, sich mit Menschen, die deutlich jünger als er seien und ihn dennoch respektierten, für eine intakte Umwelt der kommenden Generationen einzusetzen.

Sophie eröffnete dann die Diskussion über die nächsten Aktionen des Kreises und bat um Wortmeldungen.

„Ich fände es gut", begann Lisa, „wenn wir in einer medienwirksamen, öffentlichen Aktion unter Beteiligung von Prominenten für eine fleischlose Ernährung werben würden."

„Wie stellst du dir das vor?"

„Mir schwebt ein vegetarisches oder veganes Essen vor, eine öffentliche Tafel mit Promis, insgesamt fünfzig bis sechzig Personen. Jeder zahlt einen bestimmten Obolus, sagen wir mal hundert Euro pro Person. Doch wichtiger als die Einnahmen wäre der in der Öffentlichkeit durch die Promis erzielte Imagegewinn für fleischlose Ernährung. Meine Idee schließt an Sabines Gedankenexperiment beim Workshop an.

Bei der Zeitungsanzeige der Promis ging es vorrangig darum, in der Bevölkerung für fleischarmes Essen zu werben."

„Spannende Idee. So ein Charity-Essen mit Promis könnte die Medien, und zwar auch überregionale, interessieren." Robert nickte Lisa anerkennend zu.

„Vielleicht gelingt es uns, einen bekannten Sternekoch zu engagieren", warf Sarah ein.

„Guter Hinweis, Sarah!" Sophie war begeistert. „Also, wer einen Spitzenkoch in der Verwandtschaft hat oder mit ihm die Schulbank drückte, soll sich jetzt sofort melden."

Alle schmunzelten und schwiegen.

Thomas Hoss unterbrach die Stille. „Ich hab eine Idee. Wie ihr wisst, sind meine Frau und ich aktive Mitglieder beim *VEBU*, dem *Vegetarierbund Deutschland*."

„Schön für euch, aber hilft uns das beim Verpflichten eines Starkoches?" Sabines Nerven waren angespannt.

„Ich denke schon." Thomas hielt inne und registrierte die Wirkung der Folterschrauben, die er bei seinen Zuhörern gerade anzog. „Die Sache ist die", fuhr er umständlich fort, „soweit ich weiß, hat der VEBU einen Promikoch an der Hand, der regelmäßig auf Messen und Großveranstaltungen vegane oder vegetarische Kochshows macht."

„Das hört sich gut an", raunte Sophie. „Weißt du vielleicht auch, was so ein Spitzenkoch für einen Abend verlangt?"

Thomas wusste es nicht, meinte aber, es sei für ihn kein Problem, es herauszubekommen.

Beifall für den Vorschlag von Thomas. Nur mühsam verschaffte sich Bettina Mandl Gehör. „Auch mein Helmut und ich können da weiterhelfen. Wir sind beide bei der *Slow Food*-Bewegung und bestimmt hat *Slow Food* einen guten Draht zu Sterneköchen."

Nach Sophies Hinweis, dass nicht alle diese Organisation kennen würden, holte Helmut tief Luft: „*Slow Food* wurde vom Italiener Petrini in den achtziger Jahren des letzten Jahrhunderts als Gegenbewegung zur globalen Fast-Food-Welle gegründet. Heute hat der Verein in Deutschland mehr als 13.000 Mitglieder. Sein Hauptziel ist eine nachhaltige, umweltfreundliche und faire Produktion von Lebensmitteln."

„Und die Bewahrung lokaler Traditionen und der Schutz des kulinarischen Erbes", ergänzte seine Frau.

Alexander schlug vor, über das Veggie-Essen einen Videofilm zu drehen und ihn anschließend ins Netz zu stellen. Erregte Äußerungen, alle sprachen wild durcheinander. Offensichtlich gab es gegensätzliche Meinungen.

Sophie bat um Ruhe. „Zunächst danke ich meinem Lieblingsenkel für seine interessante Idee. Die Reichweite eines solchen Videos wäre zweifellos enorm. Aber ich sehe, es gibt Bedenken zu dem Vorschlag."

„Ja, ich habe Bauchschmerzen." Sabine machte ein sorgenvolles Gesicht. „Ich vermute, der eine oder andere prominente Teilnehmer wäre sauer, wenn er oder sie sich plötzlich im Internet wiederfände. Er würde seine Persönlichkeitsrechte verletzt sehen."

„Aber Leute, da gibt's doch eine simple Lösung", bemerkte Sebastian. „Indem wir einfach auf das Ticket schreiben, dass sich jeder Teilnehmer an der Veranstaltung mit Videoaufnahmen während des Essens einverstanden erklärt."

„Das ist die Lösung." Lisa klatschte begeistert in die Hände. „Um die Sache wasserdicht zu machen, könnte Sophie bei ihrer Begrüßungsansprache nochmals auf die beabsichtigten Videoaufnahmen hinweisen. Man könnte dann die Teilnehmer, die nicht gefilmt werden wollen, an einen separaten Tisch setzen, der nicht ins Bild kommt."

„So könnte es funktionieren." Sabine zeigte sich zufrieden und auch andere signalisierten Zustimmung.

„Über eines müssen wir noch reden." Jochen hielt inne, bis sich die Unruhe in der Gruppe gelegt hatte. „Wir sind uns einig, dass unter den Gästen Prominente sein sollten. Aber wie kommen wir an diese Leute ran?"

Robert schaltete sich ein. „Lokale Größen können wir wahrscheinlich leicht gewinnen. Aber wichtiger für die Sympathiewerbung für fleischarme Kost sind bundesweit bekannte Promis beiderlei Geschlechts – Schauspieler, Sportler, Fernsehmoderatoren, Ärzte, Musiker, Schriftsteller, Politiker, Unternehmer."

„Da kann uns bestimmt *der VEBU* helfen, dort sind viele berühmte Zeitgenossen Mitglied." Ulrike sagte dies mit erkennbarem Stolz und ihr Mann Thomas nickte.

Bei dieser Sachlage hielt es Sophie für angebracht, den *VEBU* als Mitveranstalter mit ins Boot zu nehmen.

Thomas und Ulrike erhielten den Auftrag, beim *VEBU* einen geeigneten Ansprechpartner für Lisa ausfindig zu machen. Die andern Mitglieder des Initiativkreises konnten sich zunächst zurücklehnen und in Ruhe darüber nachdenken, welcher VIP bei ihm oder ihr ‚um die Ecke' wohnt.

Alles schien in trockenen Tüchern, da meldete sich mit

rotem Kopf Kai Schubert. „Ich halte dieses Charity-Essen für eine total bescheuerte Aktion. Nach dem Workshop hoffte ich auf etwas Spektakuläres, das auch junge Leute anmacht. Jetzt kommt ein Veggie-Essen heraus, bei dem sich stinkreiche, egomane Wichtigtuer ihren fetten Wohlstandsbauch mit Grünzeug vollschlagen! Ich fass es nicht."

„Keine Sorge, Kai", meinte Sophie ruhig, „wir kommen auf die spektakuläre Aktion zurück. Aber zunächst werden wir uns auf das Veggie-Essen mit Promis konzentrieren."

25

Obwohl in wenigen Wochen sein 77. Geburtstag bevorstand, hielt sich Gustav Seidl an allen Werktagen und manchmal sogar am Wochenende in seinem Unternehmen auf, einer kultigen Privatbrauerei in einer Kreisstadt im Voralpenland. Er war so stark am Tagesgeschäft beteiligt, weil er dem Geschäftsführer seiner Brauerei mit Ausnahme der Buchhaltung nicht viel zutraute. Überdies fühlte sich Seidl in seiner Villa am Südostufer des Starnberger Sees seit der Trennung von seiner zweiten Frau allein und verlassen.

Petra Seidl-Wallersleben kannte die Arbeitswut ihres Vaters und war daher nicht überrascht, als sie ihn an einem Samstag im Oktober in seiner Brauerei antraf. Seidl begrüßte herzlich seine Tochter, die seit dem Tod ihres Bruders vor zwanzig Jahren bei einer Klettertour im Hochgebirge sein einziger direkter Nachkomme war.

Nachdem Seidl seiner Tochter versichert hatte, dass seine eiserne Gesundheit ihn weiter fest im Griff habe und er sich pumplgsund fühle, rückte Petra Seidl mit einer brisanten Neuigkeit heraus. Sie habe jetzt die kompetente Führungskraft an der Angel, die er schon lange suche und die ihn als zweiter Geschäftsführer im Bereich Marketing und Vertrieb entlasten könne.

Der Alte schaute seine Tochter ungläubig an und meinte, Führungspersönlichkeiten dieses Kalibers seien rar, außerdem müsse das ‚Mannsbild' auch ihr gefallen. Denn in ein paar Jahren solle sie in der Gesellschafterversammlung auf seinem Sessel Platz nehmen und dann zusammen mit diesem Mann die Firma leiten. Das ginge am besten, wenn sie mit ihm fest liiert wäre.

Die Tochter ließ sich von diesem Einwand ihres Vaters nicht beeindrucken. Sie berichtete, dass sie den fraglichen Herrn vor ein paar Wochen in einem Fitnessstudio in München getroffen habe. Er heiße Andreas Draxl, leite derzeit die Presse- und PR-Abteilung eines großen Münchner Fleischunternehmens, sei zweiundvierzig und sehe blendend aus. Ein blonder Riese, zwei Meter groß, früher aktiver Basketballer in einem Bundesligateam. Und was besonders erfreulich sei: er stamme aus Murnau, sei also ein waschechter Bayer.

Seidl überlegte. Petra besaß Menschenkenntnis, diese Begabung hatte sie von ihm. Wenn sie daher diesen Mann für geeignet hielt, seine Brauerei zu leiten, musste er das ernst nehmen. Offensichtlich war Petra von ihm fasziniert, das konnte man ihr ansehen. Das war wichtig, denn dann bestand die Chance, dass sie ihren sprunghaften Lebenswandel aufgab. Aber Seidl bezweifelte, dass die fachliche Qualifikation des Aspiranten für die Führung seiner Brauerei ausreichte.

Petra schien seine Gedanken erraten zu haben. Sie beeilte sich, die Fähigkeiten und Talente des Andreas Draxl ins rechte Licht zu rücken. Er sei gelernter Journalist und habe eine renommierte Journalistenschule besucht. Während seiner zwölfjährigen Tätigkeit in seinem jetzigen Unternehmen habe er eine hochkarätige Fortbildung in *Marketing & Vertrieb* absolviert. Derzeit pauke er in einem Fernstudium die monetäre Seite der Betriebsführung, also Rechnungswesen, Finanzplanung, Investitionsrechnung und ähnliches.

Auf die Frage des Vaters, ob Draxl etwas vom Bierbrauen verstehe, musste Petra passen. Sie wisse nur, dass er gerne Bier trinke, vor allem Weißbier.

Der alte Seidl grinste. Er musste sich aber stillschweigend eingestehen, dass auch sein gegenwärtig einziger Geschäftsführer, der für die Finanzen zuständig war, vom Bierbrauen nicht mehr Ahnung hatte als ein Analphabet vom kategorischen Imperativ. Das war nicht weiter schlimm, denn für die Produktion gab es den Braumeister Ederer, der mit seiner kleinen Mannschaft ständig neue Kreationen aus dem Fass zauberte. Seidl wollte dann noch von seiner Tochter wissen, wie denn er mit Draxl klarkommen werde.

Sie zeigte den Siegerdaumen, um damit ihre Überzeugung auszudrücken, dass sie in dieser Hinsicht nicht den geringsten Zweifel habe. Andi könne sich gut auf andere Leute einstellen, habe Menschenkenntnis und Verhandlungsgeschick. Außerdem sei er gescheit, fleißig und ehrgeizig. Das einzige, was ihm vielleicht für den Job in der Brauerei fehle, seien Hinterfotzigkeit und eine Spur Gerissenheit.

Seidl lachte genüsslich und meinte, das werde er ihm schon beibringen. Aber zunächst müsse klar sein, dass er seine jetzige Firma verlassen wolle.

Petra erläuterte ihrem Vater, dass Andi dort keine Aufstiegschancen sehe, sich daher fachlich weiterbilde, um bei einer Bewerbung besser dazustehen. Allerdings habe sie Andi noch nichts von der Stelle in der Brauerei erzählt, da sie erst mit ihm, dem Patron der Firma, darüber sprechen wollte.

Der Alte sah seine Tochter lange prüfend an und fragte, ob sie sich vorstellen könne, sein ‚Weibl' zu werden.

Als Petra dies errötend bejahte, kam ihr Vater auf Alexander, seinen Enkel, zu sprechen. Man müsse auch bedenken, was der dazu sage und ob er sich mit Draxl vertragen werde.

Da sei sie sich absolut sicher; Andi sei jemand, zu dem man aufschaue. Er könne für Alex ein Vorbild sein.

Und was wäre, wenn Max sich querstelle und die Scheidung verweigere?

Das werde ganz bestimmt nicht passieren, denn Max habe sie vor ein paar Monaten um die Scheidung gebeten.

Seidls Gesicht lief rot an und der Patriarch schlug zornig mit der Faust auf den Tisch, dass die Schreibutensilien tanzten. Wie konnte es dieser dahergelaufene Winkeladvokat wagen, ohne seine Zustimmung an eine Trennung von seiner Tochter zu denken?

Der Alte beruhigte sich schnell, als seine Tochter ihm klarmachte, dass Maxens Wunsch einer baldigen Scheidung bei dieser Sachlage für sie von Vorteil sei. Wenn Andi nur in einer Ehe mit ihr zusammenleben wolle, dann sei es doch günstig, wenn ihr Nochgatte rasch das Weite suche.

Stolz blickte der alte Seidl auf seine schlaue Tochter. Er gab ihr grünes Licht, Draxl von der freien Führungsposition in seiner Brauerei zu berichten und ihm eine schriftliche Bewerbung nahe zu legen. Wenn Andis Papierform nur halb so gut sei wie ihre Beschreibung, werde er ihn schon bald zu einem Vieraugengespräch empfangen und anschließend zügig eine Entscheidung treffen.

Petra stand auf, ging um den riesigen Schreibtisch herum und drückte ihrem Vater ein Busserl auf die Backe, wobei sie ein „Vergelt's Gott, lieber Papa" hauchte.

Wenige Tage später traf Petra im Fitnessstudio, wo sie zweimal pro Woche trainierte, Andi Draxl. Beim gemeinsamen Bier an der Theke informierte sie ihn über den geheimnisvollen Job, von dem sie bereits früher andeutungsweise gesprochen hatte. Andi war irritiert von dieser beruflichen Chance, die sich plötzlich vor ihm auftat. Allmählich fing er sich und stellte eine Reihe von Fragen zu den Eigentumsverhältnissen, zur Firmenstruktur, zu den Kompetenzen der neuen Stelle und zu den anderen Führungskräften. Petra versuchte seine Fragen wahrheitsgemäß zu beantworten. Sie wand sich allerdings ein wenig, als Andi das sensible Thema ansprach, wie denn ihr Vater als Hauptgesellschafter mit den Führungskräften umgehe und ob er überhaupt jemanden neben sich dulde. Auch die private Nebenbedingung, die stillschweigend mit der Anstellung als zweiter Geschäftsführer verknüpft war, erwähnte Petra nicht.

So kam es, dass Andreas Draxl zum Zeitpunkt seiner schriftlichen Bewerbung, die er wenige Tage danach an die GUSTLANER-Brauerei, zu Händen des Vorsitzenden der Gesellschafterversammlung, Herrn Gustav Seidl, absandte, über diese diskrete Nebenbedingung nicht im Bilde war. Zu diesem Zeitpunkt war ihm nicht bewusst, was die Seidls von dem neuen Geschäftsführer privat erwarteten: Als Ehegatte von Petra gemeinsam mit ihr die Firma zu führen, um den Verbleib des Unternehmens im Seidlschen Familienbesitz zu sichern.

Regelmäßig telefonierten Lisa und ihr Großonkel Wilhelm miteinander oder tauschten Mails aus. So war der Großonkel immer auf dem Laufenden über die Aktivitäten von Lisa, Sophie und des Tutzinger Initiativkreises. Die Idee mit dem Charity-Veggie-Essen mit Promis fand Wilhelm eine großartige Idee, breite Bevölkerungskreise auf fleischloses Essen und seine positiven Auswirkungen aufmerksam zu machen, vorausgesetzt das Video werde ein Volltreffer und die Medien berichteten über das Ereignis. Dies setze wiederum voraus, dass populäre und bundesweit bekannte Prominente an dem Essen teilnähmen und auch bereit seien, zu den Motiven ihrer Teilnahme ein Interview zu geben.

Wilhelm Berner, der in seiner aktiven Zeit ein bekannter Wirtschaftswissenschaftler gewesen war und mehr als fünfzehn Jahre den Lehrstuhl der Uni Frankfurt innehatte, wollte unbedingt mit seiner Frau bei dem Essen dabei sein. Er war auch bereit, ein Interview zu den günstigen Auswirkungen eines reduzierten Fleischkonsums auf die globale Ernährungslage zu geben. Zunächst wolle er in seiner wissenschaftlichen Disziplin die führenden Köpfe ansprechen und versuchen, sie für eine Teilnahme am Essen zu gewinnen.

26

Sie hatten sich an diesem strahlenden Sonntag im Oktober vorgenommen, den idyllischen Staffelsee zu Fuß zu umrunden. Genauer gesagt waren Sophie, Robert, Lisa und Max gegen Mittag am Bahnhof von Murnau gestartet, um am Südwestufer des Sees entlang bis nach Uffing zu wandern.

Max wollte seinen Mitwanderern den Biergarten zeigen, den er für den schönsten von Oberbayern hielt. Vor allem aber hatte er vor, ihnen etwas mitzuteilen, das sie vermutlich sprachlos machen würde.

Während sich die Vier auf dem schattigen Weg am Südufer des Sees mit Blick auf die Insel Wörth zügig vorwärts bewegten, fragte Max eher beiläufig nach dem Stand des geplanten Charity-Essens.

„Seit ein paar Tagen ist die Sache definitiv auf dem richtigen Gleis. Mithilfe des VEBU haben wir einen Starkoch verpflichtet, der selbst Vegetarier ist." Sophie sagte dies mit einer gehörigen Prise Stolz.

„Meine Gratulation, verehrte Mama, wie hast du das bloß hingekriegt?"

„Der Vorsitzende des VEBU hat dabei vermittelt."

„Aber auch ein Starkoch kann doch so ein Essen nicht alleine stemmen?" Maxens Frage war rhetorischer Natur.

„Stimmt, wir brauchen eine Menge Leute", sagte Sophie. „Beiköche, Küchenhilfen, Serviererinnen, Musiker, die mit dezenter alpenländischer Musik das Essen begleiten. Außerdem Leute, die für das Video mit Promis Interviews machen. Glücklicherweise haben wir den VEBU als Mitveranstalter.

„Gibt's schon einen Termin?"

„Der Freitagabend vor dem zweiten Advent. Und das glanzvolle Ereignis findet im Gasthof *Tutzinger Hof* statt, wo unser Initiativkreis seine Treffen abhält. Jedoch im großen Festsaal."

„Wie steht's mit den Promis, die das Highlight der Veranstaltung sein sollen?" Max bohrte hartnäckig weiter.

„Da sind wir erst am Anfang. Wir hoffen auf die Unterstützung durch den Vegetarierbund, bei dem prominente Zeitgenossen Mitglied sind." Lisa versuchte, eine zuversichtliche Miene zu machen.

Inzwischen hatten die vier Wanderer das südwestliche Ende des Sees erreicht und der bequeme Waldweg ging in einen schmalen Pfad über, der durch feuchte Wiesen und Moor führte. Da es in den letzten Tagen stark geregnet hatte, waren riesige Pfützen auf dem Weg, die man durchwaten musste. Doch schon nach einem halben Kilometer wurde der Weg wieder breit und trocken. Robert zeigte auf die Herbstzeitlosen, die in den Wiesen blasslila blühten und wegen der Ähnlichkeit mit den Krokussen bei manchen Betrachtern Frühlingsgefühle weckten.

Die wunderschöne Landschaft beeindruckte die Wanderer und ließ sie einige Zeit schweigend nebeneinander hergehen. Dann räusperte sich Max: „Sorry, dass ich nochmals auf das Charity-Essen zurückkomme. Ich hätte noch eine Frage, die seit zehn Minuten mein Hirn blockiert."

„Spuck sie aus, mein Sohn. Selbst wenn es eine dämliche Frage sein sollte, werden wir dir nicht den Kopf abreißen." Sophie boxte ihm freundschaftlich in die Rippen.

„Ich frag mich", Max presste die Lippen zusammen, bevor er weitersprach, „was versprecht ihr euch eigentlich von diesem Veggie-Essen? Der zeitliche Aufwand für die Aktion, allein für die Vorbereitung, ist gigantisch. Und die Kosten sind auch sehr hoch und werden durch die Teilnahmegebühren bei weitem nicht gedeckt. Wenn aber einem riesigen Aufwand lediglich ein bescheidener Ertrag gegenübersteht, dann lohnt sich doch das Ganze nicht." Max schaute seine drei Begleiter mit gerunzelter Stirn an.

Die Frauen warfen sich einen Blick zu, der Ernüchterung, bei Lisa sogar Enttäuschung verriet. „Willst du lieber antworten, Sophie?"

„Einverstanden. Mensch Max, hast du denn bei unserem Workshop gepennt?" Sophie machte eine Pause, als ob sie überlegen würde, wie man einem Kind einen komplexen Sachverhalt erklärt.

„Lass es mich machen", schaltete sich Robert ein. „Mit deinem Hinweis auf den hohen zeitlichen und finanziellen Aufwand hast du sicher recht, lieber Max. Aber zum Ertrag, also zu den Auswirkungen des Events auf die fleischessenden Zeitgenossen, können wir nur Vermutungen anstellen."

„Richtig, und da bin ich zuversichtlich." Lisas Stimme klang selbstbewusst. „Im Workshop haben wir gehört, dass sich viele Menschen bei komplexen Entscheidungen, also bei Entscheidungen mit vielen Einflussgrößen und sich widersprechenden Argumenten, gerne an anderen Menschen orientieren, die in einer ähnlichen Situation bereits diese Entscheidung getroffen haben. Auf Fleisch zu verzichten, ist eine komplexe Entscheidung. Viele Argumente sprechen dafür, andere dagegen. Wenn nun prominente Menschen bei so einem Veggie-Essen öffentlich bekennen, wie sie sich in dieser schwierigen Frage entschieden haben, dann ..."

„Dann, so hoffen wir", ergänzte Sophie, „werden sich viele Mitmenschen, wenn sie selbstkritisch über ihre Ernährungsweise nachdenken, an diese ‚Vorbilder' erinnern und sich ebenfalls entschließen, fleischarm zu leben."

„Und aus diesem Grund sind die Promis so wahnsinnig wichtig", meinte Lisa lapidar.

Sophie, Lisa und Robert schauten gespannt auf Max und versuchten aus seiner Mimik zu ergründen, ob er ihre Argumente für plausibel hielt. Er blickte missmutig vor sich hin und schien das Gesagte für kein überzeugendes Plädoyer zu halten. Aber er entgegnete nichts, denn er wollte sich von seiner Mutter nicht ein weiteres Mal vorwerfen lassen, er habe beim Workshop geschlafen.

Sie unterhielten sich über die Haufenwolken, die sich im Westen bildeten, und überlegten, wie weit es noch bis zum Biergarten in Uffing sein könnte. Nur Max war den Weg schon gegangen, aber das war einige Jahre her. Da sie jetzt etwa zwei Stunden unterwegs waren, müssten sie – so seine überschlägige Rechnung – den Rest bequem in einer Stunde schaffen.

Als wenig später in der Ferne die Kirche von Uffing auftauchte, hielt es Max für angebracht, seinen Wandergenossen die Neuigkeit mitzuteilen. „Ich wollte euch noch etwas sagen, das euch vermutlich interessiert. In Kürze werde ich aus unserem Haus am Starnberger See ausziehen. Petra und ich wollen uns trennen."

Alle blieben abrupt stehen, bildeten einen Kreis um Max und starrten ihn ungläubig an.

„Ist das jetzt ein schlechter Scherz?" Sophies Stimme war brüchig und schwach.

„Nein, es ist Realität", stellte Max emotionslos fest. „Petra hat mir vor ein paar Tagen beim Frühstück gesagt, sie willige jetzt in eine Scheidung ein, sie wünsche sie sogar möglichst rasch."

„Waaas?" Diesen langgezogenen Ausruf stießen Sophie und Lisa fast gleichzeitig aus und ihre Gesichter zeigten eine Mischung aus Erstaunen, Freude und Zweifel.

Lisa spürte, wie etwas ihr Herz abschnürte und es einige Schläge aussetzte. Die wunderschöne Landschaft ringsherum nahm sie plötzlich nur noch verschwommen wahr. Doch als Sophie ihren Sohn mit bebender Stimme fragte, wie es zu diesem Meinungswandel bei ihrer Schwiegertochter gekommen sei, war sie wieder hellwach.

„Das ist mir auch ein Rätsel. Sie sagte mir nur, sie habe einen tollen Mann kennengelernt und sich in ihn verliebt und er in sie. Einen hochrangigen Manager aus einem bekannten

Konzern in München, der bereit sei, in die Geschäftsführung der Seidlschen Brauerei einzutreten."

„Heißt das, der alte Seidl stimmt dieser Rochade zu?" Sophie wagte nicht zu atmen.

„Ja, er hat wohl mit dem Aspiranten bereits ein Gespräch unter vier Augen geführt und ihm anschließend einen lukrativen Fünfjahresvertrag angeboten. Petra sagte mir, der Mann habe das Angebot angenommen."

Nun drohte Sophie das Gleichgewicht zu verlieren und zu fallen. Glücklicherweise bemerkte es Robert rechtzeitig und fing sie auf. Sophie stürzte in Lisas Arme und brach in ein herzzerreißendes Schluchzen aus. Auch Lisa begann zu weinen, aber eher still und leise, während Robert dem verdutzt dreinschauenden Max kräftig auf die Schulter klopfte und ihn zu seiner Entlassung aus dem Ehegefängnis beglückwünschte.

Als Sophie sich wieder im Griff hatte, rief sie euphorisch: „Das müssen wir feiern, das müssen wir feiern, hoffentlich gibt's im Biergarten einen guten Champagner."

Die vier Wanderer erhöhten nun ihr Tempo und ohne weiter miteinander zu sprechen, erreichten sie bald den Biergarten ‚Alpenblick' in Uffing. Es gab dort keinen Champagner, aber im Restaurant im ersten Stock bekamen sie den gewünschten Schaumwein, dazu ein vorzügliches Abendessen. Sophie, Lisa und Robert aßen etwas Vegetarisches, während Max eine Staffelseerenke mit Petersilienkartoffeln bestellte. War es der nach übereinstimmender Ansicht exzellente Champagner oder Maxens erfreuliche Nachricht, die Sophie in eine Hochstimmung versetzte, wie sie Robert bei ihr noch nie erlebt hatte?

Einige Stunden später saß Lisa im Regionalzug nach München, nachdem Max sie am Tutzinger Bahnhof abgesetzt hatte. Was für eine Neuigkeit! Maxens bevorstehende Trennung von seiner Frau konnte auch Lisas Leben fundamental verändern. Und Sophies überschwängliche Reaktion auf diese unerwartete Wende zeigte, wie sehr ihre Freundin immer noch auf eine neue Verbindung zwischen ihr und Max hoffte.

Sophie ahnte nicht, dass Lisa seit einiger Zeit ernsthaft daran zweifelte, ob sie mit Max einen Neustart wagen sollte. Zu sehr hatten sich die beiden in den letzten zehn Jahren auseinander entwickelt. Würde sie mit einem Partner zusammen leben können, der nicht ihre Sicht auf die Welt teilte? Der stur und eigensinnig die Notwendigkeit einer bescheidenen und nachhaltigen Lebensweise bestritt? Lisa spürte, wie sich bei diesem Gedanken ihr Herz zusammenkrampfte. Sie fühlte sich dabei rat- und mutlos.

27

Die Tanzveranstaltung am Abend des Erntedankfestes im großen Saal des Gasthauses *Tutzinger Hof* war gut besucht. Sebastian hatte Sophie, Lisa, Robert und Alexander eingeladen, als seine Gäste daran teilzunehmen und sie hatten gerne zugesagt. Auch Alexander, der Sebastians Tochter Sarah seit Wochen mit einer hartnäckigen Schüchternheit anhimmelte, war gekommen.

Die zwanzigköpfige Blaskapelle spielte so laut auf, als wäre sie die ,Trompeten von Jericho'. Gegen neun Uhr übernahm eine Tanzlmusi die musikalische Unterhaltung. Rasch füllte sich die Tanzfläche und auf einmal tanzten Robert mit Sophie und Sebastian mit Lisa, die in Sophies Dirndl sehr fesch aussah. Nur Alexander unterließ es, Sarah zum Tanz aufzufordern, denn er konnte nicht tanzen und zudem wagte er es nicht, der wunderschönen Sarah zu nahe zu kommen. Stattdessen zog er es vor, sie aus sicherer Entfernung über den Tisch hinweg anzuschmachten.

Einige Tänze später, als der Bürgermeister gerade Sophie aufgefordert hatte und er sie gekonnt über die volle Tanzfläche bugsierte, nutzte Robert die Chance und bat Lisa um einen Tanz. Und als Sarah schließlich die Initiative ergriff und

Alexander ohne weiter darüber zu diskutieren auf die Tanzfläche zerrte, war ihr Vater plötzlich verschwunden.

Etwa zehn Minuten später spielte die Band unvermittelt einen Tusch und der Klarinettist, offensichtlich der Kopf der Gruppe, sprach sichtlich bewegt ins Mikrofon: „Liebe Gäste, liebe Tutzinger Mitbürger, ich habe die große Freude, euch jetzt eine musikalische Sensation ankündigen zu dürfen. Heute Abend kehrt der verlorene Sohn unserer Musikgruppe zurück! Ein jahrelanges Mitglied unserer Tanzlmusi, das unsere Musik in der Vergangenheit maßgeblich geprägt hat, ist wieder da und – was besonders toll ist – er hat sein Instrument gleich mitgebracht. Hier ist, nach über vierjähriger Pause, in der wir alle ihn sehr vermisst haben, hier ist ... unser *Hubert von Tutzing*.“

Während die Band nochmals einen Tusch schmetterte, stürmte Sebastian Wiesenhuber auf seiner Ziehharmonika spielend auf die Bühne, die anderen Musiker stimmten in die Melodie ein und gemeinsam intonierten sie den alten Schlager von Udo Jürgens ‚*Und immer wieder geht die Sonne auf*'. Die Leute sprangen von ihren Bänken auf und klatschten begeistert in die Hände. Einige Frauen hatten Tränen in den Augen, denn sie erinnerten sich an den Grund für Sebastians mehrjährige Abstinenz.

Lisa, Sophie und Robert starrten mit großen Augen ungläubig auf die Bühne. Was für eine Überraschung! Der schüchterne Sebastian als umjubelter Rückkehrer auf einer öffentlichen Bühne! Keiner von ihnen wusste von seiner Virtuosität auf der Ziehharmonika und von seiner Idee, sein Comeback gerade an diesem Abend zu feiern.

Still und ergriffen saß Lisa an ihrem Tisch, mit flachem Atem und rasendem Puls, und ihr Blick war – wie von einem Magier gelenkt - auf die Bühne gerichtet, wo dieser drahtige, schlanke Mann mit flinken Fingern seinem Instrument wunderbare Akkorde entlockte. Etwas später sang Sebastian sogar noch einige Lieder und es klang ziemlich professionell. Als er den Elvis-Song ‚*You are always on my mind*' anstimmte, hatte er seinen Blick unentwegt auf die große, dunkelhaarige Frau am zweiten Tisch gerichtet, die gerade einem Mann einen Tanz verweigerte, um sich ganz auf das unfassbare Ereignis auf der Bühne konzentrieren zu können.

Was Lisa Berner in diesem Augenblick widerfuhr, war eine lupenreine Liebeserklärung. Sie spürte es mit jeder Faser ihres Körpers. Alles, was Sebastian im Alltag nicht in Worte fassen konnte – seine Zuneigung, sein Begehren, die Glücksgefühle, wenn sie in seiner Nähe war, aber auch seine Zweifel und Ängste, von ihr zurückgewiesen zu werden – all das legte er in diesen Elvis-Song. Lisa vergaß alles um sich herum, sie hörte nur noch die Stimme dieses lieben Menschen, der gerade seine Ziehharmonika sprechen ließ. Sie hörte seine warme, von Sympathie und Zuneigung erfüllte Stimme und sie konnte ihre Tränen nicht unterdrücken. Zum Glück war Sophie wieder mit dem Bürgermeister auf der Tanzfläche. Nur Robert, der ihr gegenüber saß, bemerkte ihre Gefühlsregung und nickte ihr diskret zu.

Von der Tanzfläche aus beobachteten Alexander und Sarah Sebastians Auftritt. „Dein Vater ist ja gerade mächtig am Baggern." Alexanders Tonfall ließ erkennen, dass er Sebastians Werben peinlich fand.

Sarah löste sich verärgert von ihm, trat einen Schritt zurück, blickte zur Bühne und flüsterte gedankenverloren: „Was hier gerade abgeht, berührt mich sehr."

„Mal ohne Schmus, mal ganz cool betrachtet, das kann doch dein Vater nicht ernsthaft glauben." Alexanders arrogant klingender Kommentar irritierte Sarah noch mehr.

„Was kann er nicht ernsthaft glauben?", fragte sie gereizt.

„Dass Lisa den Rest ihres Lebens auf einem Bauernhof verbringen will. Für so naiv halte ich sie nicht."

„Vielleicht doch. Zumindest weiß ich, dass die beiden sich sehr, sehr gut verstehen. Und nicht nur mein Vater, sondern die ganze Familie Wiesenhuber findet Lisa großartig. Sie ist ein wunderbarer Mensch."

„Klaro, hundertprozentig. Mir ist es sowieso ein Rätsel, warum so eine Spitzenfrau nicht schon längst unter der Haube ist."

„Was soll denn dieser blöde Spruch, Alexander? So kenn ich dich gar nicht." Nach einer Pause fügte Sarah nachdenkliche hinzu: „Mein Vater erwähnte mal, sie habe mit Männern viel Pech gehabt. Was ich dich übrigens immer schon fragen wollte: Wie kommt dein Stiefvater dazu, mit Lisa so umzuspringen, als hätte er ein ‚Anrecht' auf sie?" Sarah sah Alexander verärgert an.

„Nun, die kennen sich halt schon ewig. Meine Großmama, Max und Lisa haben schon vor zwanzig Jahren in Bonn zusammen Tennis gespielt."

„Ich wette, dein Stiefvater hat bei Lisa keine Chance."

„Wie kommst du auf so einen Schmarrn, Sarah?"

„Man braucht nur genau hinschauen und's Hirnkastl einschalten. Max lebt aufwändig, fast verschwenderisch. Dagegen ist Lisas Lebensstil nachhaltig und sparsam, darauf legt sie großen Wert." Sarah hielt kurz inne und fügte triumphierend hinzu: „Außerdem kann Max keine Musik machen, die eine Frau berührt."

Beim nächsten Treffen des Initiativkreises legte Kai Schubert gleich zu Beginn mächtig los: „Was wir hier machen, ist Schrott, eine Valiumpille für das eigene schlechte Gewissen, in der Sache völlig wirkungslos. Aktionen wie das Veggie-Essen oder der Reparaturservice gehen den Politikern und auch den Medien total am Arsch vorbei."

Als Kai Luft holte, unterbrach ihn Lisa: „Deftige Sprache, mein Lieber, doch ich seh das völlig anders."

Mehrere Mitglieder des Initiativkreises ‚Nachhaltig wollen wir leben' murmelten zustimmend. Sophie mahnte zur Ruhe und bat Kai, auf die sachliche Ebene zurückzukehren und seine Idee vorzustellen.

Gerade noch verkniff sich Kai eine Bemerkung über Lisas politisch korrekte Einstellung, die ihre Präferenz für laue Aktionen erkläre. Stattdessen polterte er los: „Ich will eine Aktion, bei der bewusst juristische Grenzen überschritten werden. Nur so schaffen wir es, dass meine Generation von ihrem Handy aufschaut."

„Bring doch mal ein Beispiel", rief Sebastian ungeduldig.

„Okay, ein Einbruch in einen Stall mit Massentierhaltung. Diese Sauerei auf Video festhalten und ins Netz stellen."

Nach einem Augenblick der Stille redeten alle wild durcheinander.

„Alexander hat das Wort", rief Sophie laut.

„Sorry Kai, aber dein Vorschlag ist nicht gerade spektakulär. Solche Videos findest du massenhaft im Netz und sie wurden sogar schon im braven öffentlich-rechtlichen Fernsehen gezeigt. Ich fürchte, damit werden wir unsere Altersgenossen nicht aus der Disco locken."

Sophie nickte. „Ich seh das genauso, da müssen wir noch was draufpacken, wenn wir bei der Jugend punkten wollen."

Schlagartig herrschte vollkommene Ruhe. In fünfzehn Köpfen knüpften Synapsen im Akkord Milliarden von Verbindungen, alle auf das eine Ziel ausgerichtet, die von Kai vorgeschlagene Aktion mit etwas Aufregendem anzureichern.

„Ich habs!" Alle Augen blickten gespannt auf Helmut Mandl. „Wie wäre es, wenn wir bei dem Einbruch in die Schweinemast mit Massentierhaltung ein totes Ferkel mitnehmen. Wir lassen das tote Tier in einem Speziallabor auf die berüchtigten MRSA-Keime untersuchen und gehen mit dem Analyseergebnis, wenn es positiv ist, in die Medien."

„Großartige Idee, Helmut." Sophies Zwischenruf übertönte das wilde Durcheinander, das gerade wieder anhob.

„Ich find den Vorschlag auch interessant. Aber was machen wir, wenn wir im Stall kein totes Ferkel antreffen?" Der Einwand von Sebastian rief bei einigen Kopfnicken hervor.

„Das wäre kein Problem", entgegnete Sabine. „Entscheidend ist nicht das tote Schwein sondern der Nachweis der Keime. Wir sollten daher in den Nasenlöchern einiger

Schweine mit Wattestäbchen Abstriche machen und die Proben im Labor auf MRSA-Keime untersuchen lassen."

„Gibt es ein molekularbiologisches Labor, das bei so einer ungesetzlichen Aktion mitmacht?" fragte Alexander.

„Ich denke schon, vorausgesetzt wir bezahlen das in Rechnung gestellte Honorar." Nach einer kurzen Überlegung fügte Sabine hinzu: „Vielleicht ist es klüger, wenn wir das Institut im Glauben lassen, dass die Probe von einem normalen Bauernhof stammt und nicht vom Einbruch in den Stall einer Massenmästerei."

„Bei dieser Trickserei mach ich gerne mit. Ich könnte der Bauer sein, der seine Tiere auf MRSA untersuchen lässt." Mit seinem Einfall erntete Sebastian zustimmendes Gelächter.

„Und ich bin bereit, das Labor zu bezahlen. Wenn wir damit in den Medien einen Knaller landen, ist mir das ein paar Kreuzer wert." Sophie zeigte Entschlossenheit.

In dem anschließenden Durcheinander verschaffte sich Robert Gehör. „Es tut mir leid, aber ich muss die allgemeine Euphorie etwas dämpfen. Ich meine, wir sollten noch einen wichtigen Aspekt diskutieren, der aus meiner Sicht gegen eine solche Aktion spricht."

„Heraus mit der Sprache." Sophie klang unwirsch.

„Ohne Zweifel würde eine solche Aktion gegen das Gesetz verstoßen." Robert machte eine Pause und schaute prüfend in die Runde. „Ich kann mir vorstellen, dass es viele Leute gibt, die so etwas prinzipiell ablehnen. Wertkonservative Menschen, für die Gesetz und Ordnung Eckpfeiler einer zivilisierten Gesellschaft sind. Andererseits sind gerade diese Menschen nach meiner Einschätzung für Maßnahmen zum Tierschutz und zur Vermeidung eines Klimakollapses besonders aufgeschlossen. Daher stellt sich für mich die Frage: Ist es strategisch gesehen klug, wenn wir mit einer ungesetzlichen Maßnahme eine wichtige Bevölkerungsgruppe verprellen, nur um in die Medien zu kommen und bei der jungen Generation vielleicht ein paar Sympathien zu gewinnen?"

Nicken bei Sarah und anderen Mitgliedern des Kreises.

„Roberts Einwand ist berechtigt, man kann ihn nicht so ohne weiteres beiseite schieben." Lisas Stimme klang ernst und bedächtig. „Wir wollen doch möglichst viele Menschen für unsere Ziele begeistern. Daher wäre es zumindest fragwürdig, wenn wir mit einzelnen Aktionen bestimmte Bevölkerungsgruppen vor den Kopf stoßen."

„Selbstverständlich werden wir am Ende unserer Diskussion darüber abstimmen, ob wir die Aktion machen oder nicht", stellte Sophie fest. „Meiner Ansicht nach sollten wir den Einbruch nur machen, wenn es dafür in unserem Kreis eine klare Mehrheit gibt. Und selbstverständlich wird die Position der Nichtbefürworter respektiert. Niemandem wird zugemutet, sich in irgendeiner Form an etwas zu beteiligen, das er für falsch hält."

„Pardon, ich bin schon wieder der Spielverderber." Robert blickte unsicher zu Sophie. „Leider sehe ich zwei weitere gravierende Probleme. Zum einen, wir begehen eine Straftat und wenn wir erwischt werden, hat das für unsere Berufstätigen nicht nur strafrechtliche Folgen, sondern möglicherweise auch arbeitsrechtliche. Beschäftigte im Öffentlichen Dienst müssen meiner Ansicht nach sogar mit einem Disziplinarverfahren rechnen."

„Selbst wenn es so ist. Sind wir hier nicht genug *graue Panther*, um so eine Aktion alleine durchzuziehen, ohne die Berufstätigen?" Helmuts Bemerkung gefiel Sophie.

Robert fuhr fort: „Mein zweiter Punkt ist, wir gehen mit der Aktion ein gesundheitliches Risiko ein. Mit den Keimen ist nicht zu spaßen, die meisten Antibiotika wirken nicht."

„Wir sollten dieses Risiko nicht völlig ausblenden, aber auch nicht überbewerten. Zwar sind inzwischen die meisten Bestände in der Massentierhaltung mit diesem Keim verseucht, aber wir könnten mit geeigneten Vorsichtsmaßnahmen das Risiko einer Übertragung auf uns minimieren." Die Bemerkung der Ärztin Sabine hatte etwas Beruhigendes.

„Was heißt das konkret, Sabine, wie könnten wir uns schützen?", fragte Lisa.

„Indem wir weiße Overalls und Handschuhe tragen, die wir hinterher verbrennen. Da sich die Keime auch in der Stallluft befinden, sind auch Atemmasken unabdingbar. Ganz wichtig ist es, hinterher unsere Hände mit einer Speziallösung zu desinfizieren. Alles könnte ich besorgen."

„Sehr gut, vielen Dank." Sophie warf der Ärztin einen anerkennenden Blick zu. „Man fühlt sich gleich sicherer, wenn man bei einer Sache mit gesundheitlichen Risiken eine tüchtige Medizinerin an der Seite hat."

„Ach, noch etwas ist wichtig", schob Sabine nach. „Wer von uns häufig Infektionen hat oder Medikamente einnimmt, die das Immunsystem schwächen, darf nicht mit in den Stall."

Schließlich stimmte die Gruppe ab. Es ergab sich eine Zwei-Drittel-Mehrheit für die Einbruchaktion.

Nach einer kurzen Pause stellte Sophie die Gretchenfrage: „Wer kann sich nach heutigem Stand vorstellen, mich in den Schweinestall zu begleiten?"

Es meldete sich Helmut Mandl. „Ich bin dabei. Als Rentner kann mir arbeitsrechtlich nichts passieren. Außerdem finde ich die Aktion gut und bin gesund, die MRSA-Keime fürchte ich nicht im geringsten."

„Ich mache auch mit." Roberts Stimme war fest und klar. „Ich habe zwar strategische Bedenken. Aber die stelle ich zurück, denn ich will bei einer so kritischen Nacht-und-Nebel-Aktion an der Seite meiner geliebten Sophie sein."

„Vielen Dank, mein Liebster." Sophie warf ihm lächelnd eine Kusshand zu.

„Bei der nicht ganz harmlosen Aktion könnte ärztlicher Beistand nicht schaden. Ich will daher auch mit von der Partie sein", sagte Sabine und fügte hinzu: „Arbeitsrechtlich hab ich in meinem Job nichts zu befürchten. Im Gegenteil, mein Chef wird die Aktion vermutlich sogar gut finden."

„Ich bin auch dabei", rief Sebastian. „Ihr braucht doch einen erfahrenen Landwirt, der sich mit Schweinen auskennt. Und als Selbstständiger muss ich mir über Disziplinarmaßnahmen keine Gedanken machen."

Mit heftigen Handbewegungen machte Kai Schubert auf sich aufmerksam. „Ich werde mich an der Aktion selbstverständlich auch beteiligen. Schließlich ist es meine Idee."

Sophie stellte fest, bei den Vorbereitungen sei dies möglich. Aber bei der Gesetzesübertretung selbst, dem Eindringen in den Stall, werde sie die jungen Leute der Gruppe heraushalten. Ihr polizeiliches Führungszeugnis müsse sauber bleiben. Kai murrte vernehmlich über diese Festlegung und Alexander pflichtete ihm bei.

Lisa meinte, sie brauche noch Zeit für ihre Entscheidung. Sie müsse sich das genau überlegen und das Risiko bedenken, denn sie sei gerne Lehrerin.

Abschließend bat Sophie, sich umzuhören, wo es in der Region einen Schweinemäster mit Massentierhaltung gäbe.

„Super, jetzt sitzt sie in der Falle", jubelte Kai Schubert, nachdem er auf der Couch von Generaldirektor Hackeberg Platz genommen hatte.

„Wer sitzt in der Falle?" Hackeberg schaute verdutzt seinen Praktikanten an.

„Die Lehrerin, die verrückte Berner. Und alle diese schrägen Vögel vom Tutzinger Initiativkreis, die ganze linke Bande. Das habe ich geschafft!" Schubert klopfte sich anerkennend auf die Schulter. „Alle sind auf meinen Vorschlag eingegangen und wollen in eine Schweinemastanlage einbrechen, um dort MRSA-Keime nachzuweisen."

„Aber das wäre doch fatal, wenn ihnen das gelänge! Schubert, Sie wissen vermutlich nicht, dass viele Schweinemästereien von diesem Keim befallen sind."

„Keine Sorge, Herr Generaldirektor, der Nachweis wird nicht gelingen." Schubert gab sich siegessicher. „Bevor die Gruppe eine Probe nehmen kann, hat sie die Polizei bereits verhaftet. Die wird sie nämlich im Stall erwarten." Er machte ein Klickgeräusch und umschloss mit der rechten Hand sein linkes Handgelenk. Dabei strahlte er vor Schadenfreude.

„Aaaah, ich verstehe." Hackebergs Gesicht hellte sich auf und ging in ein breites Grinsen über. „Vorzügliche Arbeit, lieber Schubert, gratuliere."

Kai Schubert freute sich über das Lob und sah seinen Chef erwartungsvoll an.

Gespannt fragte Hackeberg: „Und die Berner, macht die bei diesem Himmelfahrtskommando tatsächlich mit?"

„Sie hat sich Bedenkzeit erbeten. Aber ich geh jede Wette ein, dass sie dabei sein wird."

„Was macht Sie da so sicher?"

„Ihre Solidarität mit den anderen. Übrigens, es sind nur sechs Personen aktiv dabei, alles Rentner außer einer Ärztin, einem Landwirt und der verdammten Lehrerin."

„Dann können Sie, lieber Schubert, sich heraushalten?"

„Die Berufstätigen und Studenten wurden von vorneherein ausgeschlossen. Man will verhindern, dass sie bei einem Scheitern des Einbruchs arbeitsrechtliche Probleme kriegen."

„Aber muss nicht die Berner als Lehrerin erst recht disziplinarische Konsequenzen befürchten? Ist sie so blöd, dies zu übersehen oder so naiv-optimistisch und hält das Risiko für vernachlässigbar?" Der Generaldirektor blies den Rauch seines Zigarillos in Richtung Zimmerdecke.

„Ich glaube, sie sieht das Risiko. Deshalb zögert sie noch." Schubert blickte Hackeberg verschmitzt an. „Aber sie ist eine Rheinländerin und für die gilt ihr Grundgesetz: ‚Et hät noch emma jot jejanga'."

Hackeberg zeigte offen seine gute Laune. „Wenn sie mitmacht und im Stall geschnappt wird, ist sie ihre Stelle los, da bin ich mir sicher. Gerade Lehrer müssen Vorbilder sein und sich an Gesetze halten. Das gilt in Deutschland und erst recht im sauberen Bayern."

„Ein Rausschmiss aus dem Schuldienst wäre für sie ein Riesenschock. Das würde ihr Engagement für eine ‚bessere Welt' kräftig dämpfen."

„Umso mehr werden wir jubeln, wenn sie eliminiert ist", nahm Hackeberg den Faden auf. „Sie hat mir lange genug den Schlaf geraubt. Wenn sie fliegt, werden wir das gebührend feiern, Schubert."

Beide schwiegen. Jeder malte sich in Gedanken diesen Zustand aus, auf den sie schon lange hinarbeiteten.

„Noch etwas anderes, lieber Schubert, was ich noch mit Ihnen besprechen wollte. Es könnte Sie interessieren." In verschwörerischem Ton fuhr er fort: „Sie wissen vermutlich, dass Draxl unser Unternehmen Ende Februar verlassen wird. Er hat eine Führungsposition in einer Brauerei angeboten bekommen, da konnte er nicht nein sagen. Ich verstehe das."

Schubert nickte dem Generaldirektor verständnisvoll zu. Draxl hatte ihn schon vor einiger Zeit über seinen bevorstehenden Wechsel unterrichtet.

„In der kurzen Zeit bis zu Draxls Ausscheiden wird es kaum möglich sein, einen adäquaten Nachfolger zu finden. Könnten Sie, lieber Schubert, sich vorstellen, hier einzuspringen, bis der Nachfolger eingearbeitet ist? Sie würden ein richtiges Gehalt beziehen und das nicht zu knapp." Hackeberg schaute ihn mit zusammengekniffenen Augen an.

Von diesem Angebot war Schubert völlig überrascht, aber er ließ es sich nicht anmerken. Ihm war sofort klar, dass er sich in einer vorzüglichen Verhandlungsposition befand. Daher beschloss er, bei dem Deal möglichst viel herauszuholen.

Der Generaldirektor konkretisierte seine Vorstellungen. „Was denken Sie, wäre es Ihnen möglich, ein Semester lang das Studium ein wenig zurückzustellen und in dieser Zeit bei uns zu arbeiten? Sie könnten selbstverständlich einige wichtige Vorlesungen und Seminare arbeitsbegleitend besuchen."

„Das wäre mir wichtig, sonst wirft mich das zu stark zurück. Ursprünglich wollte ich in zwei Semestern die Abschlussprüfung zum Bachelor machen. Mehr als ein Semester möchte ich nicht dranhängen. Daher müsste ich an zwei Vormittagen an der Uni sein, um eine Art ‚Standby-Studium' durchzuziehen."

„Kein Problem, ich würde Ihnen aus unserer Marketingabteilung eine junge Assistentin überlassen, die Ihnen zur Hand geht und die Stellung hält, wenn Sie an der Uni sind."

Aus taktischen Gründen erwähnte Schubert noch ein paar Probleme, die eine Unterbrechung seines Studiums mit sich bringen würde. Dann lenkte er das Gespräch keck auf das Gehalt. Hackeberg fragte, was er sich vorstelle. Als Schubert 3.500 brutto im Monat sagte und der Geschäftsführer sofort einwilligte, war Schubert klar, dass er zu niedrig gepokert hatte. Er ärgerte sich kurz und stimmte dem Deal zu. Die beiden besiegelten die Absprache mit einem langen Händedruck. Wie üblich fiel der von Hackeberg lasch aus.

28

Auf diesen Abend mit ihrem Kollegen Benedikt hatte sich Lisa sehr gefreut. Denn sie war längere Zeit nicht mehr mit ihm ausgegangen, immer hatte sie bereits andere Termine, wenn er einen Vorschlag machte. Sie war gespannt auf dieses Varieté-Theater in der Münchner Innenstadt, da sie so eine Show noch nie gesehen hatte.

Zweieinhalb Stunden lang staunten sie über den Mut und die Körperbeherrschung der jungen Künstler. Benedikt gefiel die Luftartistik des Paares aus Usbekistan am Trapez am besten und Lisa der Kunstradfahrer aus Tschechien, der auf der Lenkstange stehend scheinbar mühelos eine Acht nach der anderen auf die Bühne zauberte. Sie amüsierten sich über den lustigen Jongleur aus Paris, der inmitten einer Schar wild tanzender Mädchen seine Nummer mit sechs Bällen durchziehen wollte, aber immer wieder an den temperamentvollen Zuckungen der jungen Frauen scheiterte.

In der Pause trafen sie im Foyer Sarah Wiesenhuber und Alexander Seidl. Seit dem Tanzabend am Erntedankfest waren die beiden ein Paar und er hatte seiner geliebten Sarah zu ihrem achtzehnten Geburtstag eine Karte für das Varieté geschenkt. Die beiden fühlten sich etwas überrumpelt, als Lisa sie ansprach. Daher verabschiedete sie sich rasch, nicht ohne vorher auf das Treffen des Initiativkreises am folgenden Mittwoch hinzuweisen.

Nach der Show nahmen Lisa und Benedikt die Tram und zuckelten mit ihr durch die Münchner Innenstadt zum Sendlinger Tor, um dort in einem nicht nur Insidern bekannten veganen Lokal zu speisen. Während der Fahrt meinte Lisa, sie würde eine solche Varieté-Show jederzeit einem Zirkus vorziehen. Zwar habe der Zirkus ein besonderes Ambiente, aber sie störe sich an den Tierdressuren, die alles andere als artgerecht seien. Sie könne sich nicht vorstellen, dass es Braunbären Spaß mache, auf einem Dreirad durch die Manege zu fahren oder einem Tiger, durch brennende Reifen zu springen. Benedikt war derselben Auffassung.

Während des Essens – Lisa hatte *Gefüllte Zucchiniblüte im Backteig auf knackigen Blattsalaten* gewählt und Benedikt ein *Sojasteak mit Steinpilzen, Preiselbeeren, wildem Broccoli und Pommes Dauphine* – kamen sie auf den Tutzinger Initiativkreis zu sprechen. Lisa berichtete über den Reparaturservice, der sich prächtig entwickle und das anstehende Veggie-Essen mit Promis.

„Und was habt ihr sonst noch in der Planung?"

„Ein hoch interessantes Projekt, aber bitte verzeih mir meine Zurückhaltung, es ist noch geheim!"

„Das finde ich jetzt nicht fair. Erst machst du mich heiß mit Andeutungen und dann willst du mir nichts dazu sagen." Er gab den Frustrierten.

„Nun gut, aber ich muss mich hundertprozentig auf deine Verschwiegenheit verlassen können."

„Klar, du kennst mich doch. Ich bin so verschwiegen wie ein Marktweib."

Und Lisa berichtete von dem geplanten Einbruch in eine Schweinemast mit dem Ziel, bei einigen Schweinen einen Nasenabstrich zu machen und die Probe in einem Speziallabor auf gefährliche MRSA-Keime untersuchen zu lassen.

„Wollt ihr den Schweinemäster in den Ruin treiben?"

„Keinesfalls, um das geht es nicht." Lisa war eine leichte Verwirrung anzumerken.

„Was habt ihr dann vor?"

Sie richtete sich kerzengerade auf – wie sie es immer tat, wenn sie ihrer Klasse etwas Wichtiges mitteilen wollte – und dozierte mit fester Stimme: „Unterstellen wir mal, wir finden MRSA-Bakterien in der Probe, dann werden wir sofort die Öffentlichkeit informieren. Und bei dieser Gelegenheit auf folgenden unstrittigen Zusammenhang aufmerksam machen: Bei Massentierhaltung gibt es so gut wie immer prophylaktische Gaben von Antibiotika, um den Krankenstand in den Ställen niedrig zu halten. Manchmal auch, um bei den Tieren die Gewichtszunahme zu beschleunigen. Als Folge dieser ständigen Antibiotikagaben bilden diese Bakterien, ursprünglich sind es harmlose Staphylokokken, neue Stämme, die gegen Antibiotika resistent sind. Diese Bakterien können auf den Menschen übertragen werden, das ist erwiesen. Nach einer Studie aus Niedersachsen ist jeder vierte Tierarzt, der beruflich Kontakt zu Schweinen hat, mit diesen resistenten Keimen besiedelt. Trägt nun der befallene Mensch als Besucher oder Patient diese Keime in ein Krankenhaus, besteht das Risiko, dass sie dort in die Blutbahn von Patienten mit einem geschwächten Immunsystem gelangen und diese Menschen in Lebensgefahr geraten."

„Was heißt das konkret?"

„Es handelt sich insbesondere um Wundinfektionen und Entzündungen der Atemwege, also zum Beispiel Lungenentzündung. Nach Schätzungen erkranken bundesweit jährlich über dreißig Tausend Patienten an den Keimen, tausendfünfhundert sterben daran."

„Donnerwetter, das ist ja furchtbar! Diese Gefahr für Krankenhauspatienten habe ich bisher nicht gesehen."

„Sie ist nur wenigen Menschen bekannt."

Benedikt dachte nach. „Jetzt verstehe ich, warum manche Menschen geradezu panische Angst haben, sich in ein Krankenhaus zu begeben."

„Du siehst, die Angst ist nicht unbegründet. Aber anstatt den Krankenhäusern unzureichende Hygienemaßnahmen vorzuwerfen, sollte man dem Rat von Experten folgen und das Problem an der Wurzel packen."

„Und wie?"

„Vor allem durch eine Begrenzung des Antibiotikaeinsatzes in der Tierhaltung durch Höchstmengen, vielleicht sogar durch ein vollständiges Verbot. Das wäre auch das Ende der ethisch nicht vertretbaren Massentierhaltung."

„Ist wohl leichter gesagt als getan?"

„Stimmt. Unser System des Medikamentenvertriebs in der Tierhaltung müsste man vom Kopf auf die Füße stellen. Gegenwärtig verordnet und verkauft der Tierarzt im Rahmen seines Dispensierrechts bei uns dem Landwirt Medikamente einschließlich der Antibiotika. Er besteht daher für ihn ein ökonomischer Anreiz, möglichst viele Medikamente zu verschreiben und sogleich gewinnbringend dem Tierhalter zu liefern. Durch die Rabatte, welche die Hersteller und Groß- händler der Tierarzneimittel dem Tierarzt einräumen, wird das Problem der ‚Zuviel-Verordnung' noch verschärft."

„Läuft es in anderen EU-Ländern ebenso?"

„Nein, das System, das Dänemark seit 1994 praktiziert, ist anders und deutlich besser. Dort sind Verschreibung und Medikamentenabgabe getrennt. Tierärzte verordnen auch dort, müssen die Medikamente aber selbst über Apotheken bezie- hen – ohne jeglichen Gewinn. Außerdem muss der Tiermäster die Antibiotikagaben an ein zentrales Register melden. Wer festgelegte Höchstmengen überschreitet, erhält eine empfind- liche Strafe."

„Klingt gut", meinte Benedikt. „Aber warum wird es bei uns nicht auch so gemacht?"

„Was weiß ich!" Lisas Stimme wurde aggressiv. „Eine beim Bundesministerium für Ernährung und Landwirtschaft eingerichtete Tierschutzkommission hat bereits vor Jahren Vorschläge gemacht, die in diese Richtung gingen. Aber die Politik hat davon fast nichts aufgegriffen."

„Und warum nicht, was denkst du?"

Lisas Kopf wurde hellrot. Erregt sagte sie: „Es ist mir un- begreiflich, warum das dänische System nicht auch bei uns eingeführt wird. Sind bei uns die Lobbyverbände, die das jetzige System behalten wollen, mächtiger als in Dänemark? Oder sind unsere Politiker inkompetent? Ich meine, die deut- schen Gesundheits- und Landwirtschaftsminister sollten sich an ihren Amtseid erinnern, in dem es heißt:

Schaden vom deutschen Volk zu wenden ... und die Pflichten gewissenhaft zu erfüllen."

Ich finde, einige unserer Minister werden dieser Verpflichtung derzeit nicht gerecht."

Benedikt nickte und schaute Lisa nachdenklich an. Er sah das gerötete Gesicht einer jungen Frau, das Empörung und Wut über das Nichtstun unserer Regierung ausdrückte. Seiner Auffassung nach lag seine Freundin mit ihrer Analyse vollkommen richtig und es störte ihn nicht, wenn sie ihre Meinung so ungestüm vortrug. Im Gegenteil, wenn sie mit rotem Kopf und bebenden Lippen die Probleme unseres Landes geißelte und wirksame politische Maßnahmen forderte, wirkte sie auf ihn authentisch und – wofür er sich insgeheim ein wenig schämte – wahnsinnig erotisch.

Sie schwiegen. Dann sagte er zögernd: „Bei diesem Einbruch, willst du da wirklich mitmachen? Hast du bedacht, was mit deinem Job passiert, wenn ihr geschnappt werdet?" Auf seiner Stirn gerieten die Falten in Platznot.

Lisa antwortete nicht, sondern sah ihn treuherzig an und stellte die Gegenfrage: „Willst du mir abraten?"

Es dauerte etwas, bis er antwortete. „Es ist für mich schwer abschätzbar, wie groß dein Risiko tatsächlich ist. Aber wenn dich die Polizei fasst, musst du mit einem Disziplinarverfahren rechnen, das ist sonnenklar."

Lisa erschrak. Einen Augenblick lang beeindruckte sie sein unheilvolles Szenario, so ernsthaft und überzeugend hatte er es vorgetragen. Doch schon bald gewann wieder ihre optimistische Grundhaltung die Oberhand. Und sie legte ihm dar, warum sie ihre Mitstreiter für eine nachhaltige Welt bei so einer wichtigen Unternehmung nicht im Stich lassen konnte.

Benedikt verstand sie. Er wusste, mit Lisa konnte man Pferde stehlen, sie war zuverlässig und solidarisch.

Beide schwiegen eine Weile. Dann fragte sie ihn, wie es seiner Mutter ginge.

„Danke, gut. Ich soll dich übrigens von ihr grüßen. Sie dankt dir nochmals für deine Teilnahme am Fest. Sie meint, du hättest maßgeblich zur guten Stimmung beigetragen."

„Das habe ich gerne getan. Sie ist eine so liebenswerte Person, deine Mutter."

Benedikt nickte, dann heiterte sich sein Gesicht auf und er sagte stolz: „Stell dir vor, Frau Schmolk und Frau Pussl, die mit ihren Ehemännern auch beim Fest waren, bringen nur noch einmal pro Woche Fleisch auf den Tisch. Hin und wieder probieren sie sogar etwas Veganes. Und ihren Männern schmeckt das sogar ... wenn sie nicht wissen, was es ist."

„Großartig", jubelte Lisa. „Offensichtlich waren unsere Argumente bei dem Gespräch über fleischarme Ernährung stichhaltig und haben die Leute zum Nachdenken angeregt."

„Es sieht so aus. Wir hatten das Glück, dass es vernünftige Menschen waren, die uns unvoreingenommen zuhörten."

„Stimmt, die Sensibilität für dieses Thema wächst, das gilt vor allem für die ältere Generation. Denen liegt das künftige Wohl ihrer Enkel - so in zwanzig, dreißig Jahren – sehr am Herzen. Daher kriegen sie auch im Alter von siebzig Jahren noch die Kurve und ändern ihre Ernährung in Richtung fleischarm."

29

Im Hinterzimmer des Gasthauses *Tutzinger Hof* herrschte an dem Mittwochabend Mitte Dezember Hochstimmung. Der Initiativkreis ‚*Nachhaltig wollen wir leben*' besprach Verlauf und Ergebnis des in der Vorwoche abgehaltenen Charity-Essens. Sophie nannte stolz die nüchternen Zahlen:

Siebzig Teilnehmer, davon neunzehn Prominente, neun regionale ‚Größen', die anderen bundesweit bekannte Schauspieler, Moderatoren, Sportler. Fast alle Promis standen für ein kurzes Interview zur Verfügung, von Sarah Wiesenhuber charmant geführt und von Alexander Seidl gekonnt mit der Kamera festgehalten. Die Interviewpartner lobten den vorzüglichen Geschmack des veganen Essens und stellten fest, dass sie Fleisch überhaupt nicht vermisst hätten. Den günstigen Einfluss einer fleischarmen Ernährung auf die sich anbahnende Klimakrise betonten die meisten. Dabei äußerten sie die Hoffnung, dass sich viele Landsleute diesen Zusammenhang klar machen und ihn beim Kauf ihrer Lebensmittel berücksichtigen.

Alexander hatte ein zwanzigminütiges Video ins Netz gestellt, das inzwischen bereits achthundertmal aufgerufen worden war. Außerdem hatten der VEBU und einschlägige

Tierschutzverbände das Video auf ihrer Homepage platziert. Im Hörfunk des Bayerischen Rundfunks konnte man zum Tutzinger Charity-Essen einen wohlwollenden Kommentar hören und die TAZ sowie mehrere bayerische Zeitungen berichteten darüber.

Erfreulicherweise konnte Robert, der für die finanzielle Seite des Projektes verantwortlich war, einen Überschuss der Einnahmen gegenüber den Ausgaben melden. Sophie brauchte daher nicht, wie es im Falle eines negativen Saldos vorgesehen war, einzuspringen. Der Initiativkreis beurteilte auch die gute Zusammenarbeit mit dem VEBU positiv, dessen vielfältige Kontakte zur Teilnahme überregional bekannter Prominenter geführt hatten.

Ein weiterer Tagesordnungspunkt des Initiativkreises war die Idee von Sebastian Wiesenhuber, in Tutzing ein Geräte--Sharingprojekt zu initiieren. Sein Vorschlag leitete sich von der guten Entwicklung des Reparaturservices des Initiativkreises ab. An jedem Termin, immer am ersten Samstag eines Monats, brachten die Menschen verschiedene Geräte zur Reparatur, von denen mehr als die Hälfte sofort instandgesetzt werden konnte und etwa ein weiteres Viertel nach Beschaffung der erforderlichen Ersatzteile.

Der auf Sebastians Bauernhof eingerichtete Service hatte sich zu einem sozialen Treffpunkt entwickelt, wo sich Alt und Jung, Männer und Frauen gegenseitig halfen, voneinander lernten und sich über ihre handwerklichen Erfolge freuten. Zweifellos war dieser Service innerhalb kurzer Zeit zu einem Aushängeschild des Initiativkreises geworden. Die kostenlose

Dienstleistung führte dazu, dass immer mehr Menschen der Region auf den Tutzinger Kreis und seine Ziele und Projekte aufmerksam wurden.

Sebastian regte an, als logisch nächsten Schritt mit dem Verleih von Großgeräten zu beginnen. Der Initiativkreis sollte die Geräte anschaffen – er dachte dabei an eine elektrische Heckenschere, Bohrmaschine, Gartenhäcksler, Akkuschrauber, Kettensäge, Rasenmäher – und gegen eine geringe Gebühr privat vermieten.

„Spannende Idee, sie passt gut zu unserem Selbstverständnis, Ressourcen und Energie einzusparen." Lisa sandte an Sebastian ein zustimmendes Lächeln.

„Auch ich halte dies für eine mögliche Dienstleistung von uns", sagte Robert. „Allerdings erfordert die Anschaffung der Geräte viel Kapital."

„Das stimmt. Daher sollten wir uns nach finanzkräftigen Partnern umsehen." Sophie sah fragend in die Runde und bat alle anwesenden Millionäre und Sponsoren um ein Handzeichen. Verhaltenes Gelächter.

„Neben dem hohen Kapitalbedarf müssen wir beachten, dass einige Baumärkte den Verleih von Großgeräten bereits anbieten. Zudem wäre die Pflege der Geräte und Maschinen arbeitsintensiv", meinte Thomas.

Mehrere Mitglieder schlossen sich dieser Meinung an und bezweifelten die Eignung dieser Dienstleistung für den Initiativkreis. Sophie sagte zu, erst einmal mit anderen Nachhaltigkeitsgruppen Kontakt aufzunehmen, um deren Erfahrungen mit ähnlichen Projekten abzugreifen.

Dritter Tagesordnungspunkt des Treffens war die Vorbereitung des geplanten Einbruchs in den Schweinemaststall. Das Projekt hieß seit neuestem nur noch ‚MRSA'. Für die Projektarbeitsgruppe berichtete Helmut Mandl. Er sagte, inzwischen habe man einen passenden Stall südlich von Wolfratshausen ausfindig gemacht, Kontakt zu einem molekularbiologischen Labor aufgenommen und den Erwerb der Schutzausrüstung vorbereitet.

„Wie seid ihr denn auf diesen Schweinestall gekommen? Und ist er für unsere Aktion überhaupt geeignet", fragte Kai Schubert neugierig.

„Berechtigte Frage." Sophie schaute zu Sebastian hinüber, von dem dieser Tipp ursprünglich stammte.

„Also das war folgendermaßen", begann Sebastian umständlich. „Da es am Westufer des Starnberger Sees nach meiner Kenntnis keinen Schweinemäster mit Massentierhaltung gibt, ging ich gedanklich weiter nach Osten. Mir fiel ein Biobauer aus Tölz ein, mit dem ich vor Jahren einen Fortbildungskurs zu ‚Biogasanlagen' gemacht habe. In einer Pause redeten wir über die Erlössituation in der konventionellen Landwirtschaft. Er erwähnte einen Schweinemäster, der mit Massentierhaltung südlich von Wolfratshausen gutes Geld verdiene und sich auch durch den Protest der Bevölkerung über den Gestank und die viele Gülle seines Betriebs nicht beeindrucken lasse."

„Aber damit ist noch nicht erwiesen, dass es sich hier um Massentierhaltung handelt", hakte Alexander nach.

„Geduld, Geduld." Lisa machte eine kleine Pause, bevor sie ergänzte: „Ich habe an meiner Schule einen Kollegen, der ist stark im Natur- und Umweltschutz engagiert. Er stammt aus Bad Tölz und als ich ihn auf diesen Schweinemastbetrieb ansprach, bestätigte er haargenau den von Sebastian geschilderten Sachverhalt."

„Um die Sache wasserdicht zu machen, sind Helmut, Sebastian und ich nachts zu diesem Stall gefahren und haben uns dort umgesehen." Alle Augenpaare blickten auf Robert.

„Und, was habt ihr entdeckt?"

„Erfreuliches, das heißt die Bedingungen sind für uns günstig. Der Stall liegt etwa zweihundert Meter vom Aussiedlerhof Speierl, so heißt der Schweinemäster, entfernt und ist fahrlässig unprofessionell nur mit ein paar Vorhängeschlössern gesichert."

„Aber damit ist immer noch nicht die Massentierhaltung bewiesen", mahnte Sabine ungeduldig.

„Ich kann dich beruhigen, Sabine, wir waren direkt am Stall und haben durch eine Luke mit einer Taschenlampe hineingeleuchtet", berichtete Helmut. „Wir waren entsetzt, was wir da sahen. Mit Kot und Blut beschmierte Tiere dichtgedrängt neben und übereinander. Es ist ein Schande, dass so etwas in unserem christlich geprägten Land zulässig ist, nur um noch mehr Profit herauszuholen. Mich macht das richtig wütend."

„Eindeutig Massentierhaltung", bestätigte Sebastian kurz.

„Ihr habt mich überzeugt." Sabine lehnte sich zufrieden zurück. „Wenn es zum ‚Tatort' keine Fragen mehr gibt, könnte ich etwas zum Labor sagen."

Sophie nickte ihr zu.

„Über das Internet war es einfach, in der Region München

Speziallabors ausfindig zu machen, die derartige Analysen durchführen. Mit zwei von ihnen habe ich inzwischen ausführlich telefoniert."

„Hast du gesagt, du wärst Schweinemästerin?" Robert grinste dämlich.

„Nein, wie besprochen gab ich mich als Bekannte eines Schweinemästers aus. Der mache sich Sorgen, in seinem Stall MRSA-Keime zu haben. Da er seinem Tierarzt in dieser Sache misstraue, wolle er ein unabhängiges Institut mit der Analyse der Proben beauftragen."

„Gut gemacht", sagte Sebastian. „Hat der Laborarzt etwas zur Probenentnahme gesagt?"

„Ja, er empfahl, mehrere Proben zu nehmen und zwar nicht nur aus den Nasenlöchern der Schweine sondern auch vom Staub auf dem Stallboden. Die Proben sollten wir bei Zimmertemperatur aufbewahren und umgehend an sein Labor schicken."

„Wie sicher ist das Analyseergebnis?"

„Er meinte, bei fünf Proben läge das Fehlerrisiko unter einem Prozent."

„Hast du auch nach den Kosten gefragt", wollte Sophie wissen.

„Sicher. Das hängt, so der Laborarzt, vom Zustand der Proben ab. Wir müssen mit etwa dreihundert Euro rechnen."

„Das ist mir die Sache wert." Man merkte Sophie an, dass sie einen höheren Betrag erwartet hatte.

Es folgte eine kurze Diskussion über die Finanzierung der sonstigen Kosten, insbesondere für die Schutzkleidung. Die

Gruppe stimmte Roberts Vorschlag zu, erst den Überschuss vom Charity-Essen zu verwenden und den Restbetrag gleichmäßig auf alle Mitglieder aufzuteilen, mit Ausnahme der Studenten und Schüler.

Lisa berichtete von einem Telefonat, das sie nach Rücksprache mit Sabine mit dem Krankenhausarzt aus Westfalen geführt habe. Er empfehle dieselben Schutzmaßnahmen wie Sabine und warne nachdrücklich davor, Personen mit einem schwachen Immunsystem in den Stall zu lassen.

Man einigte sich auf einen Aktionstermin Ende Februar. Wegen der üblicherweise zu dieser Zeit herrschenden bitteren Kälte sei es unwahrscheinlich, dass andere Personen mitten in der Nacht am Stall auftauchten.

Abschließend stellte Sophie die entscheidende Frage: „Wir kennen nun alle wichtigen Fakten. Wer ist in Kenntnis dieser Fakten bereit, mit mir in den Stall zu gehen?"

Es meldeten sich Sabine, Sebastian, Helmut, Robert und – für einige überraschend – Lisa.

„Nein Lisa, es ist nicht nötig, dass du deinen Lehrerjob riskierst." Robert sah sie besorgt an.

„Das find ich auch. Bitte vertraue uns, Lisa, wir kriegen das hin." Sebastian lächelte ihr freundlich zu.

„Das glaube ich gerne. Aber für mich ist es eine Frage der Solidarität, an eurer Seite zu sein." Lisa sagte das mit so viel Überzeugung, dass ihr niemand zu widersprechen wagte.

„Dann sollten wir dich wenigstens etwas aus der Schusslinie nehmen. Wie können wir das Risiko minimieren?" Sophie bat um Vorschläge.

„Ich hab eine Idee", meinte Helmut. „Lisa könnte etwas zurückgezogen operieren. Also nicht mit uns in den Stall rein gehen, sondern außerhalb des Stalles Schmiere stehen. Vielleicht an der Straße, die oberhalb des Stalles vorbei führt."

Alle fanden den Vorschlag gut und auch Lisa war mit der defensiven Rolle einverstanden.

Am nächsten Morgen teilte Kai Schubert dem Vorzimmer von Geschäftsführer Hackeberg mit, er habe eine wichtige Info für den Chef. Kurze Zeit später saß der Praktikant bei ihm auf der Couch.

„Was soll diese Hektik, lieber Schubert? Ich hoffe, Sie haben gute Nachrichten?"

„Ja, definitiv. Der Einbruch des Initiativkreises aus Tutzing in den Schweinestall mit Massentierhaltung steht nun endgültig fest."

„Legen Sie los, Schubert."

„Die Gruppe hat den Stall des Mastbetriebs ‚Speierl' südlich von Wolfratshausen ausgewählt. Man will Ende Februar dort einbrechen und zwar mitten in der Nacht."

„Sagten Sie ‚Speierl'?"

„Ja."

„Das passt ja großartig. Der Speierl ist seit vielen Jahren ein Lieferant von uns. Er ist sehr zuverlässig, die Geschäftsverbindungen sind bestens. Ich glaube, wir sind sogar der einzige Abnehmer seiner Tiere, mit anderen Worten, er ist wirtschaftlich von uns abhängig."

Dann können wir ihn vermutlich leicht als Mitspieler gewinnen?"

„So ist es." Hackeberg zog genüsslich an seinem Zigarillo und blies wie üblich den Rauch Richtung Zimmerdecke. „Speierl wird gar nichts anderes übrig bleiben als mitzumachen. Ein Telefonat von mir und er ist so programmiert, dass unsere Falle Ende Februar zuschnappt."

„Er muss allerdings die örtliche Polizei dazu bringen, mit ihm die Einbrecher in seinem Stall zu erwarten."

„Ja, ja, machen Sie sich keine Gedanken. Ich hab Ihren Plan verstanden." Hackeberg schwieg und schaute wie abwesend zur Decke. Nach einer Zeitspanne, die Schubert wie eine Ewigkeit vorkam, fragte er: „Übrigens, ist denn nun die Berner bei dem Einbruch dabei?"

„Ja, wie von mir prophezeit. Sie hat gezögert, da Mitglieder der Gruppe sie vor üblen Konsequenzen im Falle eines Scheiterns warnten. Doch ihre Solidarität mit den anderen Tätern war stärker und brachte sie dazu mitzumachen."

„Gute Arbeit, Schubert." Hackeberg schlug dem Praktikanten anerkennend auf die Schulter und skandierte fröhlich:

„Hoch lebe die internationale Solidarität!

30

An einem Sonntagmorgen Anfang Februar strahlte die Sonne auf die prächtige bayerische Winterlandschaft, was Lisa, Sophie, Max und Robert zu sportlicher Aktivität animierte. Zunächst erwogen sie einen Winterspaziergang auf verschneiten Wegen oben auf den Hörnlebergen oberhalb von Bad Kohlgrub. Sophie meinte dann, der anhaltend strenge Frost der letzten Nächte habe bestimmt kleinere Seen im Voralpenland zufrieren lassen. Gerne würde sie die Schlittschuhe testen, die Robert und sie in München gekauft hätten.

Max war von diesem Vorschlag sofort begeistert, denn er ahnte, welche Mühe das Auf und Ab von einem Hörnlegipfel zum andern machen würde, erst recht im tiefen Schnee. Dagegen wäre es ziemlich bequem, sich auf einem zugefrorenen See zu bewegen, zumal sich auf der Eisfläche meistens eine Schneebar befand, wo man in Ruhe einen Punsch oder Glühwein genießen konnte. So war es zumindest in den vergangenen Jahren immer gewesen.

Robert unterstützte ebenfalls Sophies Vorschlag, als er Lisas Schuhgröße erfuhr. Sie war nur eine Nummer kleiner als die seinige. Für ihn, einen Kavalier der alten Schule, lag es daher nahe, auf das Balancieren auf schmalen Kufen zu verzichten und dieses aus seiner Sicht zweifelhafte Vergnügen der sportlichen Lisa zu überlassen. Nebenbei bewahrte er sich durch diese gute Tat seine körperliche Unversehrtheit, speziell die seiner Kniescheiben.

Zunächst fuhren sie in Maxens Wagen nach Murnau am Staffelsee. Wie erwartet bekamen sie an der Imbissbude am See die Auskunft, die Eisdecke sei noch nicht dick genug und der See daher nicht für Fußgänger und Schlittschuhläufer freigegeben. Aber östlich von Murnau, etwa zehn Kilometer von hier, sei ein kleiner See bereits vollständig zugefroren. Dort würden die Murnauer heute Schlittschuh laufen.

Als sie an dem See eintrafen, schauten sie sich erstaunt an. Auf der Eisfläche, die etwa sechzig Meter lang und vierzig Meter breit war, tummelte sich eine große Zahl Schlittschuhläufer. Ihre sportlichen Fähigkeiten waren unterschiedlich ausgeprägt. Da sich auch Fußgänger mit Schlitten auf dem See aufhielten, waren das Gedränge auf der Eisfläche und die Zahl der Beinahekollisionen fast schon besorgniserregend. Dennoch konnte es Sophie und Lisa nicht schnell genug gehen, ihre nagelneuen Schlittschuhe anzuziehen und sich – zunächst vorsichtig – aufs Eis zu begeben.

Lisa war in ihrer Jugend eine gute Eisläuferin gewesen, das konnte man rasch erkennen. Schon nach wenigen Minuten zog sie in kühnen Bahnen über das Eis und wenig später versuchte sie sogar rückwärts zu laufen. Da passierte es. Sie übersah eine Frau, die ihre Laufbahn kreuzte, es kam zum Zusammenstoß, beide stürzten. Lisa war schnell wieder auf den Beinen, doch die andere, die unglücklich auf ihren Ellbogen gefallen war, blieb liegen und jammerte vor Schmerzen.

Ein junges Mädchen kam hinzu und fragte die am Boden liegende Frau, ob es seinen Vater holen solle.

„Hallo Anna, was machst du denn hier", sagte Lisa überrascht, während sie versuchte, der gestürzten Frau auf die Beine zu helfen.

„Ach, Sie sind's, Frau Berner. Super, Sie mal wieder zu treffen." Und nach einer kurzen Pause: „Wie ist das denn passiert?"

Lisa wollte gerade ihre Schuld beichten, da kam Andi Draxl auf wackligen Beinen angefahren. Er kümmerte sich um die am Boden liegende Frau, richtete sie vorsichtig auf und hielt sie fest, indem er ihr von hinten behutsam seine Arme um die Brust legte.

„Geht's wieder, Petra?" Es klang besorgt. Die Frau nickte. Sie schien Andis Umarmung zu genießen und sich allmählich von dem Sturz zu erholen. Jetzt erst musterte Andi die neben seiner Tochter stehende Frau.

„Hallo Lisa, das ist aber eine Überraschung! Lange nicht gesehen, ich hoffe, alles ist im grünen Bereich?" Und ohne die Antwort abzuwarten, machte er mit einer galanten Handbewegung die beiden Frauen miteinander bekannt: „Lisa Berner, ein gute Freundin von mir. Und das ist Petra Seidl-Wallersleben, ebenfalls meine liebe Freundin."

Beide Frauen erstarrten und wurden kreidebleich. Lisa spürte, wie ihr Herz zu stolpern begann und dann plötzlich seine Frequenz verdoppelte. Es war ein Schock für sie, unter diesen Umständen erstmals der Frau zu begegnen, die ihr vor elf Jahren ihren Partner und Geliebten weggenommen hatte. Und diese Frau jetzt in den Armen des Mannes zu sehen, mit dem sie im letzten Sommer eine tolle Bergwanderung gemacht und dabei mehr als Sympathie für ihn entwickelt hatte.

Draxl bemerkte die seltsame Reaktion der beiden Frauen, aber er konnte sie sich nicht erklären. Daher war er erleichtert, als sie seinen Vorschlag, an die Bar zu gehen und gemeinsam einen Drink zu nehmen, dankbar annahmen. Inzwischen war auch Sophie hinzugekommen. Kühl begrüßte sie ihre Noch-Schwiegertochter. Lisa wollte Sophie gerade Andreas Draxl vorstellen, als sich beide daran erinnerten, dass sie sich vor einem Jahr beim Seminar in der Evangelischen Akademie in Tutzing getroffen hatten.

An der Bar gesellten sie sich zu Robert und Max, die einen Glühwein tranken und Lebkuchen vom verflossenen Weihnachtsfest verzehrten. Als sich die Personen, die sich noch fremd waren, miteinander bekannt gemacht hatten und sich ein unangenehmes Schweigen ausbreitete, meinte Robert: „Wenn es keine Zeitungsente war, dann werden Sie, Herr Draxl, der neue Geschäftsführer der Gustlaner Brauerei. Gratuliere zu dieser interessanten Aufgabe! Ich nehme an, Sie haben in Weihenstephan studiert?"

„Nein, ich bin kein Bierbrauer, ich bin Journalist."

Nach einem Überraschungsmoment sagte Max: „Erstaunlich, ich dachte immer, nur die Juristen können alles."

„Was ist denn daran so außergewöhnlich? Heutzutage ist doch beruflich alles möglich, man muss nur flexibel sein. Da kann eine Physikerin Bundeskanzlerin werden und ein Germanist Dieselmotoren entwickeln. Warum soll da nicht ein Journalist in der Lage sein, eine Brauerei zu managen?" Petra schaute ihren Noch-Gatten verächtlich an.

„Haben Sie Ihre neue Tätigkeit bereits begonnen?" Robert konzentrierte sich wieder auf Draxl.

„Nein, ich feiere gerade den Resturlaub meiner bisherigen Funktion ab. Am ersten März fang ich bei ‚Gustlaner' an. Übrigens, Herr Seidl wird als Vorsitzender der Gesellschafterversammlung die Fäden in der Hand behalten. Ich werde als Geschäftsführer den Bereich *Marketing, Vertrieb und Sponsoring* übernehmen."

„Ach so", meinte Sophie lakonisch, „aber mittelfristig werden Sie vermutlich der neue Brauereichef."

„Darauf läuft es hinaus." Petras Tonfall strotzte vor Arroganz und Schadenfreude. „Mein Vater sieht es genauso. Schließlich wird er bald achtzig. Er kann dann beruhigt Herrn Draxl den Steuerknüppel überlassen."

Nachdem man sich noch über Petras Verletzung unterhalten hatte, drängte diese zum Aufbruch. Sie wollte nach Hause, um ihren immer noch schmerzenden Ellbogen zu kühlen.

Beim Abschied nervte Anna, weil sie behauptete, Lisa habe ihr bei der Autofahrt nach Seeshaupt einen gemeinsamen Ausritt versprochen. „Gell Papa, das stimmt doch?"

„Ich glaube schon", sagte Draxl kleinlaut, wobei ein Achselzucken in Richtung Petra seine Aussage nicht gerade bekräftigte.

Nachdem die Drei gegangen waren, wollte Sophie noch etwas Schlittschuh laufen, damit sich der weite Weg auch lohne. Lisa war einverstanden und die Männer beschlossen, einen Spaziergang um den See zu machen, es gab da einen Trampelpfad durch den Schnee.

Gegen drei Uhr waren die beiden Damen müde vom Eislaufen, Robert und Max hatten Hunger. Man einigte sich, in Murnau ein bekanntes italienisches Restaurant aufzusuchen.

Als man bereits beim Dessert angelangt war, einem köstlichen Tiramisu, meinte Robert nachdenklich: „Er tut mir leid, der Herr Draxl. Eigentlich ist er ein netter Kerl. Aber ihm ist offensichtlich nicht klar, worauf er sich da einlässt."

„Draxl hat nicht geschnallt, was für eine Krake ihn da eingefangen hat. Und dass sein hochdotierter Job als zweiter Geschäftsführer mit viel Ärger und Stress im Privatleben verbunden sein wird." Max bemühte sich, seine Bemerkung kühl und gleichgültig erscheinen zu lassen.

Einige Augenblicke lang herrschte Stille. Dann sagte Sophie hart und unerbittlich: „Herr Draxl braucht unser Mitleid nicht. Der Mann ist über vierzig Jahre alt, er müsste so viel Menschenkenntnis besitzen, um spätestens beim zweiten Date Petra Seidl zu durchschauen. Aber vermutlich obsiegt auch in diesem Fall das Prinzip ‚Gier-frisst-Hirn'. Wie es scheint, starrt Draxl wie gebannt auf das Riesengehalt seines neuen Jobs und verdrängt die schlimmen Begleitumstände seines beruflichen Aufstiegs. Er wird sie schon bald beim aufreibenden Zusammenleben mit einer Frau, die grenzenlose sexuelle Freiheit für sich fordert, zu spüren bekommen."

„Klingt plausibel, liebe Mama." Max nickte seiner Mutter anerkennend zu. „Ich empfinde gegenüber diesem Riesen keine Spur von Mitleid, eher Dankbarkeit. Schließlich habe ich es ihm zu verdanken, nach elf bitteren Jahren endlich aus diesem Ehegefängnis herauszukommen."

„Wenn das so ist, dann solltest du Draxl zu einem feucht-fröhlichen Männerabend einladen", scherzte Robert. „Nach der dritten Flasche Wein könntest du ihm fairerweise ein paar Tipps geben, wie man an der Seite dieser nymphomanen Frau überleben kann."

Am Abend dieses denkwürdigen Tages versäumte es Lisa nicht, das Geschehen noch einmal vor ihrem geistigen Auge vorüberziehen zu lassen. Welche Ironie des Schicksals: Da befreit sich ihr ehemaliger Geliebter aus den Fängen dieser egozentrischen Frau, weil diese sich einen attraktiveren Mann geangelt hat. Und zu diesem Mann hat pikanterweise sie selbst vor einiger Zeit mehr als freundschaftliche Gefühle ent-wickelt.

Wenn sie die Sache unbefangen betrachtete, lag Robert mit seinem Mitgefühl für Andi richtig. Der war aus Naivität und Karrierestreben im Begriff, in eine Abhängigkeit von Petra Seidl zu geraten, die seine Lebensfreude mit hoher Wahrscheinlichkeit schon bald massiv beeinträchtigen wür-de. Lisa fragte sich daher, ob sie als Wanderfreundin von Andi nicht dazu verpflichtet sei, ihn vor dieser Frau zu warnen.

Doch im nächsten Moment fiel Lisa ein, dass Frau Seidls leidenschaftliche Gefühle für Andi nun Max die Chance einer Scheidung eröffneten. Und damit Lisa die Möglichkeit, mit Max einen Neustart zu versuchen. So gesehen wäre eine War-nung von Andi eine unüberlegte Bauchreaktion, die Max und vor allem Sophie ihr verübeln würden.

31

Das Thermometer zeigte minus acht Grad, als die sechs-
köpfige Gruppe gegen Mitternacht bei Sophie in Tutzing
startete. Zwischen Wolfratshausen und Bad Tölz kam es Lisa
deutlich kälter vor, sie fror erbärmlich. Ganz allein stand
sie an der Landstraße, wo der Weg zum Speierl-Hof
abzweigt. Der Schweinestall, in dem die Gruppe heute Nacht
MRSA-Keime identifizieren wollte, war ungefähr zweihundert Meter von Lisas Standort entfernt.

Sie dachte an die merkwürdige Stille, die auf der Herfahrt
in Helmuts geräumigem Van herrschte. Die Anspannung, die
alle Aktivisten erfasst hatte, war förmlich mit Händen zu
greifen. Dabei gab es keinen Grund angespannt oder nervös
zu sein: Sabine hatte die Schutzkleidung aus Kunststoff und
die Handschuhe mitgebracht, dazu die Atemmasken sowie
die Röhrchen und Wattestäbchen zur Probenentnahme an
den Tieren. Sebastian hatte das Handwerkszeug besorgt,
das man braucht, um in den Stall einzudringen. Er hatte
alles dabei, was er mit Robert und Helmut aufgelistet hatte.
Lisa dachte mit Hochachtung an sein Organisationstalent
und seinen Ordnungssinn, die jetzt sehr nützlich waren.

Über das Voralpenland spannte sich in dieser Februar-
nacht ein prächtiger Sternenhimmel. Lisa betrachtete ihn
lange. Sie stellte fest, dass sie über die verschiedenen Ster-
nenbilder wenig wusste, die fernen Welten hatten sie nie
besonders interessiert. Ihre Aufmerksamkeit galt dem Planeten ‚Erde', dessen Bewohner seit einigen Jahrzehnten im
Begriff waren, ihn zu ruinieren.

Lisa schaute zum Stall hinüber und lauschte. Erregte
Gesprächsfetzen, die sie nicht verstehen konnte, schwappten
an ihr Ohr. Gab es vielleicht in der Gruppe zur Vorgehens-
weise bei der Probenentnahme unterschiedliche Meinungen?
Sie konnte es sich nicht vorstellen, denn bei dieser Frage
hatte eindeutig die Ärztin Sabine die größte Kompetenz, die
von niemandem angezweifelt wurde.

Wie sollten eigentlich die Analysenergebnisse des Insti-
tuts in die Medien gelangen, ohne sich als ‚Einbrecher' ent-
tarnen zu müssen? Über diese Frage war bei der Vorbereitung der Aktion nur am Rande gesprochen worden. Die Vorschläge dazu hatten Lisa nicht überzeugt. Sie war daher jetzt
froh, dass ihr bei der Aktion nur eine bescheidene Nebenrol-
le zufiel, da sie ihren geliebten Lehrerjob nicht aufs Spiel
setzen wollte.

Auf der Straße gab es wenig Verkehr. Seit sie sich vor
fünfzehn Minuten hier platziert hatte, war nur ein einziges
Auto vorbei gekommen. Lisa erklärte es sich mit der Uhrzeit
- ihr Handy zeigte gerade halb Zwei - und mit den Straßen-
verhältnissen. In Oberbayern hatte es in den Abendstunden
geschneit und die Straßen waren glatt.

Am Eingang der Schweinemästerei ging eine Lampe an. Sie flackerte unsicher, Lisa schaute irritiert hinüber. In diesem Augenblick tauchte am Horizont – sie konnte etwa zwei Kilometer der kurvenreichen Straße einsehen – ein Blaulicht auf. Lisa erschrak. War es die Polizei? Im Einsatz gegen sie? Hatte der Schweinemäster etwas bemerkt und die Polizei alarmiert? Lisa spürte, wie Stresshormone ihren Körper durchfluteten und ihre Panik anwachsen ließ. Das Blaulicht kam näher. Lisa musste etwas tun, musste ihre Kameraden warnen. Sie rannte hastig los, stürzte auf dem spiegelglatten Weg, rappelte sich wieder auf, rannte weiter, stürzte erneut. Nach einer knappen Minute erreichte sie keuchend den Stall. Sie lief direkt in die Arme von drei Polizisten, die gerade Sophie und die anderen ‚Einbrecher' abführen wollten. Mit einem Auge konnte Lisa noch sehen, wie das Blaulicht oben an der Straße vorbeifuhr. Es war ein Rettungswagen.

Schulleiter Wortmann bat Lisa Berner, in der Sitzecke seines Büros Platz zu nehmen. Er musterte sie lange, ohne ein Wort zu sagen. Lisa spürte, wie sich eine seltsame Ahnung bei ihr einnistete, die in die Angst mündete, gleich einen bösen Nackenschlag hinnehmen zu müssen.

„Ich fass es nicht, ich fasse es einfach nicht", murmelte Wortmann immer wieder und schüttelte dabei den Kopf. „So etwas passiert an meiner Schule, unglaublich."

Lisa schaute ihn verunsichert an. Da er nicht weiter redete und sie ein Ende mit Schrecken bevorzugte, fragte sie leise:

„Was ist denn an Ihrer Schule passiert?"

„Wollen Sie sich über mich lustig machen oder sind Sie so naiv?" Er hielt kurz inne, dann donnerte er los: „Sie sind die erste Lehrkraft, die in meiner Zeit als Schulleiter an dieser Schule zwangsbeurlaubt wird. Das ist eine Schande, eine Schande für Sie, für die Schule und ... für mich."

Schlagartig senkte sich eine Zentnerlast auf Lisas Schultern. Klar, mit einer Reaktion ihrer obersten Dienstbehörde musste sie rechnen, nachdem sie vor drei Wochen beim Einbruch in den Stall eines Schweinemästers bei Wolfratshausen von der Polizei vorübergehend festgenommen worden war. Aber ihre optimistische Grundhaltung ließ sie hoffen, bei der Bewertung des Vorfalls könnte auch das Motiv ihres Handelns eine Rolle spielen. Und so hatte sich in ihrem rheinländischen Gemüt schon bald wieder eine schmale Zuversicht ausgebreitet.

Immer noch den Kopf schüttelnd, meinte Wortmann resigniert: „Ich habe Sie gewarnt, Frau Berner. Nachdrücklich gewarnt. Nicht einmal, mehrmals. Aber Sie meinten ja, Sie müssten Ihren Weg gehen. Hat sich das jetzt gelohnt?"

„Es stimmt, Sie haben mich gewarnt, aber ..."

„Was aber?"

„Ihre Argumente, die Sie gegen mein Engagement für eine nachhaltige Ernährung vorbrachten, waren für mich nicht stichhaltig. Damals nicht und heute auch nicht."

„Ihr Starrsinn ist fast schon wieder sympathisch. Aber verehrte Frau Kollegin, Sie sind doch erst Mitte dreißig, da ist man noch flexibel und anpassungsfähig."

„Wobei Flexibilität oft nichts anderes ist als blanker Opportunismus. Wie dem auch sei: Aus meiner Sicht habe ich keinen Fehler gemacht. Meine Position halte ich weiterhin für richtig. Dagegen tolerieren Sie, Herr Wortmann, wider besseres Wissen den hohen Fleischkonsum in unserem Land, obwohl Ihnen bekannt ist, dass dieser die unverantwortliche und unethische Massentierhaltung zur Folge hat."

„Das mag ja sein, Frau Berner! Aber warum denn gleich ein Einbruch, ein krimineller Akt? Um die Öffentlichkeit für das Problem der Massentierhaltung zu sensibilisieren, gibt es doch auch legale Möglichkeiten."

„Darüber haben wir in unserer Gruppe lange diskutiert. Ihre Auffassung kam dabei auch zur Sprache, zunächst hatte ich Sympathie für sie. Ich bin ein Mensch, der sich an Gesetze und andere Vorschriften hält, zum Beispiel gehe ich nie bei Rot über die Ampel."

„Warum haben Sie sich bei dieser Aktion nicht einfach ausgeklinkt? Das wäre doch möglich gewesen?"

„Theoretisch ja, faktisch nein. Mein Solidaritätsgefühl hinderte mich daran, beiseite zu stehen." Nach einer kleinen Pause fuhr sie traurig fort: „Im Übrigen habe ich bei der Aktion schlichtweg Pech gehabt. Als auf der Landstraße das Blaulicht auf mich zuraste, dachte ich, das sei die Polizei ... im Einsatz gegen uns. Ich rannte aufgeregt zum etwa zweihundert Meter entfernten Stall, um die anderen zu warnen und lief dort direkt in die Arme der Polizisten."

Nach dieser Schilderung des Tatablaufs nahm Wortmanns Gesicht allmählich mildere Züge an. „Ich schätze Sie als Lehrerin, Frau Berner, das wissen Sie. Die Schüler mögen Sie sehr, Sie haben frischen Wind an meine Schule gebracht. Wenn ich etwas zu sagen hätte, würde ich die ganze Angelegenheit einfach vergessen."

Beide schwiegen. Dann fragte Lisa kleinlaut: „Wann wird denn meine Zwangsbeurlaubung wirksam?"

„Jetzt, Ende März. Sie haben noch ein paar Tage Zeit, um sich von Schülern und Kollegen zu verabschieden."

„Fallen meine Bezüge weg oder werden sie gekürzt?"

„Nein, weder noch. Denn es handelt sich nicht um eine Suspendierung sondern um eine beamtenrechtliche Reaktion auf ein Dienstvergehen."

„Und was folgt dann?"

„Normalerweise wird die oberste Dienstbehörde innerhalb von drei Monaten gegen Sie ein Disziplinarverfahren einleiten. Wenn das nicht geschieht, ist die Sache ausgestanden und Sie dürfen Ihre Dienstgeschäfte wieder aufnehmen. Was mich, wie gesagt, sehr freuen würde."

„Und wovon hängt es ab, wie sich die oberste Dienstbehörde entscheiden wird?"

„Vermutlich werden die Ermittlungen der Staatsanwaltschaft ausschlaggebend sein."

Der Schulleiter wollte das Gespräch nun beenden. Er übergab Lisa das Schreiben der obersten Dienstbehörde und ließ sich den Empfang schriftlich bestätigen. Dann begleitete er sie bis zur Tür seines Dienstzimmers und verabschiedete sich.

Im Vorzimmer erwartete sie Benedikt Tauber. Die Nachricht von Lisas Zwangsbeurlaubung hatte den Lehrkörper in Windeseile erfasst und bei den Kolleginnen und Kollegen entweder bitteres Entsetzen oder klammheimliche Freude ausgelöst. Benedikt nahm die bleiche Lisa lange in die Arme. Er spürte die Erschütterungen, die ihr Schluchzen in ihrem schlanken Körper hervorrief. Als sie ruhiger wurde, reichte er ihr sein Taschentuch und flüsterte ihr zu: „Ich werde heute den ganzen Abend an deiner Seite sein, liebe Lisa, wenn du es möchtest. Wir können dann in Ruhe alles besprechen." Nach einer kurzen Pause fragte er: „Oder willst du lieber einen Zehn-Kilometer-Lauf machen und die in deinem Körper kreisenden Stresshormone eliminieren? Oder deine traurigen Gedanken und deine Ängste mit ein paar Flaschen Rotwein ertränken? Oder nur schlafen, endlos schlafen und versuchen, alles zu vergessen?"

„Danke für dein liebes Angebot, Benedikt. Nein, schlafen werde ich heute erst ganz spät, und auch ein Langlauf oder ein Besäufnis scheint mir nicht das Richtige zu sein. Ja, ich fände es lieb von dir, wenn du mir heute Abend beistehen würdest, meine Ängste und trüben Gedanken im Zaum zu halten." Sie lächelte ihn traurig an.

„Gut. Dann lade ich dich in unser veganes Stammlokal am Sendlinger Tor ein und anschließend gehen wir in der Nähe in ein kleines Weinlokal."

„Oder du kommst zu mir nach Hause. Wir kochen zusammen ein leckeres veganes Gericht und trinken den Rotwein, den du mitbringen wirst."

„Gute Idee. Wann soll ich kommen?"

„Halb Sieben. Dann könnten wir gegen halb Acht essen."

Das von Lisa und Benedikt gemeinsam zubereitete Essen schmeckte vorzüglich und Benedikts Rotwein war exzellent.

Nach einer Phase des Selbstmitleids änderten sich bei Lisa allmählich Inhalt und Ton ihrer Äußerungen. Schließlich enthielt ihre Unterhaltung auch Ideen, die Zuversicht und Hoffnung hinsichtlich Lisas beruflichen Alternativen ausdrückten. Gegen Mitternacht, als Benedikt das erste Mal von der anstehenden Heimfahrt mit der S-Bahn sprach und über das stürmische Regenwetter schimpfte, waren die beiden bereits in einer weinselig lockeren Stimmung. So wurde Lisas argloses Angebot, bei ihr zu übernachten, von Benedikt ohne Hintergedanken angenommen und als das betrachtet, was es sein sollte: das hilfsbereite und unkomplizierte Verhalten einem guten Freund gegenüber.

Am nächsten Tag informierte Lisa ihre Freundin Sophie und Robert über ihre Beurlaubung vom Schuldienst. Die beiden waren entsetzt über die Härte der bayerischen Schulbürokratie und Sophie sah darin einen weiteren Tiefschlag, den ihr Initiativkreis ‚Nachhaltig wollen wir leben' innerhalb kurzer Zeit hinnehmen musste. Sie hatte noch lange nicht den Flop der Einbruchsaktion verdaut. Insbesondere nagte an ihr und ihren Mitstreitern die böse Ahnung, dass einer aus ihrer Gruppe ein Verräter ist, der zuvor die Polizei informiert hatte.

Robert und Sophie wunderten sich, wie ausgeglichen und überlegt Lisa wirkte, als sie über ihre Zwangsbeurlaubung und die möglichen Folgen sprach.

„Ich bin an deiner Seite, meine Liebe", beteuerte Sophie und es klang ehrlich. „Mach dir keine Sorgen, wir stehen alle fest zusammen und die Sache gemeinsam durch."

„Danke für deine Unterstützung."

„Gleich werde ich Max anrufen und ihn bitten, sich eine Verteidigungsstrategie auszudenken. Wozu habe ich den Burschen sechs Jahre Jura studieren lassen. Ein guter Anwalt muss doch in solchen Fällen etwas machen können."

„Er hat sicher Wichtigeres zu tun."

„Nein meine Liebe, n e i n . In dieser Lage gibt es für ihn ganz bestimmt nichts Wichtigeres, als dir beizustehen, juristisch und menschlich."

Kurz danach rief Max bei Lisa an. Er bat sie, Ruhe zu bewahren und vorerst in den Medien keine Statements zur Zwangsbeurlaubung abzugeben. Auch von der Darstellung des Vorfalls in ihrem Blog riet er dringend ab. Dann sollte sie ihm möglichst rasch das Beurlaubungsschreiben der obersten Dienstbehörde schicken, er müsse den genauen Wortlaut, insbesondere die Rechtsgrundlage der Verfügung, kennen. Da er mit Beamtenrecht seit seinem Studium nichts mehr zu tun gehabt habe, würde er gerne einen Experten dieses Rechtsgebiets hinzuziehen. Ein Studienfreund habe sich darauf spezialisiert und kenne die neuesten Urteile. Lisa dankte Max für seine juristische Unterstützung und war mit dem Experten einverstanden.

Am Morgen des nächsten Tages meldete sich Sebastian bei Lisa. Er hatte von ihrem Unglück durch Sarah erfahren, die es von ihrem Freund Alexander wusste. Sebastian wollte sie möglichst bald treffen. Daher verabredeten sie sich zu einem gemeinsamen Mittagessen am selbigen Tag.

Sie trafen sich am Bahnhofsvorplatz von Pasing. Er nahm sie lange und fest in seine kräftigen Arme und spürte wie ein Zittern durch ihren Körper ging. Als er merkte, dass sie weinte, hatte dieser mitfühlende Mann selbst Mühe, seine Tränen zu unterdrücken.

Auf Lisas Vorschlag gingen sie in ein Restaurant im Pasinger Zentrum, das auch vegetarische Gerichte anbot. Sie sprachen zunächst über den Verdacht, dass es im Initiativkreis einen Verräter gäbe. Diese frustrierende Ansicht veranlasste Sebastian zu der Drohung, dass er „diesen Krüppel grün und blau schlagen werde, wenn er ihn erwische."

Er beruhigte sich wieder und meinte, noch bestehe die Chance, dass Lisa glimpflich mit einer Ermahnung der Schulbehörde davonkommen werde. Lisa sagte, sie habe kein gutes Gefühl, einem Disziplinarverfahren und der Entlassung aus dem Staatsdienst entgehen zu können.

„Lass dich bitte nicht hängen, Lisa." Sebastian versuchte, ihr Mut zu machen: „Selbst wenn es so kommen sollte, wie du es gerade befürchtest, könnte es für dich ein gutes Ende geben. Vielleicht wirst du in einem Jahr sagen, dass dieses bittere Ereignis der Anstoß zu einer glücklichen Wende in deinem Leben war."

„Das kann ich mir nicht vorstellen, ich war gerne Lehrerin", sagte Lisa ernst.

„Das mag sein, aber man braucht doch Lehrer auch außerhalb des staatlichen Bildungssystems."

„Stimmt. Aber möchte eine Privatschule eine gerade aus dem Staatsdienst entlassene Lehrerin?"

„Aber sicher. Wenn man dich persönlich kennt und deine Begabung und Motivation, Kinder zu aufrechten Menschen zu erziehen." Sebastian sandte ihr ein schüchternes Lächeln, das sie erwiderte.

Dies ermutigte ihn, weitere Ideen zu äußern: „Du hast durch deine vielen Talente noch andere Möglichkeiten, zum Beispiel in der Erwachsenenbildung."

„Das würde ich nicht so gerne machen, ich mag Kinder."

„Einverstanden." Sebastian seufzte leise. „Du könntest eine Nachhilfefirma aufziehen und zusätzlich Beratung bei Schul- und Erziehungsproblemen anbieten. Als ich kürzlich mit Sarah in München war, sah ich in Haidhausen mehrere Schilder mit dieser Dienstleistung."

„Klingt interessant. Aber ich glaube nicht, dass ich das kaufmännische Geschick habe, so eine Firma zu managen."

„Ach Lisa, stell doch dein Licht nicht so unter den Scheffel. Wenn es dir psychisch besser geht, wirst du dir wieder mehr zutrauen und solche Alternativen ernsthaft prüfen."

Lisa schwieg. Nach einer Weile meinte Sebastian: „Ich denke, ein Tapetenwechsel wäre jetzt das Beste für dich. Das brächte dich auf andere Gedanken. Weißt du was? Du kommst zu uns raus auf den Hof! Da kannst du, wann immer dir danach ist, dich zurückziehen. Und wenn du Sozialkontakte brauchst, sind wir jederzeit für dich da."

Lisa freute sich über dieses Angebot eines Freundes, vielleicht war es auch ein Zeichen seiner Zuneigung. Sie versprach, darüber nachzudenken.

32

In den ersten zwei Wochen ihres Zwangsurlaubs fiel Lisa, für viele überraschend, in eine Art Dauerschlaf, dem eine schwere psychische Erschöpfung, vielleicht sogar eine Depression, zugrunde lag. Sie schlief auch tagsüber, die Welt um sie herum interessierte sie nicht, sie nahm sie kaum wahr. Informationen und Signale von außen verloren sich in dem psychischen Abwehrschirm, der sie wie Watte umgab und von der Außenwelt isolierte.

So hatte sie auch nicht Benedikts Telefonat gespeichert, in dem er ihr von einer Streikaktion an ihrer Schule erzählt hatte. Schüler ihrer Klasse hatten den für Lisas Unterrichtsstunden anberaumten Ersatzunterricht geschwänzt und stattdessen mit Plakaten und Spruchbändern vor der Schule die sofortige Rückkehr ihrer Lehrerin Berner gefordert. In den Zeitungen waren bereits Fotos darüber aufgetaucht und einige von Lisas Schülereltern hatten eine Petition beim Bayerischen Landtag gestartet und gebeten, die Zwangsbeurlaubung von Frau Berner umgehend zurückzunehmen.

Kurze Zeit später meldete sich das zeitkritische Magazin *quer* vom Bayerischen Fernsehen bei Lisa. Man wolle über die Aktion in der Schweinemästerei Speierl berichten und mit ihr ein Interview machen. Nach Telefonaten mit Max und Sophie erklärte Lisa, dass sie gegenwärtig keine Interviews geben könne. Frau Wallersleben, die Sprecherin des Initiativkreises *Nachhaltig wollen wir leben*', sei jedoch gerne zu einem Interview über die Hintergründe des Einbruchs bereit.

In seiner nächsten Ausgabe brachte *quer* einen Beitrag über die Einbruchsaktion. Sophie nutzte das Interview für ein überzeugendes Plädoyer gegen die Massentierhaltung und stellte in verständlichen Worten das damit verbundene gesundheitliche Risiko durch MRSA-Keime in deutschen Krankenhäusern dar.

Die Resonanz im Netz auf Sophies gelungenen TV-Auftritt war überwältigend. Auf der Website der Initiative gab es nahezu sechshundert Kommentare, die große Mehrheit davon zustimmend. Auch fanden sich dort viele Aufmunterungen und gute Wünsche an Lisa und die an sie gerichtete Bitte, in ihrem Blog ihre Sicht der Dinge darzulegen.

Nach Rücksprache mit Max verzichtete Lisa darauf. Er informierte sie über die Ansicht seines Rechtsexperten, dass im Strafverfahren das Eindringen in den Stall lediglich als Hausfriedensbruch gewertet werde, der nur auf Antrag verfolgt würde. Dann wäre eine Einordnung von Lisas Verhalten als schweres Dienstvergehen höchst unwahrscheinlich.

Allmählich überwand Lisa ihren Schock. Besonders ein einwöchiger Aufenthalt bei ihrem Großonkel Wilhelm förderte ihren Erholungsprozess. In ernsthaften Gesprächen bei langen Spaziergängen in Nürnbergs reizvoller Umgebung gelang es ihm, ihre trüben Gedanken über die Zukunft zu verscheuchen und wieder Zuversicht in ihr Denken zu bringen. Auf seinen Rat hin forschte sie im Internet und bei der Bundesagentur für Arbeit geduldig nach Ausschreibungen für Lehrer an Privatschulen. Denn nur dem *Prinzip Hoffnung* zu vertrauen, die Hände in den Schoß zu legen und tatenlos ein gutes Ende ihres Verfahrens herbeizusehnen, fand sie naiv. Sie wollte sich für das Allerschlimmste wappnen, einem negativen Ausgang ihres Verfahrens, was für sie die dauerhafte Entfernung aus dem Schuldienst an staatlichen Schulen bedeuten würde.

Großonkel Wilhelm konnte Lisa auch überzeugen, wieder Beiträge in ihrem Blog zu schreiben, denn ihre vielen Follower würden dies von ihr erwarten. So schrieb sie einen Blogbeitrag zu den mangelhaften Kennzeichnungsvorschriften für Lebensmittel und in einem anderen befasste sie sich mit der ‚Errichtung von Windrädern in Naturlandschaften'.

Es war in der zweiten Aprilhälfte, als Lisa morgens kurz nach Acht einen Anruf von Sarah bekam. Die älteste Tochter des Biobauern Sebastian wirkte äußerst nervös.

„Hast du eine Minute Zeit für mich, Lisa?"

„Natürlich Sarah, grüß dich. Wo bist du denn gerade?"

„Unterwegs zur Schule." Lisa hörte, wie Sarah tief Atem holte und dann hastig berichtete: „Bei uns ist heute früh was Schreckliches passiert. Meine Großmutter hatte einen Schlaganfall. Wir haben es bemerkt, als sie nicht um Sieben in der Küche aufgetaucht ist."

„Um Gottes willen, das ist ja furchtbar."

„Da sie nicht sprechen und aufstehen konnte, hatten wir gleich den Verdacht auf einen Schlaganfall. Der Rettungswagen war schnell da und hat sie direkt nach Großhadern gebracht, dort ist die nächste *stroke unit* für Schlaganfälle. Papa ist mitgefahren."

„Das war genau richtig. Man ist dort auf Schlaganfälle spezialisiert. Und ... was sagen die Ärzte?"

„Bisher sind ihre Auskünfte zurückhaltend. Papa ist noch in der Klinik, du kannst ihn auf seinem Handy erreichen, vielleicht weiß er inzwischen mehr."

„Okay, ich ruf ihn gleich an. Doch wer hat denn heute früh bei euch den Stall gemacht, als dein Vater mit in die Klinik gefahren ist?"

„Wir waren damit fast fertig, als der Rettungswagen eintraf. Den Rest haben Friederike und ich erledigt."

Nach kurzem Schweigen rief Lisa bestürzt: „Mein Gott, wie soll das bei euch jetzt weitergehen, Sarah? Du hast doch bald dein schriftliches Abitur?"

„Ja, Anfang Mai sind meine drei schriftlichen Fächer dran, Deutsch, Mathe und Bio."

Lisa schaltete blitzschnell. „Sarah, hör zu. Mach dir keine Sorgen. Ich komme noch heute zu euch raus und übernehme für deine Großmutter den Haushalt. Und dann zeigt ihr mir die Arbeit im Stall, damit ich sie zusammen mit deinem Vater machen kann. Auf jeden Fall bist du raus aus dem Geschäft, du musst dich jetzt ganz auf dein Abi konzentrieren."

Vom anderen Ende der Leitung hörte Lisa nur ein Schluchzen und ein ‚Vergelts Gott', anschließend brach das Gespräch ab.

Sebastian war noch in der Klinik, als Lisa ihn auf seinem Handy erreichte. Zum Zustand seiner Schwiegermutter konnte er nicht viel sagen. Es sei inzwischen gelungen, die Vitalfunktionen zu stabilisieren. Die Patientin sei bei Bewusstsein, sie spreche wenig und ziemlich verwaschen und ihre rechte Seite sei gelähmt. In der Zwischenzeit habe man mehrere Computertomografien gemacht und Maßnahmen ergriffen, um eine Thrombose zu verhindern. Man hoffe, die wirkungsvolle aber risikoreiche Lysetherapie anwenden zu können, aber Genaues wisse er nicht.

Lisa unterrichtete Sebastian über ihre Absicht, auf dem Bauernhof auszuhelfen, zumindest bis Sarahs Abiturprüfungen vorüber seien. Sebastian bedankte sich herzlich dafür und bat sie, möglichst bald auf den Hof zu kommen. Erfreut nahm er ihren Vorschlag auf, bereits heute Nachmittag gemeinsam mit ihm mit der S-Bahn nach Tutzing zu fahren.

Sarah fühlte sich von einer großen Last befreit, Florian freute sich wie nach seinem ersten Tor für sein Fußballteam und auch Friederike war erleichtert, als am späten Nachmittag außer ihrem Vater auch Lisa dem Minivan von Robert Ponto entstieg, der die beiden am Tutzinger Bahnhof abgeholt hatte. Sebastian berichtete seinen Kindern ausführlich über den Gesundheitszustand ihrer Großmutter und bat sie, mit besonderem Einsatz die schwierige Situation gemeinsam zu meistern. Bei Lisa bedankte er sich nochmals für ihre Bereitschaft, kurzfristig als Ersatz einzuspringen. Und Flori ergänzte, Lisa sei eine Art Schutzengel, der gerade die klassische Rolle ‚Retter in höchster Not' übernommen habe.

Dank ihrer guten Auffassungsgabe und hilfreicher Tipps

von Sebastian und Sarah hatte Lisa wenig Mühe, sich in kurzer Zeit als Haushälterin und Melkerin zurechtzufinden. Ihre Kochkünste waren allerdings anfangs etwas umstritten: Während Sarah und auch Florian die fleischlosen Gerichte genossen, dauerte es bei Friederike einige Zeit, bis sie sich an den Geschmack vegetarischer Kost gewöhnt hatte. Florian blühte durch die Anwesenheit ‚seiner' Lehrerin auf und zeigte ihr stolz die häufiger werdenden Zweier in seinen Klassenarbeiten. Sarah nutzte die Chance, in ihrem ‚Anti-Fach' Mathe mit Lisa noch ein paar kritische Lerngebiete anzuschauen und mit Übungsaufgaben zu versuchen, die einzelnen Lösungsschritte zu verstehen. Und Sebastian bemerkte mit Freude, wie liebevoll Lisa beim Melken mit seinen Kühen umging. Daher erwartete er gespannt den Monatssaldo der Molkerei, denn er rechnete mit einer Milchleistung deutlich über dem üblichen Niveau.

33

Dank der rasch eingeleiteten, ärztlichen Maßnahmen waren die bei Sebastians Schwiegermutter durch den Schlaganfall verursachten Hirnschädigungen weitgehend reversibel. Bereits in der Klinik, aber vor allem in der anschließenden Reha-Maßnahme, verbesserte sich bei Frau Singer deutlich die Sprache. Zwar hatte sie bisweilen noch Stotterphasen, aber sie konnte sich bald wieder verständlich ausdrücken. Und geduldiges Üben führte in der Reha dazu, dass sie ihren Rollstuhl verlassen und, gestützt auf Krücken, sich wieder selbstständig bewegen konnte. Nur bei ihrem rechten Arm gab es zunächst kaum Fortschritte. Auch ihre Gedächtnisleistung war deutlich geringer als vor dem Schlaganfall.

Lisas Mitarbeit im bäuerlichen Betrieb beflügelte Sebastian und gab seinem Traum neue Nahrung, mit dieser Frau bald eine feste und dauerhafte Beziehung eingehen zu können. Er spürte, wie die gegenseitige Sympathie und Zuneigung täglich wuchs. Als die beiden nach einem Kinoabend und einem romantischen Spaziergang am See zum ersten Mal miteinander intim wurden, erlebten sie ein wunderschönes, gemeinsames Glücksgefühl, das sich bei weiteren sexuellen Begegnungen noch vertiefte.

Auch Sarah hatte eine gute Zeit. Dank Lisas kompakter Nachhilfe absolvierte sie die Matheprüfung deutlich besser als befürchtet. So konnte sie Ende Mai ein Abi-Zeugnis mit einem Schnitt von 2,1 in Empfang nehmen, ein Ergebnis, das sie nie und nimmer erwartet hatte. Zudem ermöglichte ihr die rasche Genesung ihrer Großmutter, den Plan eines einjährigen Au-pair-Aufenthaltes in Neuseeland wieder aufzugreifen. Ihre Schwester hatte schon vor einigen Monaten zugesagt, während ihrer Abwesenheit gemeinsam mit Flori den Melkstand zu bedienen. Als Sarah im Internet zufällig den Rücktritt einer Abiturientin aus Sachsen von einer Au-pair-Stelle in ihrem Traumland entdeckte, reagierte sie rasch. Bereits nach wenigen Mails konnte sie mit der Bäuerin einer riesigen Schafsfarm auf der Südinsel Neuseelands eine Au-pair-Beschäftigung vereinbaren.

Dagegen entwickelte sich Lisas berufliche Situation nicht günstig. Mitte Mai erhielt sie Post von ihrer obersten Dienstbehörde. In dem Schreiben war von der Einleitung eines förmlichen Disziplinarverfahrens die Rede. Sie bleibe bis zur endgültigen Klärung der Angelegenheit vom Schuldienst befreit. Diese Suspendierung war mit einer spürbaren Gehaltskürzung verbunden.

Max und sein Experte für Beamtenrecht wurden von der Entscheidung der Schulbehörde überrascht und wirkten auf Lisa ziemlich ratlos. Ihre mit juristischen Spitzfindigkeiten gespickten Kommentare sollten einen gegenteiligen Eindruck erwecken und Lisa bei Laune halten. Doch sie erkannte die Vernebelungstaktik und intensivierte ihre Stellensuche, indem sie diese auf Privatschulen in ganz Bayern ausdehnte.

Mitte Juni feierte Sarah mit ihren Schulkameraden bei einem glanzvollen Abiball Abschied von der Schulzeit. Außer ihrem Vater und Lisa waren auch Sophie, Robert und ihr Freund Alexander gekommen, um dieses Ereignis mit ihr zu feiern. Die Big Band ihres Gymnasiums sorgte für die passende Musik und schon bald waren die Besucher in einer euphorischen Stimmung.

Mit Hinweis auf das Stelldichein mit ihren ‚glücklichen Kühen' am nächsten Morgen um sechs Uhr verabschiedeten sich Sebastian und Lisa kurz nach Elf, nachdem Alexander zugesagt hatte, Sarah zu einer noch akzeptablen Zeit nach Hause zu bringen. Es war eine milde Frühsommernacht, der Mond stand prächtig am Himmel und Sebastian lenkte seinen kleinen Hybrid-Toyota in eine Stichstraße an der Tutzinger Seepromenade.

Eng umschlungen gingen sie den romantischen Kiesweg an den alten Fischerhütten entlang, als Sebastian seine Begleiterin eher beiläufig fragte, wie es ihr denn auf dem Bauernhof Wiesenhuber gefalle. Nach zwei Monaten dürfe man doch so etwas fragen.

„Aber sicher. Ich fang mal mit dem Wichtigsten an", sagte Lisa „das ist der Hofbauer. Ein fescher Bursche, versteht was von der Biotierhaltung, ist immer gut drauf, ein super Musiker, ein feinfühliger Liebhaber. Ich glaube, er akzeptiert sogar meinen Spleen, die Welt verbessern zu wollen."

„Der Anfang war guad, weiter so."

„Die Kinder vom Hofbauern sind genauso wunderbare Menschen wie er. Sie haben mich in die Familie integriert, als wäre ich ihre leibliche Mutter. Ein besonders enges Verhältnis habe ich zur ältesten Tochter. Sie heißt Sarah, eine kluge, sozial denkende, junge Frau von achtzehn Jahren, die gerade ein gutes Abitur gemacht hat."

„Ob ‚gut' oder nur ‚befriedigend' darüber lässt sich streiten", meinte Sebastian. Er hielt abrupt inne, als in diesem Augenblick aus dem Gebüsch lauter Vogelgesang ertönte.

„War das ein Vogel? Um diese Zeit?"

„Ja, eine Nachtigall, da bin ich mir ganz sicher. Die schluchzenden Laute und die anschließende Schlagfolge sind charakteristisch."

„Sie singt wunderschön. Wenn das kein gutes Omen ist", meinte Lisa vielsagend.

„Wenn du an solche Orakel glaubst, soll's mir auch recht sein." Während er dies sagte, drückte er sie fest an sich und gab ihr ein Busserl auf die Backe.

„Nun komme ich zum Hof, ich meine zu den Gebäuden", fuhr Lisa fort. „Sie sind eine Idylle für Menschen, denen Tradition etwas bedeutet und dazu gehöre ich auch. Trotz seines Alters ist der Hof in bester Ordnung. Das spricht für den Hofbesitzer, einen ordnungsliebenden und begabten Handwerker."

„Wie findest du die Tiere auf dem Hof?"

„Ich mag das kuschelige Kätzchen ‚Aurelia' und den alten Hofhund ‚Pedro', ein ganz treue Seele."

„Und was ist mit den Kühen?"

„Die mag ich natürlich auch. Außerdem hab ich Mitleid mit ihnen."

„Warum das denn, behandelt sie der Bauer so schlecht?"

„Nein. Er behandelt sie so, wie es alle Milchbauern tun.

Vielleicht ein wenig besser, es ist ja ein Biohof."

„Das versteh ich jetzt nicht, erklär es mir bitte."

Lisa begann vorsichtig: „Ich denke, jede Mutter möchte mit ihrer Milch ihr Baby nähren. Ich glaube, bei Kühen ist es genau so wie bei uns Menschen."

„Aha, jetzt wird es mir klar", sagte Sebastian und er wurde plötzlich ganz nachdenklich. „Aber es gibt doch die Möglichkeit, dass ein Kälbchen einige Wochen bei seiner Mutter bleibt und deren Milch trinkt, so wie die Natur es vorgesehen hat."

„Theoretisch ist dies möglich. Aber mein gesunder Menschenverstand sagt mir, dass eine solche Viehhaltung in einem System nicht funktionieren kann, das vom Bauern ‚immer mehr' und ‚immer rationeller produzieren' fordert."

„Da könntest du recht haben, leider." Nach einer Weile fragte Sebastian beiläufig, ob Lisa sich einen Berufswechsel vorstellen könne. Statt sich mit frechen Kids rumzuschlagen lieber für die Mitmenschen Milch und Fleisch zu erzeugen, um so etwas gegen den Hunger auf der Welt zu tun."

Lisa seufzte. Sie schaute Sebastian ernst an und sagte: „Erstens sind die Kinder nur so frech, wie die Lehrerin es zulässt. Zweitens könnte ich die zeitliche Fessel, der man als Milchbäuerin durch die täglichen Melktermine unterworfen ist, auf die Dauer nicht ertragen. Die Einengung meiner Aktionsmöglichkeiten würde mich unzufrieden machen, vielleicht sogar missmutig. Es wäre nur eine Frage der Zeit, bis - ähnlich einer Wühlmaus an einer Baumwurzel - meine Unzufriedenheit an unserer Liebe nagen und sie zerstören würde."

Sebastian stöhnte leise und schaute traurig und ratlos auf den knirschenden Kiesweg.

„Der dritte Grund ist der Allerwichtigste", fuhr Lisa leise fort: „Du weißt, ich trete in Schule und Freizeit, im Internet, auf Demos und Seminaren für eine fleischlose oder zumindest fleischarme Ernährung ein. Um den globalen Klimakollaps zu verhindern und die Massentierhaltung zu beseitigen, kämpfe ich dafür, dass immer mehr Menschen auf unserem Globus sich vegetarisch ernähren. Würde ich nun Tag für Tag an deiner Seite Rindfleisch erzeugen, wäre auch ich ein Rädchen in diesem „Fleischproduktionssystem", das ich aus ökologischen, klimatischen und ethischen Gründen ablehne. Meine Glaubwürdigkeit stände auf dem Spiel."

Lisa erwartete von Sebastian eine Gegenrede. Doch e r machte keinen Versuch, ihre Position durch kritisches Hinterfagen zu erschüttern. Er sah dafür keine Chance, denn er spürte, dass ihre Argumentation hieb- und stichfest war.

Drei Monate später, Mitte September 2014: Lisa hat gerade an einer Münchner Privatschule für zwei Jahre eine Elternzeitvertretung übernommen. Sie freut sich sehr darauf, denn die Leitung der Schule liegt bei der Ernährungsfrage ganz auf ihrer Linie und begrüßt ihr öffentliches Eintreten für eine fleischarme Ernährung. Aus dem staatlichen Schuldienst ist Lisa auf eigenen Antrag entlassen worden.

Noch immer wohnt Lisa auf Sebastians Hof. Die beiden wollen bald heiraten. Ja, Sie haben richtig gelesen: Lisa und Sebastian wollen heiraten. Wie ist es dazu gekommen?

Sebastian hat eine weitreichende Entscheidung getroffen. Aus Liebe zu Lisa hat er einen Entschluss gefasst, der sein

Leben umkrempeln wird. Nachdem er bei dem Spaziergang am See an jenem Abend im Juni erkannt hatte, dass er Lisa verlieren wird, wenn er Milchbauer bleibt, hat er seine Viehhaltung aufgegeben, seine Kühe verkauft und sein Land verpachtet. Die Absicht der Europäischen Union, die Milchquote abzuschaffen, hat ihn in seiner Entscheidung bestärkt. Lisa hat Sebastians Entschluss als einzigartigen Liebesbeweis gewertet.

Sebastian arbeitet nun wieder in seinem erlernten Beruf als Schreiner. Gleichzeitig bereitet er sich auf die Meisterprüfung vor, denn er will, sobald er den Meisterbrief besitzt, sich mit einer eigenen Schreinerei selbstständig machen.

Die Entscheidung Lisas für Sebastian und damit gegen Max hat ihre Beziehung zu ihrer Freundin Sophie eine Zeit lang stark belastet. Sophie macht sich Vorwürfe, nicht entschieden genug ihren Sohn Max gedrängt zu haben, mehr auf Lisas Lebensweise einzugehen. Schließlich hat Robert seine Lebensgefährtin in geduldigen Gesprächen überzeugt, dass es zwischen dem verschwenderisch lebenden Fleischesser Max und der nachhaltig und bescheiden lebenden Lisa keine harmonische Beziehung geben kann.

Aber auch Sophie hat Grund zur Freude. Ihr überzeugender Auftritt in der *quer*-Sendung des Bayerischen Fernsehens hat dem Tutzinger Initiativkreis ‚*Nachhaltig wollen wir leben*' viele neue Mitglieder und Unterstützer gebracht. Sophie will nun zusammen mit Robert und Alexander die Internetpräsenz des Initiativkreises ausbauen und die Vernetzung mit gleichgerichteten Gruppen verstärken.

Die Idee von Lisas Großonkel, die Vorbildfunktion prakti-zierender Vegetarier und Veganer stärker zu nutzen, stößt bei Sophie auf Interesse. Vegetarier und Veganer des Initiativ-kreises sollen künftig in der Nähe wohnenden Personen, die den Schritt zum Fleischverzicht planen, als ‚Pate' zur Seite stehen. Als Ulrike und Thomas auf das bereits vorhandene VEBU-Modell des ‚Veggie-Buddy' (Vegetarischer Kumpel) hinweisen, der Neu-Vegetarier beim Kochen, Einkaufen und Restaurantessen berät, vereinbart der Initiativkreis eine enge Zusammenarbeit mit der zuständigen VEBU-Regionalgruppe.

Im Übrigen sind sich Lisa und Sophie sicher, durch Fak-ten und schlüssige Argumentation vernunftbestimmte und empathiefähige Menschen von der Notwendigkeit einer fleischarmen Ernährung überzeugen zu können. Sobald eine ‚kritische Masse' an Gleichgesinnten erreicht ist, wollen sie den Druck auf die Politik verstärken. Ihr Ziel ist es, in Deutschland eine Verbraucher- und Ernährungspolitik zu etablieren, die unsere Bevölkerung vor gesundheitlichen Risi-ken bewahrt.

Geschäftsführer Hackeberg muss als Verlierer die Bühne verlassen. Der Hauptgesellschafter des Fleischkonzerns krei-det ihm den Umsatzrückgang seiner Firma an und wirft ihm vor, auf das Phänomen ‚Lehrerin Berner' mit einer dilettan-tischen Strategie reagiert zu haben. Frustriert verabschiedet sich Hackeberg Ende Oktober in den vorzeitigen Ruhestand.

ENDE

Handlung und Personen des Romans sind frei erfunden. Ähnlichkeiten mit lebenden Personen und tatsächlichen Ereignissen sind dennoch möglich.

Die im Roman benutzten Daten, Zusammenhänge, Wechselwirkungen und Schlussfolgerungen wurden bestmöglich recherchiert. Es kann nicht ausgeschlossen werden, dass es Studien und Untersuchungen gibt, die zu anderen Ergebnissen kommen.

Personen

Lisa Berner, Realschullehrerin in München, Biologie und Chemie, Vegetarierin

Wilhelm Berner, Großonkel von Lisa, emeritierter Professor für Wirtschaftswissenschaften

Jürgen Wortmann, Schulleiter an Lisas Schule

Benedikt Tauber, Kollege von Lisa, Deutsch und Englisch, Veganer

Sophie Wallersleben, Seniorin, Freundin von Lisa, Vegetarierin

Robert Ponto, Lebensgefährte von Sophie, Vegetarier

Max Wallersleben, Sohn von Sophie, Wirtschaftsanwalt in München

Petra Seidl-Wallersleben, Ehefrau von Max

Alexander Seidl, Sohn von Petra, Informatikstudent

Gustav Seidl, Vater von Petra, Brauereibesitzer

Bernd Hackeberg, Geschäftsführer eines Münchner Fleischkonzerns

Andreas Draxl, PR-Manager des Fleischkonzerns

Charlotte Draxl, Modedesignerin, Exfrau von Andreas Draxl, ihre Tochter **Anna**, Schülerin

Kai Schubert, Student der Kommunikationswissenschaften, Praktikant im Fleischkonzern

Sebastian Wiesenhuber, Witwer, Biomilchbauer, seine Kinder: **Sarah, Friederike, Florian**

Dr. Sabine Roth, Betriebsärztin, Veganerin, Mitglied im Tutzinger Initiativkreis

Ulrike und **Thomas Hoss,** Vegetarier, Mitglieder im Initiativkreis und beim VEBU

Bettina und **Helmut Mandl,** Mitglieder im Initiativkreis und bei Slow-Food

Ursula und **Jochen Merkle**, Mitglieder im Initiativkreis

Danke

Frühzeitig kam ich mit Claudia Fenster-Waterloo in Kontakt, die mit Sachverstand und Liebenswürdigkeit mir die Grundregeln des Romanschreibens nahe brachte und mir half, der Handlung eine Struktur zu geben.

Dann folgte ich dem Rat eines Bekannten und schloss mich der Schreibwerkstatt der VHS Landsberg an. In der von Uschi und Klaus Pfaffeneder geleiteten Kreativgruppe lernte ich viel über das Handwerk des Schreibens und bekam wertvolle Hinweise zu Fachliteratur und Schreibsoftware, dafür mein herzlicher Dank. Besonders danken möchte ich Katja Junge, die es mit Offenheit, Geduld und Charme verstand, mir die Ungereimtheiten einzelner Figuren behutsam zu verdeutlichen.

Im Schreiballtag war mir meine Frau Ingrid eine große Hilfe. Sie übernahm ganz selbstverständlich mir zustehende Hausarbeiten, so dass ich mich aufs Schreiben konzentrieren konnte. Und ihr gelang es, meinen gelegentlichen Schreibblockaden Zuversicht und Optimismus entgegenzusetzen, herzlichen Dank dafür.

Als Erstleser haben sich Stefan und Elisabeth Ummenhofer verdient gemacht. Stefans sympathische Hartnäckigkeit half mir, meine Neigung zur ‚Gartenlaubensprache' ohne Wehmut zu überwinden. Anne Steffens-Kronenberg gab mir den nützlichen Rat, die Suche nach einer schlüssigen und allseits anerkannten Motivationstheorie aufzugeben.

Nach Vorliegen des überarbeiteten Manuskripts waren Charlotte Suttrop-Puchstein und ihr Mann Klaus Puchstein wichtige Begleiter. Charlotte gab Hinweise zum Cover und Klaus war ein kluger und schneller Zweitleser, der inhaltliche Unstimmigkeiten aufdeckte und durch seine schreib- und gestaltungstechnische Kompetenz entscheidend dazu beitrug, mein Manuskript in eine BoD-kompatible Form zu bringen, ganz herzlichen Dank dafür.

Last not least danke ich meinem Sohn Nils und seiner Lebensgefährtin Kathrin für wertvolle Tipps zur Cover- und Klappentextgestaltung. Durch Kathrins einfühlsame und gewissenhafte Schlussredaktion gelang es, verbliebene Unstimmigkeiten bei Handlung und Hauptfiguren zu beseitigen, dafür danke ich ihr ganz herzlich.

Organisationen, bei denen es zu den im Roman behandelten Themen zusätzliche, sachdienliche Informationen gibt:

Heinrich-Böll-Stiftung e.V., Berlin, www.boell.de

Vegetarierbund Deutschland e.V. (VEBU), Berlin, www.vebu.de

Bund für Umwelt und Naturschutz Deutschland e.V. (BUND), Berlin, www.bund.net

Greenpeace e.V., Hamburg, www. greenpeace.de

Naturschutzbund Deutschland (NABU) e.V., Berlin, www.nabu.de

ROBIN WOOD e.V., Bremen, www.robinwood.de

WWF Deutschland, Berlin, www.wwf.de

Albert Schweitzer Stiftung für unsere Mitwelt, Berlin, www.albert-schweitzer-stiftung.de

Deutscher Tierschutzbund e.V., Bonn, www.tierschutzbund.de

PETA Deutschland e.V., Stuttgart, www.peta.de